# 通向现实之路

## 日本"内向的一代"研究

翁家慧 著

中国社会科学出版社

**图书在版编目（CIP）数据**

通向现实之路：日本"内向的一代"研究/翁家慧著 . —北京：中国社会科学出版社，2010. 3

ISBN 978 - 7 - 5004 - 8638 - 1

Ⅰ. ①通… Ⅱ. ①翁… Ⅲ. ①小说—文学研究—日本—现代 Ⅳ. ①I313. 074

中国版本图书馆 CIP 数据核字（2010）第 052926 号

责任编辑　门小薇（xv_men@ 126. com）
责任校对　李小冰
技术编辑　戴　宽
封面设计　李尘工作室

出版发行　中国社会科学出版社
社　　址　北京鼓楼西大街甲 158 号　邮　编　100720
电　　话　010 - 84029450（邮购）　传　真　010 - 84017153
网　　址　http://www. csspw. cn
经　　销　新华书店
印刷装订　三河君旺印装有限公司
版　　次　2010 年 3 月第 1 版　印　次　2010 年 3 月第 1 次印刷
开　　本　880×1230　1/32
印　　张　7.75
字　　数　174 千字
定　　价　23.00 元

本书获得北京大学日本学研究卡西欧基金资助，

特此致谢！

# 序

叶渭渠

　　上世纪七八十年代，日本现代文学流派在当时错综复杂的社会思潮和文学思潮中开始涌现。当时文学潮流的基本特征是：1. 作家们对现实不满，积极关心社会问题，反对现行体制，可又不相信人民群众的力量，追求一种绝望的反抗；2. 他们不关心现实，缺乏社会意识，只追求自我内心的不安和日常生活中非现实的东西；3. 他们从"自我"的立场出发，要求从"封闭社会"的禁锢中解放出来，追求"精神自由"、"个性解放"乃至"性的彻底解放"；4. 他们否定过去的一切文学传统，全力追求形式革新、文体革新。在这种文学潮流的驱动下，日本文坛先后诞生了"透明族"、"作为人"和"内向的一代"三大流派。其中"内向的一代"是最重要的文学流派，亦称"内向派"。

　　这一流派自古井由吉的《杳子》（1970）在 1970 年下半年获"芥川奖"以后，开始引起人们的注目。这一流派的作家被称为"战后"第六代新人作家。代表人物有：小说家古井由吉、黑井千次、阿部昭、后藤明生、小川国夫以及评论家川村二郎、秋山骏等。他们创作了不少作品和评论，是影响着日本当代文学发展的一支重要力量。

这一流派的评论家秋山骏从理论上对"内向的一代"作了这样的解释："现实，它总是我的难题，我觉得现实生活是不可理解的，过去我从未曾接触过真正的现实，即使想接触它，但也觉得空空的……靠近去看它，现实就立即溶解、变形。……现实是暧昧的、奇妙的、不可捉摸的，愈接近它就愈觉得它遥远。"这段话比较形象地概括了"内向的一代"的文学特征。

"内向的一代"诞生伊始，日本文学界就围绕这一流派的文学思想和创作方法展开了热烈的讨论，各抒己见，但多是见诸文章，少有以专著的形式从史论结合的角度加以系统论述的。国内的日本文学研究界对"内向的一代"的研究也大致如此，以专著形式研究日本其他文学流派也是凤毛麟角。翁家慧君的专著《通向现实之路——日本"内向的一代"研究》，是开了系统研究这一流派的先河。本书的学术成就及其特色可以归纳为以下几点：

首先，作者的研究视野比较宽广，纵向以翔实的资料与文艺学理论相结合的方法，深入探讨了这一流派的基本特征，从意识形态倾向性到文体的革新性都作了详尽的论说，并与传统的私小说之间的异同进行了比较；横向选择了这一流派的几位主要代表作家和作品进行仔细的分析，特别是在文风上进行比较研究，探讨彼此的创作风格，系统而全面性地展现了"内向的一代"的文学世界。其次，作者坚持学术的自由精神，在有关这一流派的热烈论争中，不人云亦云，进行独立思考，提出自主的见解。尽管有的论点还有可商榷的地方，但是在确立学术研究的独立精神和科学的认真探求这点上是值得肯定的。第三，作者遵循学术的规范性，注重文献学的考证，仅列出的参考文献就多达60余种，而且引文出处作了详细的注释，但又不唯书，在厚实的文献资料支撑下，进行理性的思考，收到严密的学术效果。

最后值得一提的是，作者选择研究"内向的一代"的重要意义在于：日本七八十年代出现上述诸流派之后，日本当代文学即处于一个转折期，各种文学思潮纷呈，流派解体，正趋向多样化的发展。因而，对于"内向的一代"形成与发展的系统性研究有助于了解日本当代作家在文学上所进行的新的探索和选择以及日本当代文学新的走向。正如作者在结论中所言："不论是在日常生活，还是在非日常的幻想世界，'内向的一代'的小说中的人物总是陷入自我无法确认的不安情绪中，而且，在自我与他者的关系中经常是处于弱势地位，更多的时候总是被孤独缠绕，最后，自然而然地滋生出一种莫名的虚无感。这无疑跟日本人现代自我的不确定性之间有很大的关系。"由此可见本书也有助于了解当代日本社会和社会思潮的发展动向，是值得举荐的。

# 序

于荣胜

　　"内向的一代"是日本当代文学流变过程中的一个文学派别，被评论家们认为是"最后的纯文学"，它的命名与二次世界大战之后日本文学评论家和研究者的文学认识关系密切，任教于日本法政大学文学部的小田切秀雄教授是这一文学流派的命名者。小田切秀雄教授曾经是在引导"二战"后重要文学流派"战后派"文学创作中发挥重要作用的《近代文学》的同人，他和战后派的重要评论家一样，十分在意文学与外部社会政治、意识形态的关系。事实上，在"二战"后相当一段历史发展过程中，日本文学也确实和外部社会、意识形态一直保持着联系。不过"二战"后20年的时间流逝同时也在改变日本的经济状态，促使日本社会政治文化发生巨变，日本文学随之发生相应的变化也是理所当然的。在这一背景下，20世纪60年代后期，文学写作者试图彻底改变自身文学创作的愿望越发加强。"内向的一代"的出现可以说正是这一时代变化的必然产物，由于"内向的一代"有别于它之前的文学，它深入现实生活者的意识领域，描写出当代人的无意义生存状态，与外部社会生活、意识形态拉开了距离，因此小田切秀雄教授将其命名为"内向的一代"。正如本书的著者所言："小田切对当时文学动态的理解带有强烈的以意识形态为文学价值判断标准的倾向性，这一点因其所处时代的局限性而本无可厚非，但是，他过多地从意识形态的角度去关注了这两代新人作家在创作上的差异，而没有从历史唯物主义的角度来考察这两代新人作家之间必然存在的联系。"毫无疑问，小田切秀雄教授的命名并非对这个文学流派的褒扬，但是他的命名无疑指出了这个流派在日本当代文学发展过程之中显现的重要特征，对以后的研究和评论产生重大影响。

作为"最后的纯文学"的文学流派，"内向的一代"的创作蕴涵着许多值得研究的问题。但是，由于该流派出现在 20 世纪 60 年代末至 70 年代初，属于距离当代生活很近的当代日本文学研究范畴，因此无论是在日本，还是在我国，目前对该流派的研究还很不系统，更谈不上深入。在日本，尽管有不少论文对该流派的作家和作品进行了研究和探讨，但是综合性的系统的流派研究论述却仍然十分鲜见，有关"内向的一代"的研究专著仅有 1998 年出版的一部。2006 年，日本文学研究刊物《国文学：解释与鉴赏》出版专刊《内向的一代——最后的纯文学》，收集了日本文学研究者的 27 篇文章，从流派、作家、评论家、作品、评论、作家群体等诸方面对这一当代文学流派进行了研究论述，这至少证明"内向的一代"在今天仍然值得我们关心、认识和研究。在我国，对这一流派的研究可以说并没有真正展开，至今尚处于介绍阶段，缺少日本文学研究者的关心与研究。在这样的研究现状中，这部《通向现实之路——日本"内向的一代"研究》从文学流派研究的角度,全面系统地考察"内向的一代"的创作,对"内向的一代"的主要作家的创作特点进行了概括性的总结,并从"自我的多义性与他者的恢复"、"内心写实化与文体反'制度'化"两个层面入手探讨了"内向的一代"作为"二战"后重要文学流派的本质特征,这一研究成果对于我国的日本文学研究的深入开展无疑是十分有益的,同时,对于探讨"内向的一代"在当代日本文学中的地位和特点也具有深刻的影响。

这部著作在我看来,有以下几个特点。首先,它注意到作为流派群体作家的个性创作与其不同人生之间的关系。在充分解读作家代表性作品的基础上,不忽略作家人生重要事件与之的联系和影响,将作品置放在社会与作家个体人生的环境考察,清晰地勾勒出"内向的一代"的作家的创作特点以及流派特征。其次,在具体的文本分析和作家考察的基础上,它提出了值得读者思考的结论,认为"内向的一代"并非如它的命名人所指出的那样,只是一个关注自己内心世界的、超越意识形态的作家群体,而是一个关注社会和现实新领域和新角度的 20 世纪 70 年代的日本作家群体。其次,这部论著还从日本文学发展史的角度宏观地考察了日本当代的这一文学流派,把"内向的一代"的创作与日本传统私小说进行比较,分析了近代日本文学传统的私小说的自我问题与"内向的一代"的作家所关注的自我问题的差别,凸显出"内向的一代"在当代文学流变过程中形成的特征,为理解"内向的一代"的现代性特点提供了充分的论据。最后,这部论著对"内向的一代"的文体的考察也是很有成效的。在论著中,论文作者通过具体的文本分析,考察了该流派作家在表现人物内心世界时所使用的手法,认为内向的一代作家在即物性描写和意识流手法的结合上具有创新性，并对该流派作家在摆脱传统告白手法上所进行的文体革新进行了探讨与分析，较为清晰地描述了"内向的一代"与近代文学传统之间的关系。

这部论著的作者翁家慧博士是北京大学 1986 年设立日本语言文学学科博士点后日本文学方向第一位获得博士学位的博士生，她的这部专著是以她的博士论文为基础修改完成的。在完成博士论文的过程中，她查阅了相关可以查阅到的文献，并且在日本进行了长达一年半的研究，在经过认真考察、思考和研究的基础之上，最终完成了这篇博士论文。2003 年通过答辩、获得博士学位之后，她没有很快将自己的博士论文出版，提供给学界，自然有她个人的诸多考虑，我推想其中一个重要的原因就是她希望在原文的基础上再进一步修改，使自己的论述更加成熟，将更好的成果提供给读者。我相信经过几年的思考、补充、完善，这部论著一定会为国内日本文学研究者提供有益的帮助，使人们更加了解这一日本当代文学中的重要流派，促使人们进一步研究之。同时，我也相信这部论著的出版只是作者学术研究的最初一步，将来作者必定还会将更多的学术硕果呈现在我们的面前。我们期待着那一天。

# 目录

# 绪　论

## 一　关于"内向的一代"的定义

作为 20 世纪 70 年代日本文坛最具影响力的小说流派，"内向的一代"在概念界定上具有多重性特征。

首先，它的字面意思具有双重性。在日语中，"内向的一代"叫做"内向の世代"。从字形上看，"内向"和"世代"既可以看作是日语汉字，也可以认为是中文汉字，但这两个单词在日语和中文中的意思却不尽相同。日语汉字和中文汉字在不同历史时期的渊源和互动关系是一个相当复杂且庞大的题目——当然，这不是本书所要讨论的问题——它赋予纯粹汉字字形的历史性含义直接影响到日语汉字在被翻译成中文汉字时的准确性，有时候很容易造成对日语汉字的误读。有的译者在翻译和介绍"内向の世代"的时候，直接采用了日语汉字，把它翻译成"内向的世代"①，这样的译法尽管保持了术语的

---

① 松原新一等编：《战后日本文学史·年表》，罗传开等译，上海译文出版社 1983 年版，第 577 页。

原貌，但是对于不懂日语的人来说，很容易从字面上误读这个术语的准确含义。

根据《广辞苑》的解释，日语中的"内向"是指"面向内部，内心的所有活动都指向自己"①。根据《现代汉语词典》的解释，汉语中的"内向"是指"（性格、思想感情等）深沉、不外露"②。虽然在语感上有细微差别，但两者的意思还是比较接近的。实际上，"内向"本是一个心理学词汇，是瑞士心理学家荣格提出的人类性格类型中的一种性格倾向。荣格在 1923 年出版的《心理类型》一书中，提出了内倾性格（introversion）和外倾性格（extroversion）的概念。他认为外倾性格的人主要关心社会关系，而内倾性格的人则全神贯注于自己的内在幻想世界和身体的活动，相对地缺乏向外参与社会活动的能力。可以说，日语汉字"内向"和中文汉字"内向"的意思基本一致，因为两者的词源相同，都表示心理学词汇内倾性格（introversion）所指的意思。

不过"世代"一词在中日文之间的意思差别就比较大。《广辞苑》对"世代"的解释借用了英语词汇 generation，作为用片假名标注的外来语将其解释为"出生年份、成长时期基本相同，具有共同想法和生活方式的人们"③。而《现代汉语词典》中对中文汉字"世代"一词有两种解释：一是"（很多）年代"；二是"好几辈子"④。这显然不同于日语汉字"世代"的意思。不过我们可以从日语汉字"世代"的英文解

① 词条"内向"，新村出编：《广辞苑》，岩波书店 1998 年版，第 1964 页。
② 词条"内向"，《现代汉语词典》，商务印书馆 2002 年增补本，第 920 页。
③ 词条"世代"，新村出编：《广辞苑》，岩波书店 1998 年版，第 1494 页。
④ 词条"世代"：《现代汉语词典》，商务印书馆 2002 年增补本，第 1051 页。

释中迂回地寻找相对应的中文词汇。在美国英语中，关于Generation 的解释中有两条词义合起来正好可以对应日语汉字"世代"的定义，一是"所有出生和生活在同一时期的人们"，一是"一批有着相同的经历、信仰和态度等的人们"①。另外，美国文化中的一些特殊人群，如 The Beat Generation、The Lost Generation、The Now Generation 等，在现代汉语中都有得到普遍接受的译法，即"垮掉的一代"、"迷惘的一代"和"当今的一代"。尤其是"迷惘的一代"，更是凭借海明威在《太阳照常升起》扉页上的寄语——"你们都是迷惘的一代"而蜚声文坛。② 可见，将日语的"世代"翻译成汉语"一代"，用"内向的一代"来代替日语直译的"内向的世代"，这种译法更接近日语"内向の世代"的原意。③

不过在日语中，"世代"和"generation"之间还是存在着细微的区别。"世代"以十年为一个周期，而"generation"属于日语中的外来语，原意是指"两代人出生间隔的平均周期，约为三十年"④。考察日本近现代文学思潮及流派发展的历史，就可以发现，明治文坛的流派更替周期大约只有十年，甚至更

① 词条 Generation：all the people born and living at about the same time；a group of such people with the same experience, belief, attitude, etc. *Webster's New World Dictionary*, New York, Webster's New World Dictionaries, 1988, Third College Edition, p. 562.

② 欧内斯特·海明威：《太阳照常升起》，上海译文出版社 1984 年版，第 1 页。"你们都是迷惘的一代"引自海明威和格特露德·斯坦的一次谈话。在谈话中，斯坦把参加过第一次世界大战的青年称为"迷惘的一代"。

③ 高慧勤、栾文华主编：《东方现代文学史》上，海峡文艺出版社 1994 年版，第 316 页，其中就采用了"内向的一代"的译法。

④ Generation：the average period（about thirty years）between the birth of one generation and that of the next. *Webster's New World Dictionary*, New York, Webster's New World Dictionaries, 1988, Third College Edition, p. 562.

短。不论是自然主义，还是浪漫主义，抑或白桦派、新思潮派和唯美派，乃至无产阶级文学和新感觉派，由于西方文艺思潮的纷至沓来，以及日本国内文学力量的衰微，流派之间呈现出"你方唱罢我登场"的局面。

对"内向"和"世代"这两个词作细致的考察的原因，主要是由于这个命名本身就包括了针对这个流派的某种观点，也就是命名者小田切秀雄对"内向的一代"的看法。"内向"是针对这个流派的创作特征而言，"一代"是针对该流派作家群的总体特征而言，也就是说，"向向的一代"就是一群"面向内部，内心的所有活动都指向自己"的作家，同时，他们也是一群"出生年份、成长时期基本相同，具有共同的想法和生活方式的人们"。至于"内向"的特征，小田切秀雄在评论文章中有具体的解释，而"一代"的观念其实是他划分新人作家群的理论依据之一。

一般说来，"术语是在历史中形成并带有偏见的"。① 小田切秀雄最初提出"内向的一代"这个称呼时，带有明显的否定和批判意味。文艺评论家小田切秀雄在 1971 年 3 月 23 日和 24 日的《东京新闻》上连续发表了名为《"九一八"事变之后四十年来文学的问题》的评论文章。1971 年正好是"九一八"事变爆发 40 周年、太平洋战争爆发 30 周年。小田切秀雄认为，"九一八"事变发生后，无产阶级作家受到镇压，很多人都发生了"转向"②，在近代的个人主义和民主主义必须超

---

① 荣格：《分析心理学的理论与实践》，成穷、王作虹译，生活·读书·新知三联书店 1997 年版，第 62 页。

② "转向"是一个日语汉字词，原指改变方向和立场，特指日本共产主义者和社会主义者们在强权压迫之下放弃信仰的行为。

越超国家主义和天皇主义的时候，御用意识形态站到了支配者的一边，文学家出现了普遍服从的倾向。如今，40 年后，文坛又出现了"转向"和脱离意识形态的倾向。他尖锐地指出：

> 最近受到注目的新人作家、评论家们，除了少数例外，都只想在自己个人的范围内，寻找作品的真实感觉，他们作为脱离意识形态的内向性文学的一代，正在形成一股时代的潮流。（去年年底，在《群像》的年度总结座谈会上，松原新一指出的"'介入'的文学正在消失"也和此事有关。在第三批新人之后，出现了石原、大江、开高这一代人，再接下去出现了小田、高桥、真继、柴田这一代人，接着就是所谓的战后第六批新人作家。这批新人作家正是作为"内向的一代"而出现的，他们的出现本身就是现代文学的一个大问题，应该是今天文学上一个争论的焦点。）
>
> 在昭和时代的元禄气氛中，不安和危机已经变得越来越明显的时候，针对现代文学中出现越来越普遍的转向和脱离意识形态的倾向，对照四十年前日本文学的经验，我们必须从根本上进行研讨。①

对于最近出现的新人作家和评论家，小田切秀雄的批评中所包含的否定与警示意味是非常强烈的。他认为，这个正在形成的"脱离意识形态的内向性文学的一代"，有重蹈 30 年代

① 小田切秀雄：《"九一八"事变之后四十年来文学的问题》上篇，《东京新闻》1971 年 3 月 23 日，着重号为原文所加。

"转向文学"之覆辙的倾向。

两个月后，小田切秀雄又在《现代文学的争论点》一文中，明确地列出了这个流派的作家名单。

> 这三四年来，文学趋向于多样化、复杂化，在这当中现代文学内部的根本上的对立，开始显示出了它的新的构图和清晰的轮廓。一方面出现了具有"内向的一代"（暂定名称）特点的新人作家、新人评论家及其活动（作家有古井由吉、后藤明生、黑井千次、阿部昭、柏原兵三、小川国夫等，评论家有川村二郎、秋山骏、入江隆则、飨庭孝男、森川达也、柄谷行人等）。另一方面，还有这样一批作家，他们反对把现代文学引向上述那种方向，同时为实现这一目标创办了《作为人》、《边境》、《文学的立场》等季刊杂志，并通过这些杂志进行活动，登上了文坛。①

至此，我们可以清晰地看到"内向的一代"的命名者——小田切秀雄对这个文学流派的定义。他认为"内向的一代"的特点是"只想在自己个人的范围内，寻找作品的真实感觉"、"脱离意识形态"。具有这个特点的作家主要有六名，分别是古井由吉、后藤明生、黑井千次、阿部昭、柏原兵三和小川国夫。

小田切秀雄的评论带有明显的意识形态批判色彩。首先，他撰写《"九一八"事变之后四十年来文学的问题》的初衷并

---

① 小田切秀雄：《现代文学的争论点》上篇，载于《东京新闻》1971 年 5 月 6 日。

不是针对这个新出现的文学流派，而是着眼于对战时及战后日本文学的回顾与总结。其次，他在评论战时及战后文学的时候，从意识形态的角度对"转向文学"进行了批判。最后，在顺便谈到最近的新人作家的动向时，他发现了"意识形态"的缺失，于是，就顺势把40年前"转向文学"的"脱离意识形态"的旧衣裳套在了"内向的一代"的新人身上。柄谷行人提出了与此针锋相对的看法，他认为小田切秀雄既没有敏锐地意识到昭和十年代和昭和四十年代的日本社会在逻辑上的不可比拟性，又没有深入地考察过"内向的一代"产生的文化背景，只是根据理所当然的类推来对一个新的文学流派做出价值判断。这样的批评不得不说是一种"怠惰的理性作用"下的产物。①

其实，"名字又有什么关系呢？玫瑰不叫玫瑰，依然芳香如故"——莎翁的名言似乎在提示我们，名称并不能代表事物的本质，而且，即使对同一个名字，由于所依据的审美取向、价值判断体系等的不同，也可以得出截然不同的理解方式。被小田切秀雄列入"内向的一代"名单的评论家秋山骏就认为，他们和小田切秀雄之间的根本分歧就在于对"现实"和"社会"的不同理解。他说：

> 例如，缺乏对社会的关心——准确地说，小田切并没有使用这样的词汇，不过，我归纳了他文章的要点，为了方便，现在就这么用着——对此，我深有同感。

---

① 柄谷行人：《通向内心之路与通向外界之路》下篇，载于《东京新闻》1971年4月10日。

因为，我认为这个所谓的"社会"，不管是指我们存在的这个现实中的"社会"，还是在此之上的、在可能的语言上很多的议论所指的"社会"，他和我的理解是完全不同的。我觉得即使同样使用"社会"这个符号，我们从其背后的实质中看到的东西、亲身体验到的"社会"、有时是作为人类生存的空间来考察的"社会"、还有每天用手用触觉的心灵感受到的内容的"社会"，它的性质、形状、色彩是完全不同的。①

也就是说，同一个名词在不同人的词典里可以有完全不同的解释，秋山骏和小田切秀雄对于"社会"的不同理解使得这个抽象名词具有主观性。也正是由于同样的原因，日本学者对"内向的一代"的研究也出现了截然相反的两种观点。

二　关于"内向的一代"的论争

由于所依据的价值体系和对社会现状理解的不同，评论界对"内向的一代"的看法出现了明显的分歧。20 世纪 70 年代初，以小田切秀雄、松原新一等为首的否定派和以川村二郎、柄谷行人、秋山骏等为代表的肯定派，在报纸和文学杂志上纷纷发表文章，围绕"内向的一代"展开了一场文学论争，史称"'内向的一代'论争"（1970—1971 年）。②

论争的焦点主要集中在两个方面：一是关于"内向的一

---

① 秋山骏：《新一代的作家们》，《国文学：解释与鉴赏》1973 年 5 月号，第 7、8 页。

② 石井清司编：《战后论争史年表》，《现代之眼》1977 年 12 月号，第 248 页。

代"的文学思想；一是关于"内向的一代"的创作方法。早在小田切秀雄提出正式命名之前，川村二郎就已经采用了"通向内心之路"的说法来概括 20 世纪 70 年代日本小说的特征。同时，川村认为，《作为人》、《边境》等新创刊的文学杂志的名称本身就带有明显的针对性。他说：

> 根据我的观察，首先，里面表达了文学为人生而有意义的愿望，其次，从现在的情况来看，里面还包括了对"通向内心之路"的忧虑和反驳。而且，还有一种为了文学而试图恢复新的批判力的意向，同时，对于那些认为文学因丧失了对现实的批判能力，故丧失了其社会性功能而不得不躲藏于现存体制之中编织着漫无边际的梦想的做法予以否定。
>
> ……
>
> 我并不是鼓吹温和的艺术至上主义，不，也不妨说，就是艺术至上主义。只不过我现在用这个词语所表达的意思是，艺术首先是为艺术而艺术才能成为为人生之艺术，艺术只有彻底无用，才能成为有用。①

川村的"艺术至上论"马上遭到了松原新一的批驳，在《文学家的现实参与》一文中，松原就指出：

> "通向内心之路"的"富饶"只不过是勉强建立在现代社会"虚拟的繁荣之上"，在轻视真实（actuality）、偏

---

① 川村二郎：《内部季节的富饶》，《文艺》1970 年 12 月号，第 208、209 页。

重现实（reality）的风潮中，在文学正走在"通向内心之路"的风潮中，我还是不能同意，以现实参与为基础的文学受到过少的评价。①

小田切秀雄就是在看到了川村和松原之间的文学争论后，才在《"九一八"事变之后四十年来文学的问题》中对最近几年新人作家及其作品的文学特征做出了"只想在自己个人的范围内，寻找作品的真实感觉、脱离意识形态的"的概述。由此可见，他的"内向的一代"的提法脱胎于川村的"通向内心之路"，只不过小田切所说的"内向"仅指"个人自己的范围"，而川村所说的"'内心'却带有因受到'外界'的异化而产生的浪漫的自我意识的浓厚色彩，看似无法翻译，实际上，只要通过'（自我）表现'的机制就可以实现"②。总之，不论是小田切所说的"内向"，还是川村二郎所说的"内心"，强调的都是对个人自我内部思想的关注，他们两人只不过因为立足点不同，所以在表述上各有侧重。遗憾的是他们讨论的重点依旧偏重于"文学与政治"的关系问题，而对"内向的一代"的本质特征并未做细致分析。

针对川村二郎提出的"通向内心之路"的说法，柄谷行人从另一个角度做出了新的回应。在《通向内心之路与通向外界之路》一文中，柄谷避开了"文学与政治"的角度，直接以笛卡尔的"方法上的怀疑"为例，论证"内向的一代"其实是想在方法上为文学寻找新的突破口。柄谷行人指出：

① 松原新一：《文学家的现实参与》，《群像》1971年3月号，第24页。
② 仓数茂：《作为"往复"之生》，《批评》1998年12月第2卷，第129页。

自从去年年底川村二郎把最近的小说家都概括为正在走"通向内心之路"以来，（评论界）出现了很多的反对意见。这些反对意见有一个共同点，认为"通向内心之路"就是放弃对"现实"的参与态度——这真是老生常谈的责难。且不论川村氏的本意何在，我却认为"通向内心之路"恰好就是所谓的"通向外界之路"。如果可以这么说的话，那么，笛卡尔以来的"方法上的怀疑"就是"通向内心之路"，故同时亦是"通向外界之路"。他们（指"内向的一代"，笔者注）只是根据朴素的唯物论（＝观念论），一直以来都在摸索着"通向外界之路"。毋庸赘言，他们在现实生活中当然是非常现实主义的，他们的"内向性"决不意味着"自闭性"。①

　　柄谷行人的论证抛开了利用意识形态论对文学流派做出价值判断的传统做法，但是，他所提出的"通向内心之路"即"通向外界之路"的观点也不能完全解释清楚方法论上的疑点。支持他这个观点的唯一论据，就是他所说的"现实感的稀薄"，有"现实"，却没有"现实感"。他认为，"内向的一代"并不像小田切所说的那样，不愿意面对"现实"而遁入自己内心世界的小天地。实际上，他们正是试图通过对自我内心的关注，摸索通向外部现实的道路。这里隐藏了一个不言自明的前提，即自我的内心即是对外部现实的反映，唯有当这个

────────────

① 柄谷行人：《通向内心之路与通向外界之路》上篇，《东京新闻》1971 年 4 月 9 日。

前提条件成立时，他的论点才能成立。此刻，他和小田切秀雄之间的根本分歧也就产生了——究竟什么才是"外部现实"？文学应该如何反映"外部现实"？柄谷行人认为，外部有"现实"却没有"现实感"，"自我的内心"要从方法上反映这种"非现实感"。而小田切秀雄则认为，外部就是"人与人之间紧张的对立关系"，进步作家应该"在意识和形象中对体制进行尖锐的批判和反抗"。

此外，否定派评论家普遍认为，他们"看不懂""内向的一代"的作品。1971 年上半年第 65 届芥川奖获奖者空缺，这并不是因为无人参赛，而是因为评审委员们看不懂参赛作品。作为评委之一的石川达三在评语中写道：

> 在八篇候选作品中，至少有五篇不知道在写些什么、想要说些什么。我问坐在旁边的中村君，这是怎么回事，他回答说："这是流行。"大冈君好像也是同样的说法。那要真是流行，可真是可恶的流行。舟桥君用了神经官能症小说这个词。当我看到有用神经官能症写小说的倾向、看到这样写出来的作品还会受到读者欢迎的倾向的时候，我就想，我获芥川奖的时代已经过去了。①

石川达三擅长写社会派小说，曾经胜过太宰治荣膺 1935 年首届芥川奖，但如他所言，他获芥川奖的那个时代已经过去了。1971 年下半年的芥川奖颁发给了古井由吉，获奖作品就

---

① 转引自石川巧《内向的一代》，收入《日本文学史事典·现代编》，有精堂 1997 年版，第 413 页。

是所谓的神经官能症小说《杳子》。《杳子》所展现的自闭症患者的内心世界和古井由吉"慢镜头录像"一般的描写手法，对于石川达三那样的社会派作家而言，无疑是一种阅读上的挑战。半年后，石川辞去了芥川奖评委的职务。

随着"内向的一代"逐渐成为20世纪70年代日本文坛的主流力量，他们的作品开始为大多数读者所接受，论争也就平息下来。这次论争虽然没有给"内向的一代"一个明确的界定，却通过它培养出了一大批优秀的文学评论家，如柄谷行人、秋山骏等。

### 三 关于"内向的一代"的研究

关于"内向的一代"的文学特征，现在的日本学界普遍认同秋山骏于1979年在《战后日本文学史·年表》中提出的观点。比如，1997年的《日本文学史事典》和2001年的《昭和文学史》在写到"内向的一代"时都引用了秋山骏的观点。在《战后日本文学史·年表》中，秋山骏归纳总结出了"内向的一代"的四大特征。

对于谈论社会的那些知识分子的语言的异样感和不信任，正是形成"内向的一代"的第一个特征。

第二个特征就是把"非现实的世界"引入日常，这种类似于超现实手法的运用，使小说中出现了很多"看不懂"的部分。

第三个特征，从结果看，他们的文学都是在描写城市生活者的生存状态以及城市生活。

第四个特征，他们描写的"无意义的人在无意义的地方过着无意义的生活"，也就像是一颗沙子一样的生存状态。①

秋山骏的观点比较概括地反映了"内向的一代"的总体特征，可惜的是他在《战后日本文学史·年表》中的表述只是从文学史的角度对该流派做了一个粗线条的勾勒，没有深入探讨这些特征背后所隐藏的意义和本质。

同样，中国的日本文学研究者对"内向的一代"的研究也只限于类似的文学史上的概述，而且，他们的主要观点也都是对日本学界相关评论的综述。比如，叶渭渠的《日本文学史·现代卷》认为："内向派文学的特点是：把现实抽象化，变成自我想象的东西，把人的精神和意志作为唯一的存在。"② 又如，平献明的《当代日本文学史纲》认为："内向派的作品大多是通过日常生活中的不安、个人与社会的不协调关系来表现自我，否定个人与社会之间的联系，使个人游离于群体之外，从自我中寻找人性的真实，突出现代人生存的不安感。同时，夸大主观的作用，以直觉、本能、意志作为唯一的存在。"③ 等等。除此之外，还有一篇专门介绍"内向的一代"的文章，发表在 1981 年第 4 期的《外国文学报道》上，那就是胡志昂的《内向的一代——七十年代日本纯文学的主要倾向》。这篇文章也概括出了"内向的一代"的四个特征，分

---

① 松原新一、矶田光一、秋山骏编：《战后日本文学史·年表》，讲谈社 1979 年版，第 422、423 页。

② 叶渭渠、唐月梅：《日本文学史·现代卷》，经济日报出版社 2000 年版，第 627 页。

③ 平献明：《当代日本文学史纲》，辽宁教育出版社 1993 年版，第 133 页。

别是：

（一）对战后日本社会的现实不满，对现代资本主义社会人与人、人与物、人与社会、人与自我的畸形关系（即人的生存状态）感到疑惑、不安和恐惧。

（二）对待现实的态度是虚无、消极的。他们不是积极地去关心、探索社会问题的症结，敏锐地反映现实中的矛盾与冲突，而是试图超脱社会，逃避现实，放弃政治。

（三）一般不直接触及重大的历史性社会性题材，而着意于表现平庸、琐碎的个人日常生活；不直接地描写现实社会畸形的不合理现象，而是沉湎于人物的内心世界。

（四）作品的结构比较松散，情节的发展缺乏前后一致的连贯性，时间上也互不衔接，呈跳跃式，贯穿全篇的往往只是人物的意识之流。①

胡志昂的观点基本上接近于小田切秀雄对"内向的一代"的评价，也就是说，对于"内向的一代""脱离现实"的特点是持否定态度的，不过他也没有提出具体的论据。另外，国内对于该派作家和作品的研究也相对较少，除了文学史中简短的介绍以及对其中某几个作家的少数作品有过专题翻译和介绍之外，可以说，国内至今还没有对该流派作过较为系统而深入的研究。

有关"内向的一代"的唯一的一本研究专著是由日本学

---

① 胡志昂：《内向的一代——七十年代日本纯文学的主要倾向》，《外国文学报道》1981 年第 4 期，第 1、2 页。

15

绪

论

者古屋健三撰写的《"内向的一代"研究》（1998 年由庆应义塾大学出版会出版）。该书由四个部分组成，第一部分题为《什么是"内向的一代"?》，是一个随笔式的短文，主要介绍"内向的一代"的概况。第二部分是全书的重点，由 13 篇评论文章组成，涉及"内向的一代"的十位作家。这些评论文章大部分是自 1984 年到 1993 年零散发表在各个文学杂志上的文章。第三部分题为《关于衰老或成熟》，是对"内向的一代"的现状的一个介绍；第四部分是"内向的一代"的文学年表，介绍了从 1923 年到 1997 年的社会政治大事、"内向的一代"的活动以及其他艺术家的活动。可以说，这是第一本详细介绍"内向的一代"的著作，为研究"内向的一代"提供了较为翔实的资料。不过该书侧重于对作家的单独评论，缺少对其作为文学流派的总体特征的把握。

本书将在充分吸取前人研究成果的基础上，采用宏观的流派概述和微观的文本分析相结合的方法，对"内向的一代"的总体面貌和作家作品的个体特征做较为完整的描述。同时，本书还将重点探讨两个有争议的问题：一个是关于内向的一代是否存在脱离社会、逃避现实、放弃政治等倾向；一个是"内向的一代"的作品是否属于私小说。这两个问题是和"内向的一代"有关的论文关注最多同时也是分歧最大的地方。本书的基本观点是："内向的一代"并不是脱离社会、逃避现实和放弃政治的一个文学流派，同时，尽管该流派的作品多数取材于作者的身边小事和内心世界，但是和传统意义上的私小说还是有着本质上的区别。可以说，对于这两个问题的思考和讨论是贯穿本书的一条主线，而找出真实有力的论据来论证上述观点则是本书的研究目的所在。

第一章

流派及艺术特征

### 第一节 "内向的一代"的形成及其流派特征

"内向的一代"产生于20世纪60年代末,从70年代初开始,逐渐成为日本纯文学创作的主流力量。作为一个小说流派,"内向的一代"的形成既不是以同人杂志为中心,也没有文学社团作基础,而是在"时代要求、文学风尚和作家美学追求"①等因素共同作用下自然出现的一个文学现象。日本著名文学批评家小田切秀雄凭借其高度的文学敏感性,捕捉到了这一文学现象,并率先从文学史和流派史的角度对其进行了考察。小田切秀雄于1971年3月23日和24日在《东京新闻》上发表了题为《"九一八"事变之后四十年来文学的问题》的评论文章,尖锐地指出:"最近受到注目的新人作家和评论家们,除了少数例外,大都只想在自己个人的范围内,寻找作品的真实感觉,他们作为脱离意识形态的内向性文学的一代,正在形成一股时代的潮流。"②

基于这一文学时潮的"内向性",小田切秀雄将当时的新人作家和评论家们命名为"内向的一代",并将其列入日本战后第六批新人作家群③。同时,小田切秀雄还列出了该派作家

---

① 严家炎:《中国现代小说流派史》,人民文学出版社1995年版,第3页。
② 小田切秀雄:《"九一八"事变之后四十年来文学的问题》上篇,《东京新闻》1971年3月23日,着重号为原文所加。
③ 1970年12月,在《群像》杂志主办的关于战后文学25年的座谈会上,小田切秀雄将战后新人作家群划分为六批,依次为:以野间宏为代表的"第一次战后派"、以堀田善卫、安部公房为代表的"第二次战后派"、以安冈章太郎为代表的"第三批新人"、第四批是以石原慎太郎和大江健三郎为代表的那一代人、第五批是以高桥和已为代表的"挫折的一代"、第六批就是"内向的一代"。

的名单，他认为具有"内向的一代"的特征的作家有古井由吉、后藤明生、黑井千次、阿部昭、柏原兵三和小川国夫等人。① 尽管"内向的一代"这个称呼是小田切秀雄从反对立场和批评角度提出的一个命名，可是由于它在某种程度上反映了这一新文学流派的特征，因而得到了多数评论家的认同。至于"内向的一代"的成员，文学史家和流派史家也基本上参考或引用了小田切秀雄列出的六人名单，而且，还把其他有相近艺术眼光、审美趣味、创作风格以及社会意识和生命体验的作家添加进去，使"内向的一代"成为一个没有具体的组织形式、却有着较为庞大的人员构成的新人作家群。比如，古屋健三在《"内向的一代"研究》中，列出了一份十人名单，其中去掉了小田切秀雄六人名单中的柏原兵三，增加了坂上弘、高井有一、大庭美奈子、富冈多惠子和上田三四二等五人。古屋之所以去掉柏原兵三，据笔者推测，其中原因至少有两个：一是因为柏原在 1972 年时便英年早逝，对"内向的一代"的发展并未产生直接而深远的影响；二是因为在他的遗作中，除了获得 1967 年芥川奖的中篇小说《德山道助还乡》之外，没有其他有影响力的作品。笔者也正是出于以上考虑，没有把柏原兵三列入"内向的一代"的作家名单之中，但是，由于篇幅所限又无法采用古屋健三的十人名单，于是，就用在创作风格和文学观念上都具有鲜明的"内向的一代"的特征的大庭美奈子来替代柏原兵三，组成一个新的六人名单。也就是说，本书将把古井由吉、后藤明生、黑井千次、阿部昭、小川国夫和大庭美奈子这六位作家作为"内向的一代"的代表作家，通过对

---

① 小田切秀雄：《现代文学的争论点》上篇，《东京新闻》1971 年 5 月 6 日。

这些作家的生活经历、社会意识、文学观念和创作方法的考察，来揭示"内向的一代"的总体特征。

作为一个文学流派或是新人作家群，"内向的一代"具有五个明显的特点。第一个特点主要体现在年龄上。这批作家亮相日本文坛时都已过而立之年，这和当时文坛所认为的"新人作家"的概念有一段尴尬的距离。毕竟与其同龄的第五批新人——"挫折的一代"在 1960 年代早期就已经打下文坛的半壁江山，甚至更早的第四批新人中的大江健三郎在 1958 年就凭《饲育》获芥川奖成为文坛翘楚。古井由吉以《杳子》一文获芥川奖时，年已三十又四。而论年龄，大江也就比古井年长两岁而已。

"内向的一代"最初引起文坛注目的原因就是作家们纷纷获得芥川奖，对于这个历年来多颁给年轻的新人作家的文学奖项而言，"内向的一代"在历届获奖者中应该算是"大器晚成"的一代了。不过 20 世纪 60 年代末 70 年代初的日本文坛似乎还没有形成迎接中年新人作家的气氛，对此，古井由吉在短篇小说《水》的后记中有这样一段回忆：

> 现在看来，当时的确是很年轻。不过，对于一个 30 多岁、有妻有子的人，社会上的看法自不必说，就是在文艺新闻界里头，也没人拿你当年轻人看。早在几年前，阿部昭、黑井千次、后藤明生、坂上弘等人就开始出现或重新出现在文坛，但是，在还没有被概括起来叫做"内向的一代"之前，他们就被叫作"迟来的新人"，甚至是"半新不旧的新人"。之后大概过了五年的时间，社会上

才开始把 30 多岁的新人作为年轻人来接受。①

这些"迟来的新人"、"半新不旧的新人"的第二个特点体现在他们社会身份上。"内向的一代"在步入文坛之初,都还在社会上兼着各种职业,这与其他由学生作家或专职作家构成的新人作家群形成了鲜明对比。在"内向的一代"的成员中,古井由吉当过八年的大学教师;后藤明生在平凡社作了九年的编辑;黑井千次在富士重工的工厂和企业前后工作了 15 年;阿部昭在东京电视台工作了十年;小川国夫在欧洲留学三年后,就一直在父亲的事务所里工作;而大庭美奈子则是在随丈夫赴美之后,或留学或教学,在海外生活了 11 年。

成名之后,"内向的一代"的作家们纷纷辞去原来的工作或是从海外回国②,一心一意地投入到文学创作之中。不过之前的工作经历或海外留学生活经历对他们的创作所产生的影响却是难以抹去的。这些工作经验和海外留学生活经验使得"内向的一代"的作家们显示出与众不同的特色——他们既不像之前的"挫折的一代"那样愤世嫉俗,也不像之后的"蓝色的一代"那样颓废虚无。日本评论界认为,和开高健等"暴躁的一代"相比,他们是"温顺的一代"③;和村上龙、村上春树等"非生活者"相比,他们又给人"生活者"的感觉④。

　　① 古井由吉:《后记》,收入《水》,讲谈社 1994 年版,第 279 页。
　　② 后藤明生于 1968 年辞职,古井由吉和黑井千次都于 1970 年辞职,阿部昭于 1971 年辞职,大庭美奈子于 1970 年回国。
　　③ 大冈升平和古井由吉的对谈录:《"狂热"——存在于作品底部的东西》,《文学界》1970 年 12 月号,第 196 页。
　　④ 黑井千次等人参加的座谈会记录:《文学的责任——"内向的一代"的现在》,《群像》1996 年 3 月号,第 119 页。

总而言之，"内向的一代"在文坛成名的时候，由于已过了血气方刚的年龄，同时又在社会上沾染了一些"世俗气"，故不被当时的主流评论当作是艺术家型的作家群体。当时文坛有这样一种观点，认为只有像中上健次、村上龙和村上春树那样全天 24 小时写作的全职作家才能算作艺术家型的作家，而"内向的一代"只能属于市民作家①。这种观点因其不合时宜而受到当代批评家的嘲笑，但它在一定程度上也真实地反映了 20世纪 70 年代甚至包括更久之前的日本文坛的批评风格。

"内向的一代"的第三个特点主要体现在成名方式上。他们几乎都是通过获得各类文学奖项而一夜成名的，获奖之前默默无闻，获奖之后才受到主流评论界的关注，进而步入新人作家的行列。比如，大庭美奈子于 1968 年 5 月凭借《三只蟹》同时获得了群像新人奖和芥川奖，同年，《文学界》10 月号就刊登了她与江藤淳的对谈——《两个人的美国与文学》。古井由吉于 1971 年 1 月凭借《杳子》获得芥川奖之后，就开始在《文艺》杂志上以连载的形式发表长篇小说《行隐》。就在这种频频获奖的气氛中，《文艺》《新潮》《文学界》和《群像》等著名的文学杂志开始大量地刊登"内向的一代"的作品。1971 年 11 月，河出书房新社开始发行《新锐作家丛书》，总共发行了 18 卷，其中就包括阿部昭、古井由吉、后藤明生、黑井千次、小川国夫、大庭美奈子这六名"内向的一代"的代表作家以及坂上弘、高井有一等"内向的一代"的边缘作家的作品。与此同时，讲谈社、中央公论社、文艺春秋社等大

---

① 黑井千次等人参加的座谈会记录：《文学的责任——"内向的一代"的现在》，《群像》1996 年 3 月号，第 126 页。

型出版社也纷纷开始出版他们的个人作品集和小说单行本。

　　至此，不得不提到的是当时发生在日本文坛的几件大事。因为除了获奖这个有利条件之外，"内向的一代"之所以能够在短时间内形成还有赖于当时文坛大环境急转直下而造成的有利形势。这些"迟来的新人"、"半新不旧的新人"凭借获奖提高了知名度，但到底还是些散兵游勇，不足以构成文坛的主流。就在他们尚未形成气候之时，《文艺》杂志为他们的全面亮相创造了客观条件。作为60年代末70年代初最畅销的文学杂志，《文艺》杂志凭借埴谷雄高、吉本隆明、三岛由纪夫和高桥和巳这四根台柱保持着年发行量3万册的骄人业绩。然而，1970年11月25日，三岛由纪夫在自卫队驻地剖腹自杀；1971年5月3日，高桥和巳因结肠癌去世。《文艺》杂志在两年之内接连失去了两根台柱，发行量立刻降了下来，寻找新人作家成为当务之急。事实上，《文艺》编辑部早在1971年2月得知高桥和巳罹患癌症的消息时，就开始在主编寺田博的带领下着手组建新的作家团队来弥补两位文学巨匠的相继离去而造成的空缺。而此时正好在文坛开始崭露头角的"内向的一代"成为《文艺》杂志的首要人选。1970年1月14日，《文艺》杂志主持召开了一次名为"现代作家的条件"的座谈会，这就已经暗示了作家群新旧交替的动向。同时，也就是在这次座谈会上，"内向的一代"的作家第一次碰面，并就作家的形象变化等问题进行了交谈。当时，参加座谈会的有阿部昭、黑井千次、后藤明生、坂上弘和古井由吉，基本上都是最具代表性的"内向的一代"的作家。半年之后，《文艺》杂志又召集这批作家和文学评论家秋山骏召开了一次名为"现代作家的课题"的座谈会，会议的发言记录发表在《文艺》10月号上，这次座谈会主要讨论了战争对这一代作家的影响。《文艺》杂志组织召开的这些座谈会让读者对这批新人作家有了初步的了解，为"内向的一代"的最终形成起了非常重要的铺垫和制造声势的作用。

"内向的一代"的第四个特点体现在同人杂志上。如果说座谈会是"内向的一代"在《文艺》杂志的召集下被动参加的一个社团活动的话，那么，创办《文体》杂志就是"内向的一代"主动参与的一个自发性活动。一般说来，文学流派或团体都是先有文学杂志或同人杂志，然后才有志趣相投的作家聚集于此，各自在文学创作等活动中逐渐成熟，形成独自的创作风格，最后或是自立门户，或是投入其他流派，而原先的流派也就自动解散。不过"内向的一代"在形成之初并没有同人杂志。如果把小田切秀雄的命名看作是"内向的一代"形成的标志的话，那么，他们创办《文体》杂志却是在流派形成之后的第六年。这又是一个的现象。

《文体》是"内向的一代"所创办的唯一的同人杂志，1977 年秋创刊，以季刊形式发行，至 1980 年 7 月停刊，共出了 12 期。《文体》的编辑共有四位，分别是后藤明生、坂上弘、高井有一和古井由吉。尽管这四人都被认为曾是"内向的一代"的成员，但在 1977 年时他们早就已经形成了各自的创作风格。之所以在此时创办同人杂志，就是为讨论文学最重要的本质性问题——"何为文体"。为了维护好这个对话平台，《文体》编辑部特地制定了两条办刊原则：一是每期都必须有四位编辑执笔的文章；一是必须有连续发表的专栏来讨论文体。也就是说，《文体》每期都会邀请不同的文学家以"何为文体？"为主题，撰文发表各自的看法。可以说，"内向的一代"所创办的《文体》是一本名副其实的文学杂志，关于这一特点，《文体》的编辑们在单行本《何为文体?》的后记中已经说得非常明白。

去年秋天，季刊《文体》创刊，当时，我们这些编辑部的同人事先并没有发表任何宣言之类的文章。勉强而言，也就是杂志的名称《文体》而已。毫不谦虚地说，这一刊名就足以代表我们所有的志向。

当然，我们这些编辑部的同人不是某个特定的文体家的集团。我想这一点已经毋庸多言，只要回顾一下各人至今为止所从事的工作便一目了然。另外，至于何为文体这个问题，也没有任何统一的定义，而且，也没有丝毫要给以硬性规定的意思。

......

《何为文体?》这个专栏每期都会请四到六位作家执笔，要求每人写15页稿纸，不过，我们也听到有人议论，说杂志叫《文体》，专栏叫《何为文体?》，是不是有些太过普通? 也有人说，要光是创刊号也就罢了，每期都要有这个专栏的话，岂不是死板? 然而，我们还是默默地坚持下来了。不是我们自吹，难道不正是这"愚者的死心眼"，才是属于我们杂志的特权吗?①

尽管被视为"死板"的"愚者"，但"内向的一代"所创

①　《文体》杂志编辑同人：《后记》，收入《何为文体?》，平凡社1978年版，第285、287页。

办的《文体》的确是从最纯正、最忠实的角度探讨有关"文体"也就是有关文学本质问题的一本杂志。这也成为它区别于其他同名杂志的一个显著特征。实际上，在后藤明生等人创办《文体》之前，已经存在过三个同名同姓的杂志。最早的一个《文体》杂志创刊于1932年，以月刊的形式出版了三四年后停刊。这个杂志有一个特别之处，就是不发表小说，只刊登一些文人风格的随笔。第二个《文体》杂志创刊于1938年，也是以月刊形式出版，至1939年5月停刊。这也是一个同人杂志，每期的作者基本上都是谷川彻三、井伏鳟二、坂口安吾、太宰治、小林秀雄、堀辰雄等人。内容包括诗歌、散文和谈话录等。第三个《文体》杂志创刊于1947年，是个季刊，一共出了四期，其中刊登过小林秀雄的《凡高的信》和大冈升平的《野火》等名篇。这三个同样名为《文体》的杂志相互之间并没有历史传承性，不过"内向的一代"在1977年创办《文体》杂志时，却是有意采用了这个刊名。一方面，他们是为了探讨"何为文体"而考虑用《文体》作刊名；另一方面，则是出自于继承文学传统的愿望。也就是说，虽然办刊宗旨不尽相同，但他们作为文学工作者，还是希望把《文体》继续办下去。后藤明生就说："前辈们已经出过三个《文体》杂志，最后一个是昭和二十三年（1947年），至今也有30年了。也就是说，在这30年里，没有再出过一本杂志叫做《文体》的。我想，只要大家认为这是《文体》隔了30年又出来了，这就可以了。"① 直到1980年停刊，"内向的一代"

---

① 秋山骏和后藤明生的对谈录：《关于文体》，《展望》1977年7月号，第104页。

所创办的《文体》杂志一直坚守着创刊时提出的两个原则，这也体现了作家们对文学本身的一种坚持和执著。正如《文体》的编辑们所说："我们追求的既不是关于文体的结论，也不是关于文体的定义。'何为文体?'的确是我们向执笔者提出的问题，但同时也是向我们自己提出的一个问题。"①

"内向的一代"的第五个特点体现在流派终结时间难以确定上。关于"内向的一代"何时终结的问题，至少存在着两种不同的意见。第一个观点是笔者的观点。根据小说流派史的观点，笔者认为"内向的一代"结束的具体时间应该是1980年。因为从小说流派史的角度看，"内向的一代"是一个不具备明显组织形式的作家群体。除了参加由文学杂志召集举办的座谈会、创办同人杂志《文体》之外，"内向的一代"就没有其他的文学活动了。而且，"所谓的'流派'，顾名思义，是处在不断流动、发展、变化中的。没有发展变化的流派简直不可想象"。②"内向的一代"也不例外，作家们自始至终都在进行个人化的文学创作，只不过在某个时期他们的文学观念和审美趣味出现了不谋而合的共同点，才会被评论家归纳到一起。自然而然，随着各个作家的文学观念和审美趣味的不断改变，他们之间曾经有过的共同点也会逐渐消失。按照小说流派史的观点，流派成员的分化、文学团体的解散或者是同人杂志的停刊都可以看作是流派终结的标志。根据这个标准来判断的话，"内向的一代"的结束时间就应该定在《文体》杂志停刊的那

---

① 《文体》杂志编辑同人：《后记》，收入《何为文体》，平凡社1978年版，第287页。

② 严家炎：《中国现代小说流派史》，人民文学出版社1995年版，第4页。

27

第一章 流派及艺术特征

一年，也就是 1980 年。

对于"内向的一代"何时终结的问题，还有一个声音似乎更具权威性，那就是来自命名者小田切秀雄的观点。1977年 6 月，小田切秀雄在文学杂志《昴星》上发表了主标题为《文学浪尖上的经验》、副标题为《"内向的一代"的终结和〈五月巡历〉等》的文章，开门见山地宣告了"内向的一代"的终结。在文章一开头，他就提出了自己的看法。

　　尽管遭到了很多反对和非议，但是，"内向的一代"这个名称还是固定下来了。不过这个固定的过程也正好是"内向的一代"作为文学家的一代人走向终结的过程。而这个终结自然会引出这样一个问题——下一代文学新人是谁？——现代文学的问题的一个焦点便在于此。关于下一代文学新人，从目前的情况来看，称得上形成要素的东西确实已经以几个新人作家的作品的形式开始出现，但是，他们还没有显现出作为一代文学新人的清晰的轮廓。不过有一点是非常明确的，那就是他们和"内向的一代"在某些地方完全不同。关于这个问题，我会在后文中提及。在此，我主要是想通过两个长篇新作来探讨这样几个问题："内向的一代"现在是如何正在走向终结？一代文学新人的经验是如何结束的？这两个作品，一个是古井由吉的《女人们的家》（1977 年 2 月由中央公论社出版），一个是黑井千次的《五月巡历》（同时由河出书房新社出版）。当然，一代文学新人群体的终结并不一定意味着属于这一群体的作家们都停止了所有的活动，有不少的情况是作家们有了转变或发展。《女人们的家》是转变的代表，《五月巡历》则是发展的代表。①

显而易见，小田切秀雄判定"内向的一代"正在走向终结至少有两条依据：一是出现了不同于"内向的一代"的新一代作家；二是"内向的一代"的创作倾向出现了转变或发展。前者可以说是外部的客观因素，后者则是流派内部的主观因素。小田切秀雄认为 1977 年时此二者均已发生变化，这变化自然就意味着"内向的一代"正在走向消亡。

可是新一代作家群的出现是否就意味着老一代作家群的终结呢？如果从小说流派史的角度看，答案显然是否定的。从日本近现代小说流派的发展来看，同一时期存在不同的小说流派，各个流派各自为营，流派之间互相争鸣的情况显然是非常普遍的。但是，小田切秀雄在对战后小说流派进行划分时，并没有完全依照小说流派史的观点，而是用 Generation 即日语"世代"的概念来划分，这就使得流派之间出现了一个"长江后浪推前浪"的兴衰消长的规律。也就是说，按照"世代"论的观点，新一代作家群的出现就必然意味着老一代作家群的终结。只要考察一下当时的文坛动态，就可以发现这个观点并不符合实际情况。小田切秀雄所说的新一代作家，就是后来被称作"蓝色的一代"的村上龙、三田诚宏和中上健次等新人作家。毫无疑问，无论是在成员构成上，还是在创作倾向上，这是一个和"内向的一代"截然不同的新人作家群体。而且，在 20 世纪 70 年代中期，他们陆续发表了自己的成名作，在文

① 小田切秀雄：《文学浪尖上的经验——"内向的一代"的终结和〈五月巡历〉等》，《昂星》1977 年 6 月号，第 194 页。

坛上形成了一股新的力量。尤其值得一提的是村上龙发表于
1976 年的小说《近似无限透明的蓝色》，不仅获得了芥川奖，
还成为当年最畅销的小说。同时，中上健次的《海角》（1975
年）、《枯木滩》（1976－1977 年）和三田诚宏的《我是什么》
（1977 年）等小说在 20 世纪 70 年代中期的文学评论界引起了
很多争议和讨论。但是，这些新生代作家的出现并没有形成新
的文学流派，不论是村上龙，还是中上健次，他们的创作更倾
向于个人风格的体现，而缺乏较为接近的艺术特色。另一方
面，"内向的一代"作为小说流派的文学活动也没有停止，
1977 年《文体》的创刊便是一个最有力的证明。而且，就在
1996 年 1 月 17 日，黑井千次、后藤明生、坂上弘、高井有
一、田久保英夫、古井由吉和三浦雅士等人还在《群像》杂
志的召集下，召开了一个名为"文学的责任——'内向的一
代'的现在"的座谈会，讨论了关于"内向的一代"的各种
话题。由此可见，根据"世代"论的观点做出的判断，也就
是小田切秀雄的 1977 年说，并不符合文学史发展的实际情况。

从该流派对日本文坛所产生影响的期间来看，20 世纪 70
年代应该说是其影响最大最显著的时期，之后便呈现逐渐减弱
的趋势。因此，以《文体》杂志停刊为标志的 1980 年说，虽
然不能作为"内向的一代"终结的准确依据，也不妨看作是
该流派走向衰落的一个开始。

## 第二节 动荡的时代与迷惘的人生

19 世纪法国史学家兼评论家丹纳说："要了解一件艺术
品，一个艺术家，一群艺术家，必须正确地设想他们所属的时

代的精神和风俗概况。"① 因此，要了解"内向的一代"，首先必须从现有的材料中去寻找关于他们所处时代的精神和风俗概况的记载。"内向的一代"大都出生于 20 世纪 30 年代，童年时代经历了东京大空袭和日本战败等历史事件；青少年时期正好是日本战后恢复期，同时也是学生运动如火如荼的年代；中年时赶上了日本经济高速发展期，同时，作家们也纷纷辞去了工作开始专职写作，这段时期正好是他们创作最旺盛、作品最丰富的时期。如果说童年时代对战争的记忆是他们创作小说的原动力的话，那么青年时代在工作中所看到的现代产业机器的种种弊端就成了他们创作的好题材。不过时代的精神和风俗概况并不是"内向的一代"形成的决定性因素，毕竟在同样的条件下，也产生过"挫折的一代"等其他的小说流派。简而言之，时代背景对于一个流派的形成固然很重要，但更为关键的是这一流派的作家们对时代背景的理解和感悟是否存在着相同之处。也就是说，时代背景是客观存在的，而作家们的个人体验却是非常主观和随机的，但相比之下，后者才是作家的创作源泉。同样的时代背景下能够产生不同的小说流派，不同的小说流派对同一时代背景的理解和文学表现也是截然不同的。这就要求我们在考察流派形成的时代背景的同时，还必须归纳出作家们在对所处时代的个人感悟上的相似之处。

首先，对于"内向的一代"而言，"二战"即将结束时的空袭和广岛原子弹爆炸所造成的恐惧既是他们童年时的遥远记忆，又是他们在创作中无法掩饰的心灵创伤。1945 年 3 月 9日，美军向日本东京投下了 1667 吨炸弹，不过没有使用高性

———————————

① ［法］丹纳:《艺术哲学》，傅雷译，人民文学出版社 1981 年版，第 7 页。

能炸弹，而是改用了燃烧弹。东京人口最密集的 15 平方英里的地区顷刻间化为一片火海。之后的十天内，美军一共出动了 1595 架次的飞机，在东京、名古屋、大阪和神户投下了 9373 吨的燃烧弹，将这些城市合计 31 平方英里的土地烧成了焦土。普通日本市民对空袭的反应就是恐惧和混乱。"虽然有人逐渐习惯了持续不断的空袭，但是，大部分的人要么是越来越惧怕空袭，要么就完全地听天由命了。"① 当时大城市里的儿童都被疏散到农村以躲避空袭，然而从天而降的燃烧弹依然成为他们心中抹不去的关于恐惧的原始记忆。古井由吉认为，对他们这一代人而言，"有两个战争，一个是突然从天而降的燃烧弹，另一个就是食物"。他还说，"当时的那种恐惧，用现在流行的话来讲，就成了类似原始体验的东西，对待政治的态度、对待文学的态度、表现方式等等，都是以这种恐惧为中心形成的"②。

更大的恐惧来自于广岛遭原子弹轰炸后的人间地狱般的惨状。1945 年 8 月 6 日上午 8 时 15 分，自广岛市中心升起一朵巨大的蘑菇云——这个画面似乎已经被定格为历史的经典瞬间，然而就在这朵蘑菇云下，除了已经被炸为废墟的城市之外，还有无数普通市民的尸体。而且这次轰炸对人类生命的摧残并没有因为蘑菇云的消散而消失，根据日本 1961 年的国情调查，广岛市因原子弹爆炸和原子能辐射所造成的死亡人数达

---

① 今井清一编：《Document 昭和史》第 5 卷《战败前后》，平凡社 1975 年版，第 66 页。

② 大冈升平和古井由吉的对谈录：《"狂热"——存在于作品底部的东西》，《文学界》1970 年 12 月号，第 196 页。

到了 23.3 万人①。由于原子弹爆炸之后，广岛又下起了倾盆大雨，大量的雨水带着被辐射后的尘埃渗入地下，使得广岛的泥土和岩石至今都带有辐射性，对人类生命构成威胁。②

在"内向的一代"的作家中，大庭美奈子不仅目睹了原子弹爆炸后的蘑菇云，而且，当时年仅 14 岁的她还作为一名看护人员被派去照顾那些原子弹爆炸后的幸存者。当时的所见所闻对她的一生产生了决定性的影响。她在回忆往事时，曾这样说道："迈开双腿，我就被苏醒的记忆止住了脚步，它就像一根人骨椽子，让我重新思考人这东西。"③

"二战"结束后，日本从军国主义向民主主义的急速转变，给处于青春期的"内向的一代"造成了认识上的混乱。对于当时正处于人格形成期的他们而言，国家意识形态的剧变使得他们在自我确定的过程中因找不到可依据的价值体系而迷失了自己。这些人进入大学之后，日本社会仍然动荡不安，尤其是大学里反对日美安保条约和反对学校管制的一系列学生运动一浪高过一浪，这使他们对所处时代与既成观念产生了深刻的疑问和迷惘。这种疑问和迷惘从童年时代就存在于他们的内心，到成人之后仍然找不到一个有说服力的答案，于是用文字来反映这难以把握的现实和难以把握的自我成了"内向的一代"踏上文学创作之路的动力。黑井千次曾经总结过他自己

第一章 流派及艺术特征

---

① 今井清一编：《Document 昭和史》第 5 卷《战败前后》，平凡社 1975 年版，第 184 页。

② 约翰·W. 道尔：《拥抱战败——第二次世界大战后的日本》，胡博译，生活·读书·新知三联书店 2008 年版，第 16、17 页的照片。

③ 大庭美奈子：《地狱的配膳》，收入《大庭美奈子全集》第 10 卷，讲谈社 1991 年版，第 305 页。

在步入文坛之前的人生体验与感悟，同样，这段话也可以用来总结"内向的一代"在形成过程中对社会现实和对自我内心的共同感受。

> 对于战争时期还是个小学生的我来说，几乎不知道应该如何通过和战争的联系、受到的伤害、和战后对决等方法，将自我结晶在什么地方。战争以学童疏散的形式向我逼来，战后的解放热潮从我的头顶吹过，我也就是不用再打着绑腿去上中学了。接着就是"二一大罢工"带来的庞大而空洞的期待和不安，然后是朝鲜战争。此时，就在中学发生学制变革、向新制高中转变的时候，我考上了大学。然后便是期待已久的学生运动的浪潮。但是，在这浪潮之中，我却不知自己是否抓住了什么，可以让我大声叫喊着：我在这里难以动弹！然而，大学毕业之后，当我在社会机制中负责生产的一环时，我才发现自己正面对着自己犹如伤口一般的"空洞"。①

不论是战争，还是学生运动，对"内向的一代"而言，那都是从头顶吹过的大风，社会现实的急剧变化对于他们那不确定的自我的内心而言，已经成为了一个无法捕捉的对象。

"内向的一代"的作家们真正进入社会、接触到社会机器的庞大与复杂是在他们走出校园之后。其中，黑井千次还是第一个把个人在现代化工厂企业中的存在用小说的形式表现了出

---

① 黑井千次：《可能性的现实性》，转引自上田三四二《"内向的一代"考》，《群像》1973 年 4 月号，第 244 页。

来的作家。从 20 世纪 50 年代末到 70 年代初的十余年间，"内向的一代"的作家们在社会上都有一份稳定的工作，有的在公司当职员，有的则是在学校当教师。而在这十余年间，日本经济发生了翻天覆地的变化。日本在 1956 年 7 月发表的《经济白皮书》就已经宣布："'战后'已经结束。"① 因为 1955 年日本国内的生产力已经超过了战前的最高水平。虽然日本经济复苏依靠的是朝鲜战争的一支强心剂，但是，真正把日本培养成经济巨人的还是技术革新和政府经济政策的转变。以 1956 年为界，日本国内设备投资的增长速度超过了 GNP 的增长速度，这就说明设备能力已经完全能够满足生产能力。在钢铁和石油这两项基础工业的带动下，汽车、化工和精密仪器等工业也得到了迅速发展②。而与此同时，在这些现代化的工厂企业中工作的个人却在承受着前人从未体验过的心理压力和竞争压力。高度机械化社会中个人的异化问题，在 20 世纪 60 年代的日本文坛还属于一片未开发地。对于整日钻在书斋里的作家们而言，确实很难有机会接触到生产领域的内部世界，不过对于"内向的一代"的作家们而言，十多年的工作经历足以让他们对现代化企业内部有了全面的认识和深刻的思考。这种认识和思考在他们的早期作品中得到了充分的表现。比如，黑井千次的《第三竖井》《蓝色工厂》、后藤明生的《关系》《笑话地狱》等都是以现代化工厂和企业中个人的异化为主题的作品。

　　进入 20 世纪 70 年代之后，"内向的一代"纷纷辞去工作，

---

　　① 山田宗睦编：《Document 昭和史》第 7 卷《安保和高度增长》，平凡社 1975 年版，第 2 页。

　　② 下村治：《日本经济的基调及其成长能力》，收入山田宗睦编《Document 昭和史》第 7 卷《安保和高度增长》，平凡社 1975 年版。

第一章 流派及艺术特征

开始在家中潜心写作。正如后藤明生所说："我突然抛开了'他者'们,从'关系'的世界钻进'私人的'竖井天地里。"① 就在此时,现代工业文明对现代家庭和个人生活所产生的巨大影响也逐渐显现出来,尤其是战后日本家庭结构的变化和巨型住宅小区的出现,使现代人的生活在各个方面都发生了变化。新的大众生活方式和理念成为"内向的一代"的关注焦点。后藤明生的《无法写作的报告》《失踪》、古井由吉的《妻隐》和黑井千次的《陌生的回家路》等小说都是把小区当作主人公生活的舞台。但是,这些小说的主人公在从社会人到家庭人的转变之初,还不太能适应新的生活方式,无法找到自我确认的依据。黑井千次的《陌生的回家路》中,主人公辞职回家后,不但得不到妻子的理解,还要受邻居们的议论,感觉自己成了一个多余的人。于是,他每天都打电话给原来的公司,却一言不发,以确认自己曾经有过的位置。后藤明生的《无法写成的报告》中,居所成了自我确认的一个标志。主人公每天无所事事地躺在沙发上思考各种问题。有一天,他突然意识到居所成了他的一部分,而他自己也成为居所的一部分。如此一来,自我就有了明确的定义和保障。这从另一个方面反映出"内向的一代"对自我的不确定以及在自我确定问题上的迷惘。

除了工作经验之外,"内向的一代"还经常在小说中描写海外留学生活的现实体验。尤其以大庭美奈子和小川国夫为代

---

① 后藤明生:《无名氏的故事》,转引自川嵨至《人与文学》,收入《筑摩现代文学大系》第 96 卷《古井由吉、李恢成、黑井千次、后藤明生集》,筑摩书房 1984 年版,第 531 页。

表，前者在美国生活了 11 年，大部分早期作品的舞台都带有阿拉斯加的影子；后者在欧洲游历了三年，成名作《阿波罗岛》记录了大量旅途见闻。在他们两人的作品中，已经看不到传统日本文学中的欧美形象。"内向的一代"的与众不同之处也就在于描写了生活在美国的美国人和日本人的日常生活，而两者之间的文化冲突却被刻意淡化了。小川国夫就说："我知道日本的椅子和西洋的椅子是似是而非的东西。我也知道日语对话的味道和法语对话的味道完全不同。但是，我却不允许自己在作品中说明这些截然不同的地方。"① 与此同时，美国文化对日本本土的影响在文学中的表现也逐渐成为评论界讨论的热点问题。其实在日本战败后，美国人不仅在军事上控制了日本，而且，还不遗余力地宣传美国的民主主义和美国中产阶级家庭的生活方式。日本人在潜移默化中逐渐接受了生活方式层面上的"美国"。20 世纪 70 年代日本家庭电器化热潮的模仿对象就是"通过电影和占领军风俗看到的美国式的家庭生活"②。在驻日美军的影响下，日本作家也开始在小说中描写闯入日本人日常生活的美国人，比如"第三批新人"的作品中，小岛信夫的《拥抱家族》就是以美国青年的介入对日本人家庭的影响为主题的；而村上龙的《近似无限透明的蓝色》则描写驻日美军基地里一群年轻人的颓废生活。但是，这些作品中出现的美国意象完全是生活在日本的美国人形象的一个剪影，真正的美国以及美国生活则存在于太平洋的另一侧。

① 小川国夫：《生之正中央》后记，转引自月村敏行《"生"之纪行文学》，收入《小川国夫作品集》别卷，河出书房新社 1975 年版，第 165 页。

② 加藤秀俊：《消费热——从时尚到电视机》，收入山田宗睦编《Document 昭和史》第 7 卷《安保和高度增长》，平凡社 1975 年版，第 258 页。

　　"内向的一代"的作家们在经历了日本社会由乱而治、由废墟至城郭的过程中，共同体验了战火中的恐惧与混乱、学生运动中的狂热与盲目、体制化社会中的异化与冷漠、现代化空间中的荒诞与虚无以及无处不在的"美国"意象①，并将这些体验在他们的作品中通过不同的题材加以表现。如果说动荡的时代背景是"内向的一代"产生的外部动力，那么迷茫的人生感悟则是统领、贯穿"内向的一代"文学创作的内部的精神力量。

---

① 　川村凑：《质问战后文学》，岩波书店 1995 年版，第 175 页。

第二章

人生与文学

小说本身是一种虚构，"虚构就意味着作家超越自身经历、性格等创造出'另一个世界'"①，因此，要了解一个作家的思想和生活经历，与其通过他的作品，不如直接阅读传记来得迅速而有效。然而，自从私小说出现之后，日本文坛出现了这样一种情况：如果对作家的身世、性格、兴趣、家庭背景等没有一定程度的了解，阅读的过程就会变得举步维艰。也就是说，私小说已经给读者造成一种错觉：小说中的事件都来自于作者自身的生活经历；小说中的人物都可以在作者的身边找到原型；小说中人物所抒发的情感、所阐述的思想都是发自作者的内心。简言之，私小说就是作者的生活和思想的记录，从某种意义上说，就是不一定要用第一人称"我"来进行叙述的作家自传。于是，考察私小说作家的身世、性格、兴趣、家庭背景，成了阅读私小说之前的必修课。

"内向的一代"的小说的特征之一便是经常采用一些"具有私小说性质"②的题材，而"内向的一代"的作家们又被认为是"只想在自己个人的范围内，寻找作品真实的感觉"③，也就是说，"内向的一代"的小说带有很浓厚的私小说的特点，由此推断，"内向的一代"的作家的生活经历和文学创作也应呈现出相互印证的关系，所以，结合作品来研究作者与作品之间的关系和各自的艺术风格，大概可以算作是进入"内

---

① 王岳川、胡经之主编：《文艺学美学方法论》，北京大学出版社 2001 年版，第 63 页。

② 石川巧：《内向的一代》，收入《日本文学史事典·现代篇》，有精堂 1997 年版，第 419 页。

③ 小田切秀雄：《"九一八"事变之后四十年来文学的问题》上篇，《东京新闻》1971 年 3 月 23 日。

向的一代"的作家及其作品世界的一条捷径。

## 第一节 古井由吉：平淡的人生与细密的文风

在"内向的一代"的作品中，古井由吉的小说可以说是最接近私小说，但同时却又离开私小说最远。他的小说多取材于自己的身边小事，叙述的焦点也对准了人物的内心，但奇怪的是通过这些事件和叙述，我们却很难看清楚作者的真实面貌。

古井由吉的生平一如他自己撰写的年谱①，简约而平淡。1937 年 11 月 19 日，古井出生于东京都荏原区②，8 岁时，在疏散地岐阜县武仪郡美浓町迎来了战争的结束。战争对于他而言，是一块童年的记忆碎片，因其时间的悠远而变得模糊不清。17 岁时，古井加入文学同人杂志《惊起》，并在上面发表了一篇小说，这大概可以算是他最早的文学活动。从那时起，他就开始广泛阅读国内外的小说。19 岁时考上东京大学文学部德语专业，25 岁时完成了硕士课程，毕业后到金泽大学当助教，28 岁时，调到立教大学当德语教师，直到 1970 年辞去教职，一共当了八年的教师。辞职以后，古井开始了职业作家的生涯。对于古井而言，1970 年是非常关键的一年，他在《文艺》杂志的 8 月号上发表的小说《杳子》为他赢得了 1971 年的芥川奖，将他正式推向了日本文坛。除了《杳子》以外，

---

① 《筑摩现代文学大系》第 96 卷《古井由吉、李恢成、黑井千次、后藤明生集》，筑摩书房 1984 年版，第 493、494 页。

② 现已纳入品川区。

古井早期的代表作品还包括《妻隐》（《群像》1970 年 10 月号）、《围成圆圈的女人们》（1970 年中央公论社）、《男人们的团坐》（1970 年讲谈社）、《行隐》（1971 年连载于《文艺》）、《梳子之火》（1973 年、1974 年连载于《文艺》）等。但是，凭借这份过于简略的年谱，我们依然无法判断作者的经历和作品之间有多大的必然联系，所以，小说文本本身就成了我们考察古井创作特色最重要的依据和线索。

从小说文本看，古井由吉早期作品的私小说特征主要体现在两个方面：一是小说的题材基本上都选自作者的经历或身边小事；一是小说中运用了大量的内心独白，从中可以隐约窥见作者的心路历程。1969 年 11 月发表在同人杂志《白描》上的短篇小说《雪下的螃蟹》清晰地呈现出作者当时的生活状态和心理状态。

和古井早期的小说一样，《雪下的螃蟹》并没有波澜起伏的故事情节，整篇小说循着两条线索展开：一是对外界的除雪活动的描写，一是"我"对自我存在的认识过程。"我"在金泽当老师，在东京过完年后回到学校，发现那里正遭受雪灾，于是，"我"就和当地人一起开始除雪。最后，雪过天晴，雪灾的威胁也消除了。对照古井的年谱就可以发现，这个故事的框架取材于作家本人 1962 年和 1963 年的生活经历。1962 年 4 月，古井在金泽地区当助教，并寄宿在材木町七町目的中村刻章店。1963 年 1 月，"遭遇北陆大雪，将近一周的生活都是除雪"①，小说中所用的就是当时的真实地名和事件。而且，古

---

① 《筑摩现代文学大系》第 96 卷《古井由吉、李恢成、黑井千次、后藤明生集》，筑摩书房 1984 年版，第 493 页。

井还用"爬在阴暗的海底的一只螃蟹"①的意象来象征自我的内心世界，这显然又和他创作小说时的心境有关。当时他大概已经意识到，职业作家是人生的必由之路，因为他感觉到自己作为一个"深切地感受到无法从个体中摆脱之苦的人，还有拥抱幻想的自由"②。果然，第二年他就辞去教职开始了职业作家的生活。

不过在古井由吉的小说世界里，《雪下的螃蟹》的意义并不仅存在于体现私小说特征这一点上，更为重要的是，在这篇小说中所体现的两个主题一直贯穿着古井小说的整个世界：一个是关于自我的主题，另一个则是关于生死的主题。这两个主题之间又是互相依存、互相缠绕的关系，前者是存在的主体，而后者是存在的状态。在《雪下的螃蟹》中，古井借螃蟹的意象暗示了自我的不确定和生存的无意义。他认为"螃蟹自从长出蟹盖之后，不管它如何感应于天空与大海的跃动而成长，它的生命都无法从蟹壳中走出一步。而且，螃蟹因自我和自我的生命而病，在蟹壳中一分一秒地孕育着死亡"③。与此相对应，"我"也是生活在一种无意识状态中，一旦意识到了自己固有的存在就背上了自我意识的蟹壳，从此再也无法挣脱。也就是说，在意识到自己的生命的同时，"我"就被关入了自我的蟹壳之中，于是，对于个体的"我"而言，生活的蝇营狗苟便成了一种病态的生存。而生命本身并不会因个体的死亡而消失，反而会通过自然繁衍而代代相传、生生不息，于

　　① 古井由吉：《雪下的螃蟹》，原载于《白描》1969年11月号，收入《男人们的团坐》，讲谈社1970年版，第14页。
　　② 同上书，第41页。
　　③ 同上书，第40页。

是，对于个体的"我"而言，死亡也就变得毫无意义。显而易见，作者在此陷入了虚无主义的泥沼，彻底否定了作为个体的自我存在的价值和意义。

继《雪下的螃蟹》之后，古井发表了成名作《杳子》。在这篇小说中，原来关于自我的主题被阐释得更加具体，病态成了个体存在的常态。《杳子》讲述的就是一个患有精神疾病的姑娘杳子和一个大学生 S 之间的恋爱故事。杳子患有严重的自闭症，随时随地都有可能发作，一旦发病她就会进入幻觉状态。古井动用了大量的篇幅来描写杳子的幻觉，例如：

> 她站在河滩上，切身感受到了山谷所承受的重量。河滩因为随时从两侧滑落的山的分量而变形，以不同于山脊和平地的弹性接受了她的步伐。每块石头都被蕴藏在泥土中的力量推了上来，不稳定地浮在地上。这股力量不仅存在于地面，而且充满了整个空间。就在下到山谷的那一瞬，她感觉像是一头扎到游泳池里时，水压压在鼓膜上的感受。也许是这个原因吧，近旁瀑布轰鸣作响的水声也像是隔了一层紧绷着的薄膜，嘈杂却不觉在近边。杳子发现自己走路时身体弯曲得厉害，但实际上她还没有疲惫到这种程度。就这样走到那块平整的大石头那里，杳子想从背包里拿水壶，先坐了下来。就在她坐到石头上，把身体沉入那一片灰色之时，杳子感到周围的重量缓缓地集中到她的身上，她不由自主地就蹲了下来。①

---

① 古井由吉：原载于《文艺》1970 年 8 月号，收入《古井由吉作品》第 2 卷，河出书房新社 1982 年版，第 16 页。

类似的描写在小说中俯拾皆是，可以说古井对幻觉的描写几乎达到了迷恋的程度，使得读者"随便翻开哪一页，都可以发现有很多地方和前面写过的动作就差了一点点"①。通过长篇累牍地描写杳子的病态心理和幻觉，古井试图表现的就是人物在"丧失现实感觉"时的某种心理状态。

弥漫在小说《杳子》中的这种"现实丧失感"不仅来自于作者的生活经历，而且，更多地反映出了当时日本社会普遍存在的一种心理感受。

在《杳子所在的山谷》一文中，古井由吉提到了自己登山时的一段经历：

> 顺着下山的小路，我走了很久，终于到达了谷底。突然，瀑布的响声从我的头上倾泻下来，它就像一直都屏着呼吸躲在那里似的，使我的感觉在一个微妙的时刻离开了现实。我大约就是以当时那种轻微的失常感为中心，写下了杳子所在的那个山谷的情景。②

这种轻微的失常感从作者的亲身经历被嫁接到杳子身上后，就变成了自闭症患者发病时的幻觉。但是，这种"现实感觉丧失"的心理状态并非只存在于杳子病态的精神领域，而是广泛地藏匿于 20 世纪 70 年代初整个日本社会的潜意识之中。随着经济高度增长期的结束，日本社会从一个躁动不安的

---

① 阿部昭、古井由吉和李恢成的座谈会记录：《追求新文学》，《群像》1971 年 10 月号，第 295 页。

② 古井由吉：《杳子所在的山谷》，原载于《中日新闻》1971 年 2 月 24 日，收入《古井由吉作品》第 7 卷，河出书房新社 1982 年版，第 31 页。

时代过渡到了一个抑郁不安的时代，现实社会中发生的各类事件以不同的形式掠过人们的意识表层，却无法在深层留下鲜明而深刻的印象，浮躁过后的空虚感反而让人无所适从，不知所措，继而陷入一种习惯性的不安状态之中。

而且，这也不是古井个人的自言自语，实际上，"内向的一代"在现实面前都显得有些无能为力，这也不是因为他们对于客观现实没有把握的能力，而是由于 20 世纪 70 年代初的日本社会尽管事件不断，但却无法给人以现实的感觉。柄谷行人就坦承自己身上缺乏现实感。

> 坦率地说，我自己身上的现实感就很稀薄。当然，这并不是意味着我对于"现实"视而不见，也不是意味着我对"现实"漠不关心。要说关心，我关心的事情简直太多了，只不过这些事情在我的内心没有留下任何的痕迹。按照森有正的说法，我是"体验"了一切，却没有一个"经验"。只有数不清的信息和解释从我的心中穿过，回过头来却觉得犹如黄粱一梦。……有"现实"，却没有"现实感"。①

古井通过一个极端的例子——杳子的自闭症，反映了这种有"现实"却没有"现实感"的社会心理状态。可以说，精神上的疾病并没有否定杳子的存在意义，对于杳子而言，疾病就是她的生存状态。而且，在《杳子》这篇小说中，这种状

---

① 柄谷行人：《通向内心之路与通向外界之路》，原载于《东京新闻》1971年4月9日、10日，收入《畏惧之人》，讲谈社 2000 年版，第 322、323 页。

态普遍存在：杏子的姐姐也曾经得过同样的精神疾病；S 与她相处时不断被她的磁场所吸引，开始怀疑在疾病和健康之间，究竟哪种状态才是人类存在的正常状态。

古井往往通过夸张自我意识的不确定性来表现对自我存在的怀疑。与此同时，他对日常生活细节的冗长描写，以及对人物内心世界放大了的剖析加重了作品的私小说色彩。这和私小说的形成背景以及主要特征有关。私小说形成于近代自我的确立期，同时又受到自然主义思潮的影响，所以，如实反映作家的生活和揭露内心丑陋的自我告白成为私小说的两大特征。但是，如上所述，通过古井的小说文本，我们看到的与其说是作者自身的心灵轨迹，不如说是作者对同时代心理特征的艺术化处理，也就是说，古井的小说和近代私小说之间存在着根本性的差异，前者并没有像后者那样把小说当作揭露自我内心黑暗面的手段。

古井的小说和近代私小说的距离不仅体现在主题上，还体现在小说的文体上。古井认为小说的文体就是虚构，而私小说则是把虚构净化到单纯的"写出来"或者就是彻底排除虚构①。古井认为日本近代小说几乎舍弃了文学这一行为所包含的各种要素，如雄辩、思辨、抒情的高涨、幻想的嬉戏、修辞的欢娱、实验等等。而且，为了保持文体的清洁、避免过分的煽情，日本近代小说一直都在努力放弃语言在情感深处的功能。古井也承认这种对于语言咒术的厌恶正是形成日本小说文体的动力之一。对于语言过度煽情的功能，日本小说始终保持

---

① 古井由吉：《语言的咒术》，收入《古井由吉作品》第 7 卷，河出书房新社 1982 年版，第 35、36 页。

距离，这种看似洁身自好的"洁癖"确实也是它的优点。但是，作为语言的一种表现形式，小说不可能保持彻底的清洁，这也是一个事实。所以，古井认为文学无法摆脱语言的咒术，在这层意义上，文学应该是放荡不羁的。① 古井的文体就被解读为一个词——放荡不羁②，对这个关键词体现最为明显的便是古井小说中的语言，"龌龊"、"融化"、"流动"、"恍惚"、"沉浸"、"出神"、"煎熬"等，这些看似普通的词语在古井的笔下都被赋予了一种神奇的力量，蛊惑读者，把读者拉入小说中的世界。这些常用以从外部描写人物外貌和状态的词汇，古井却经常用它们来表现人物的内心世界。按照他自己的说法，他是想以此来"撼动观念，并赋予其生物的表情"③。也正是由于利用语言的咒术为观念画上了生动的表情，才使得古井的小说尽管有较长篇幅的心理描写，却依旧让人感受到语言鲜活生动的质感。

由于多取材于日常生活中的琐事，古井的小说很容易被纳入私小说的类型中去，其实他的小说是借日常之外衣表现非常之心理。不论是《杳子》，还是《妻隐》，小说中日常生活的部分已经压缩到最小限度，凝聚成小说核心的是一种类似于情绪、气氛、迹象的黏稠而浓密的东西，而绝非人在社会中的存在方式。古井小说中的主人公不会像黑井千次小说里那样，每

---

① 古井由吉：《语言的咒术》，收入《古井由吉作品》第 7 卷，河出书房新社 1982 年版，第 38 页。

② 参阅吉行淳之介《"放荡不羁"这个词——古井由吉〈杳子〉、〈妻隐〉》，《文艺》1971 年 3 月号。

③ 参阅秋山骏和古井由吉的谈话《70 年代文学的可能性》，《国文学》6 月临时增刊号，1972 年，第 10 页。

天为了工作而奔忙，他们都生活在一个相对封闭的世界里，一种由古井刻意制造出来的氛围之中。尽管现代社会中没有人可以在象牙塔里生存或写作，但是，古井在创作《杏子》时就试图把一切无法丢掉的东西都暂时丢掉，从而解放出两个纯粹的个人来。写他们如何分分合合，如何在一种紧张的关系之中运动。他把这一男一女放到神经质般的孤独之中，让性的吸引力在当中发挥作用，看这股力量能发挥到什么程度，然后从中抽象出人际关系的一个支点。显然，这种尝试只能是一种实验性的创作，古井在后来的创作中逐渐放弃了这种尝试，因为即使是在尝试相对成功的《杏子》的结尾部分也已经显示出这种尝试的不可行性。古井本来想从个人之间的关系扩大到血缘关系，但实际上，他在最后两章写到杏子的姐姐出场、个人关系受到血缘关系报复这一段的时候就觉得有点力不从心了①。

《杏子》的第一章对杏子和 S 在山谷初次相遇的场面的描写无疑是这种尝试最为成功的部分，不过这成功的一半来自于古井柔韧、遒劲的笔力对杏子的内心世界的细密描写，另一半则来自于山谷这个封闭空间自带的神秘气氛。尽管在《杏子》之后，古井不再描写在完全隔绝的状态下的抽象的人际关系，但他还是偏爱像山谷那样的中间地带、边缘地带等相对封闭的地带作为主人公们活动的舞台。比如在早期作品《妻隐》以及中期作品《圣》《栖》《亲》三部曲中的《栖》和《亲》里面，故事发生的地点都是在新建的小区。这些新建的小区一般都位于城市的边缘，处于城市和农村的交界地带。在这里，城

① 古井由吉和古屋健三的谈话《讲述〈杏子〉、〈妻隐〉》，《三田文学》1971 年 8 月号，第 8 页。

市文明的渗透力已是强弩之末，农村原有的田园风光依旧，住在这里的男男女女既摆脱了城市文明的束缚，又无需融入原始的农耕生活，他们之间的关系自然就被净化了很多。这里所谓的净化，就是指城市文明造成人与人之间隔阂的障碍物少了，个人的私有空间相互交错在了一起。于是，"隔壁人家生活的响动、夫妻吵架、男女口角、半夜里莫名的声响和深深的叹息，不管你愿不愿意，都会通过薄薄的墙壁传过来"①。在这种不受文明约束的状态下，古井又可以解放几个纯粹的人来，通过他们之间的分分合合，勾画出人际关系最原始的结构。

如果说古井由吉早期作品还略带有私小说的特征——尽管这些特征与近代私小说已经是貌合神离——那么，自《杳子》以后的中期小说，如《圣》《栖》（获第 12 届日本文学大奖）、《亲》三部曲就已经开始转向故事性和理论性的建构。在这些作品中，我们会发现早期作品中潜意识的情感流动已经消失了踪影，文风也变得平淡而缺乏敏锐性。另外，在中期作品中，古井还试图从民俗的角度，为现代人重建一个可以回归的精神家园。和深泽七郎的民俗题材小说不同的是，《圣》中的主人公显然是个居住在城市里的现代人，他被弥留之际的老妇人误认为是传说中的"圣人"，就顺势充当起了"圣人"的角色。在这些以民俗和神话为底色的小说中，古井由吉一方面想通过神话故事来拂拭现代自我的不确定性，另一方面，他又想利用追寻集体无意识中的自我的原型来把握现代自我的定义。进入

---

① 清水彻：《解说》，新潮现代文学第 80 卷《圣、妻隐》，新潮社 1981 年版，第 363 页。

20 世纪 80 年代之后，古井的文学开始慢慢地脱离小说的框架，转向随笔的创作，并开始寻找适合自己的随笔风格①。不过他的小说还是频频获奖：1983 年，《槿》获得了第 19 届谷崎润一郎奖，短篇小说《中山坂》获得了第 14 届川端康成文学奖。他本人从 1986 年开始一直担任芥川奖的评委，直到 2005 年辞职。

　　综上所述，古井由吉在其早期作品中通过丰富的想象把伫立在生死之间、徘徊于现代与民俗的界限、存在于疯狂边缘的现代人的自我意识中的"阴暗、孤独、恐惧、不安的心理状态"，用"沉缓、执著、晦涩、朦胧"②的语言表现得淋漓尽致。同时，放荡不羁的文体和细致周密的心理描写又为语言插上了想象的翅膀，使得古井的小说世界充满了浓密、黏稠的情感暗流。

## 第二节　后藤明生：颠沛的人生与调侃的文风

　　如果从地理上来划定后藤明生的文学世界的话，那么它的疆域跨越了三个国家：一个是他的出生之国——朝鲜；一个是他的生长之国——日本；一个是他的理想之国——19 世纪的俄罗斯。这三个国家组成了一个活动的三角形，后藤就在这个三角形的框架中寻找着自我和文学的意义。

　　对于后藤明生而言，朝鲜不但是他"出生的故乡"，而且

――――――――

　　①　川西政明：《关于停滞》，收入古井由吉《水》，讲谈社 1994 年版，第 261 页。
　　②　胡志昂：《"内向的一代"——七十年代日本纯文学的主要倾向》，《外国文学报道》1981 年第 4 期，第 3 页。

是他日后寻找自我根源的"精神家园"。1932年4月4日，后藤明生出生于朝鲜咸镜南道永兴郡，本名明正，是家中的次子。后藤的曾祖父曾经是宫里的木匠，在日本吞并朝鲜之后，就从日本福冈来到了朝鲜。后藤的父亲在永兴郡永兴邑开了一家商店。后藤明生就在当地的日本人学校上完了小学，并于1945年4月进入元山公立中学，开始了寄宿生活。同年8月15日，日本战败，朝鲜独立，后藤全家被赶到日本人收容所。之后，他们靠借住在安边郡安边邑花山里的农民金润后家的火炕间，度过了寒冷的冬天。就在这个冬天，后藤明生的父亲和祖母相继过世，葬在了花山里的山上。第二年5月，后藤明生和家人一起步行十天，穿过"三八线"，回到了日本国福冈县朝仓郡甘木町。①

对于从曾祖父辈开始就在这片土地上繁衍生息的后藤家来说，朝鲜更像是他们的故乡，但是日本的战败却让他们认识到，原来自己错把他乡当故乡。尤其是对于家族的第四代传人后藤明生而言，"三八线"不仅割断了他和出生地的联系，而且还把他的人生拦腰截断，使之成为前后不连贯的两段。后藤在回忆这段经历时就说："在我出生的时候，那块地方还是'日本'，但是，当我上中学一年级的时候，就突然变成了'外国'。或者，也可以认为那块地方本来就是朝鲜，现在只不过又还给了朝鲜。但是，不管怎么说，我现在并不是想谈民族问题，也不是想把民族问题当作个人问题来讲。我在这里想说的是我的'命运'，战争就是以这样一种形式和我的'命

① 《筑摩现代文学大系》第96卷《古井由吉、李恢成、黑井千次、后藤明生集》，筑摩书房1984年版，第503页。

运’联系在了一起。"①

后藤对于朝鲜的感情是复杂的,毕竟那里珍藏着他对童年岁月和少年时光的美好回忆,那里是他生命的源头和生活的起点,那里曾给过他无忧无虑的幸福,最后却又赠他以撕裂般的痛楚作为分手的礼物。这种"剪不断,理还乱"的感情一直纠缠在后藤的心中,又以"寻根"的主题灯光投射到他文学舞台的布景上。从他的早期习作《红与黑的记忆》《异邦人》开始,到《思绪之河》以及长篇小说《说梦》,后藤不断地思考自己和朝鲜以及朝鲜人之间的关系,不断地寻访住在永兴郡的人们,试图重新唤起自己的儿时记忆,把断成两截的人生连起来,为现在的自己寻找一个可依托的精神家园。

然而,一旦跨过"三八线",后藤就再也回不到记忆中的家园了。可真正的祖国——日本——对于后藤而言,却不是可以忘情投入的母亲的怀抱,而是一个需要努力学习并适应的陌生的他乡。后藤明生回到福冈后,就开始了这个学习和适应的过程。关于当时的心情,他在自撰年谱中写道:他想早一天被"日本"同化,努力地学习筑前地区的方言。② 可见,从回到祖国的那一天起,后藤就已经意识到,日本对于他来说,早就成了一个"他者",而非渗透于他生命和血液中的骨肉至亲。他和那些从中国东北、台湾等地撤回来的转校生一起,在福冈县县立朝仓中学完成了初中和高中的学业,并于1953年考入了早稻田大学第二文学部俄罗斯文学专业。1957年毕业后,

① 后藤明生:《无名氏的故事》,转引自川崎至《人与文学:后藤明生》,收入《筑摩现代文学大系》第96卷《古井由吉、李恢成、黑井千次、后藤明生集》,筑摩书房1984年版,第531页。

② 同上书,第532页。

后藤回到福冈，没有工作，就天天泡在图书馆里看《陀思妥耶夫斯基全集》。一年后，他又回到东京，在广告代理店博报堂找到了一份工作。一年后，他又换了个工作，在平凡社周刊编辑部负责两本周刊杂志的编辑和一本月刊杂志的创刊筹备工作。1968 年 3 月，后藤辞掉干了九年的编辑工作，开始了职业作家的生涯。

十年的工作经历不仅为后藤明生的小说提供了丰富的写作素材，而且还使他对现实有了新的认识："现实既不崇高也不卑小，现实就是现实，既不会更好，也不会更坏。"① 在此之前，后藤总是用感叹号来发现现实，如今却学会用句号来默认现实，这不仅反映了后藤在人生阅历上的成熟，同时也标志着他的小说已经完成了从"圆"到"椭圆"的转换，也就是说，小说的中心从一个变成了两个。在《圆和椭圆的世界》一文中，后藤明生阐述了他自己独创的关于"圆"和"椭圆"的理论。

　　滑稽的是：好像唯有认识到世上并不存在滑稽之事，喜剧方能成立。也就是说，喜剧就像是堂吉诃德和风车的"关系"，因为风车并不是为了接受堂吉诃德的进攻而存在的。作者的目光集中到了两者的"关系"上，在他的眼中，堂吉诃德与风车处于对等的位置。不分高下，更不论美丑。而且，只要两者是属于同一个世界的两个中心，那么，此处描绘的世界就不可能是由唯一的中心来决定的

---

① 川崎至：《人与文学：后藤明生》，收入《筑摩现代文学大系》第 96 卷《古井由吉、李恢成、黑井千次、后藤明生集》，筑摩书房 1984 年版，第 529 页。

"圆"，而是发生了喜剧性变形的"椭圆形"的世界，而且，那两个同时存在的对等的中心就是有着不同价值观的客观的"他者"。①

这个理论经常被用来解释后藤明生的现实生活和小说世界中的各种"处于对等位置"的关系。有人认为后藤明生的作品缺乏向心力的原因就在于这个椭圆理论——有两个中心就等于没有中心，没有中心自然也就没有了向心力。"朝鲜和九州筑前、九州筑前和东京近郊的大型小区、战中和战败之后、战败之后和如今的昭和元禄、殖民地的标准日本语和筑前的土著日语、没有口音的筑前话和大型小区毫无个性的东京话——无论在空间、时间，还是在语言上，这两个中心总是在不停地互相靠近又互相背离。这不就是后藤明生作为一个现代人的生存状态和一个现代人手中的小说世界吗？"② 其实也不尽然，"椭圆形"的世界并非一开始就出现在后藤的文学中。比如后藤早期作品《红与黑的记忆》中就还没有形成椭圆的世界，小说的主人公在少年时代就目睹了五位亲人的死亡，作者引用美国诗人爱伦坡的箴言来表达主人公内心的痛苦："实际上，真正的悲惨——终极的苦恼——属于个人、而非普遍存在。令人战栗的极度的痛苦由个人来承受，而绝不是由集体来忍耐——为此让我们感谢仁慈的上帝！"可见，作者的目光一直都在注视着作为个人的内心的苦恼，还没有出现处于对等位置上的

① 后藤明生：《圆和椭圆的世界》，转引自川嶋至《人与文学：后藤明生》，收入《筑摩现代文学大系》第 96 卷《古井由吉、李恢成、黑井千次、后藤明生集》，筑摩书房 1984 年版，第 528 页。

② 若林真：《桥上的奥勃莫洛夫》，《文学界》1974 年 1 月号，第 249 页。

"他者"的踪迹。

是十年的工作经历让后藤发现了椭圆的另一个中心，同时也找到了自己的小说和日本近代私小说之间的根本区别。在《我的"わたし小说"》一文中，他用"圆"和"椭圆"分别来比喻"私小说"和他自己的小说。他认为日本的私小说是一个"圆"、一个自我完成的世界，里面只有一个中心，就是"我"。而他自己的小说却是一个"椭圆"，里面有两个中心，一个是"我"，一个是"他者"。这个"我"已经不同于私小说中的那个"我"，因为这个"我"是相对于"他者"而存在的"我"。所以他认为："我写的'わたし小说'中的'我'可以说在某种程度上和我相似"，"但我并不认为我写的'わたし小说'就是'私小说'"。① 后藤之所以要多次申明自己的小说和日本近代私小说之间的不同，原因有三：一是他的小说基本上都是以自己的生活经历为素材；二是很多小说都直接采用第一人称进行叙事，这两个特点都容易给读者造成私小说的错觉；三是由于他特别喜欢给自己的小说作注释，这无疑也是近代私小说作家们的习惯。

不过后藤明生对私小说的看法也有比较极端的倾向，他甚至认为"'私小说'是一种可以忽视所有'他者'的方法。这种方法为了表现'自我'，可以舍弃所有的'他者'，从而形成一个独立的世界"②。但实际上，私小说并没有也不可能忽视所有的"他者"，只不过在确立近代自我的过程中，为了要

---

① 后藤明生：《我的"わたし小说"》，《文学界》1967 年 12 月号。

② 后藤明生：《散文的问题》，转引自中野孝次《后藤明生的方法》，《海》1977 年 10 月号，第 266 页。

把自我从集团我中分离出来，私小说作家才在小说中过度地强调自我。同时，由于受到了自然主义思潮的影响，他们才会把如实表现"我"的存在和思想、诚恳地暴露"我"灵魂丑陋的一面作为文学的目标。只要是活在人群中间的人，就必须活在各种各样的"关系"之中，有"关系"就意味着有"他者"，后藤也就是在"关系"中发现了"他者"。所以他的小说和私小说的区别并不在于有没有"他者"的存在，而是"自我"和"他者"的位置问题。在后藤的小说中，"无视'自我'的'他者'才是问题所在"，不仅如此，"无法忽视这样的'他者'而存在的'自我'也是个问题"①。也就是说，在后藤的小说世界中，"他者"处于和"自我"对等甚至更高的位置。而在私小说中，"他者"经常是作为"自我"的对立面出现的，正如萨特的名言——"他人即地狱!"显而易见，私小说只认识到"他者"对于"自我"的妨碍和伤害，而后藤明生的小说却已经认识到"自我"对于"他者"而言，同样是一个"地狱"，而且绝对的"自我"已经不存在了，只有以"他者"为参照才能确定"自我"的位置。

后藤明生最早发现椭圆形世界的作品可以追溯到1962年发表在《文艺》杂志上的小说《关系》。小说采用第一人称叙述，"我"是某周刊杂志的女职员，和另一个周刊杂志的西野是一对情人。"我"的同事北村不但知道西野在给自己的杂志写稿子，还发现了"我"和西野的关系，并开始对"我"进行恶意攻击。西野很怕北村泄漏他的秘密，就通过"我"进

—————————

① 后藤明生：《散文的问题》，转引自中野孝次《后藤明生的方法》，《海》1977年10月号，第266页。

行斡旋。最后，北村也开始给西野的杂志写稿，同时还强求
"我"和他结婚。小说中，后藤借"我"之口，说出了他对
"关系"的看法。

> 要是北村的理由能说得通、西野不下台的话，或者，
> 要想不惧于北村的手段，西野只要和北村搞好关系就
> 行。……这样，就立刻不存在什么弱势和强势，就连厌恶
> 和憎恨都没有插足的余地。存在于两人之间的就只有关
> 系。……北村和西野经过那一夜建立起来的那种关系，完
> 全是 50% 对 50%，除此之外，再无其他。

也就是说，后藤所谓的关系和个人的情绪——如"厌恶
和憎恨"——都无关，同时，处于关系之中的两个人之间也
"不存在什么弱势和强势"，"完全是 50% 对 50%"。此时，后
藤椭圆形世界的两个中心不偏不倚，正好"处于对等的位置"。

椭圆形世界的发现着实让后藤兴奋了一阵，尽管文坛对此
反响平平，而他本人却认为自己在《关系》中"抓住了一个
世界"①。不过作为《关系》中的叙述者，"我"既没有个性，
也没有表情，只是作者用来保持客观立场的一个视角，而对于
好发议论又喜自问自答的后藤来说，绝对不可能让"我"一
直保持这种状态。就在 1967 年的《人之病》、1968 年的《私
人生活》和 1969 年的《笑话地狱》中，"我"就以椭圆的一
个中心的方式出现，而且是作为"组织中被编入人际关系齿

---

① 后藤明生的年谱，收入《筑摩现代文学大系》第 96 卷《古井由吉、李恢成、黑井千次、后藤明生集》，筑摩书房 1984 年版，第 503 页。

轮的男人"存在于"笑和被笑"的关系之中。

如果说在新闻机构的工作经历使后藤明生发现了椭圆形的世界，那么他所热爱的果戈理则给了他的文学一个"含泪的笑"。19 世纪的俄罗斯文学是一个巅峰，也是后藤明生崇拜的偶像和创作的模板。他从高中时代起开始读果戈理的《鼻子》《外套》《狂人日记》等小说，从此患上了了"果戈理病"。后来他在早稻田大学攻读俄罗斯文学，毕业论文写《果戈理中期的中篇小说》，都是"果戈理病"的种种症状。1972 年，后藤去莫斯科参观了果戈理墓，当时他正好 40 岁，而躺在墓地里的那位"俄国散文之父"去世时也就 43 岁。在游记《俄罗斯之旅》中，后藤记录了自己当时的万千感慨。

> 如果可以，我想忘掉时间。然后，已经 40 岁的我，想站在这个地方，一个一个地回忆起从 19 岁开始思索的关于他的所有的想法。果戈理老师！我从 19 岁开始就在不断地思考着您的事情！而且，如今我来到这里，不为别的，也正是因为这个！和您的相遇，就是我的命运！自作主张地把您当作我的老师，也是我的命运。①

果戈理的作品对后藤明生的影响在后藤的小说中随处可见，他在写大学毕业论文的时候，就"考虑过'笑话地狱'、'笑的罪过'之类的词语"②，《笑话地狱》便是为果戈理而

---

① 后藤明生：《俄罗斯之旅》，转引自桶谷秀昭《抵抗历史暴力的生之记忆》，《昴星》1974 年第 15 卷，第 92 页。
② 同上。

写，这篇"小说的主题就是'笑别人的人就应该被人笑'，这也可以说是 15 年来阅读果戈理得出的一个结论"①。而且，在后藤明生所有作品中最具有代表性、成就最高的小说《夹击》，就是从寻找一件"外套"开始的。果戈理既擅长以幽默讽刺的笔调嘲笑俄国官僚社会的丑恶和不公，也擅长以同情和悲悯的笔调关怀那些受欺凌和受侮辱的小人物，而正是那"不可见之泪痕悲色"② 和那"含泪的笑"对后藤明生作品的调侃风格产生了极为深刻的影响。

　　三个国家、三段不同的经历和体验构成了后藤明生的人生和文学的主题，但是，不论是对朝鲜的"寻根"情结，还是对日本的"同化"倾向，或者是对"俄罗斯"的思索，这里始终贯穿着一条不断的主脉，那就是后藤明生对于自我永不停歇的探求和追问。在被称为内向文学典范之作的小说《夹击》中，这三个国家、三个主题被糅合得天衣无缝。作者用一种近似荒诞的手法和饶舌的文体，表现了他对自己前半生经历的追寻过程。小说采用第一人称叙事，讲述了"我"在一天内寻找一件外套的经过。那是"我"20 年前来东京报考大学时穿的一件"土黄色旧陆军步兵用外套"。某天早上，"我"突然想去寻找这件丢失的"外套"，于是就寻访了以前居住过的地方和至今仍居住在那里的人们。结果自然是没有找到。但是在这一天里面，作者的内心回忆起了出生的故乡朝鲜和在那里迎接日本战败时的情景、回到九州筑前老家后的生活、学生时代的寄宿生活等等，过去的一切历历在目，唯独不见了那件

---

　　① 后藤明生：《超越百年的笑》，收入《筑摩现代文学大系》第 96 卷《古井由吉、李恢成、黑井千次、后藤明生集》，筑摩书房 1984 年版，第 531 页。
　　② 鲁迅：《摩罗诗力说》，《鲁迅全集》之散文集《坟》，中国致公出版社 2001 年版，第 21 页。

"外套"。显然，小说中的"外套"已经不再是单纯的"外套"，而是作者进行自我认定的标志和象征。如今，"我"丢失了"外套"，也就意味着迷失了"自我"，"我"要寻找"外套"就是要重新寻找失落在记忆中的"自我"。但是正如最终不见踪影的"外套"一样，在记忆和现实的夹击之下，"自我"已经无处可寻。

朝鲜、日本和俄罗斯，这三个国家构成了后藤文学的文学空间，而椭圆形的两个中心决定了后藤文学中"自我"和"他者"的对等关系，为了追求"自我"的定义、探索"自我"的根本，"寻找"成了后藤文学的关键词。结果如何已经无关紧要，因为这"寻找"的过程便包含了后藤明生的人生和文学的所有价值和意义。

## 第三节 黑井千次：实践的人生与冷峻的文风

"我想，我大概还会继续摸索、继续从'空间'的角度寻求'时间'的交点"。——在作品集《时间》的后记中，黑井千次为自己的创作在文学的海洋上标出了一条清晰的航道。在这条航道上，黑井千次似乎在挑战一项无法完成的使命——沿着空间的纬线，寻找时间经线上的交点。同时，在黑井千次的文学航行中，他还穿越了一片曾经无人涉足的海域——高度现代化的工厂和企业，并且以巨大的热情关注着个人在巨型工业机器中的异化问题。为此，黑井千次屡屡被视为"内向的一代"中的"社会派作家"[1]，而他的小说则被认为是"实验小

---

① 古屋健三：《"内向的一代"研究》，庆应义塾大学出版会 1998 年版，第 180 页。

61

第二章 人生与文学

说"。当然，这个"实验"并不是指黑井在小说技巧方面的大胆革新，而是指"他的小说本身就是面向未知的可能性所进行的一次实验"①。可是如果我们按照黑井所指示的航道进行阅读就会发现，黑井小说中空间的纬线随着作者自身所处空间的转换而不停地发生着变化，而时间的经线则在全体和个体、自我和他者的二元构造中收敛到了一点——人。

黑井千次文学的起点可以追溯到他的高中时代，他最早接触到的现代文学正是日本的战后文学，其中，野间宏对他的影响最大。黑井回顾自己在文学上的成长之路时，反复提到《阴暗的图画》带给他的震撼以及野间宏对他的影响。他说："我脑海当中有关'文学'的意识，那是在旁边放了许多野间宏的小说和散文之后，才逐渐形成的。"②而且就在高三填写报考志愿的时候，他给素昧平生的野间宏去了一封信，在信中讲述了自己的文学理想，希望就自己的将来听听野间的意见。野间在回信中强调了文学的社会性，告诉他今后需要"了解社会的文学家"，并建议他考经济学专业。黑井采纳了野间的建议，考上了东京大学经济学部。1955 年，23 岁的黑井千次从东大经济学部毕业之后，进入日本富士重工工作，直到 1970年辞职，他在这家企业工作了 15 年。这 15 年的工作经历就是黑井千次交给野间宏的一份答卷。按照野间的要求，他身体力行地进到工厂和企业去"了解社会"，同时，他也不曾放弃自

---

① 川嵨至：《人与文学：黑井千次》，收入《筑摩现代文学大系》第 96 卷《古井由吉、李恢成、黑井千次、后藤明生集》，筑摩书房 1984 年版，第 516 页。
② 黑井千次：《〈阴暗的图画〉的这一边》，转引自川嵨至《人与文学：黑井千次》，收入《筑摩现代文学大系》第 96 卷《古井由吉、李恢成、黑井千次、后藤明生集》，筑摩书房 1984 年版，第 517 页。

己的文学理想，在工作之余，坚持用黑井千次①的笔名发表作品。

根据工作岗位的变动和生活重心的转移，黑井小说的题材大体可以分为两类：一类是以工厂和企业为背景的企业小说；一类是以家庭日常生活为中心的家庭小说。企业小说又可以分为工厂小说和企业小说，前者以 1955 年到 1958 年黑井千次在富士重工伊势崎工厂的工作经历为背景，主要作品有《第三竖井》《蓝色工厂》等；后者以 1958 年到 1970 年黑井千次调到富士重工总公司后的工作经历为背景，代表作品有《圣产业周》《时间》《骑士固达斯》《五月巡历》等。两者虽然都关注现代企业制度中人的问题，但侧重点有所不同。而家庭小说是 1970 年黑井千次辞去工作之后，生活的重心由企业转向家庭的时候开始创作的，主要以家庭生活当中的琐事和对往事的回忆为题材，如《陌生的回家路》《禁域》等。

不论是在工厂，还是在企业，抑或是离开企业开始职业作家的生涯，对于黑井千次而言，文学永远是他思考问题的首选方式，而人的存在则是他观察和思考的主要对象。他在和野吕重雄的谈话中谈到自己去工厂工作的动机时说："按我当时的想法，至少得在那儿呆上两三年。因为我深刻地意识到，社会并不是从外面看就能看得清的，你得从里面看，看那些更具有结构性的构造。所谓从里面看，说得再具体一点，就是看东西是怎么做出来的，就是看生产的现场。我当时就有这么一种强烈的愿望，想要清楚地看一看东西是如何被做出来的，看一看

---

① 黑井千次的本名为长部舜二郎。

那些做东西的人。"① 通过三年在工厂工作的经历，黑井千次确实亲眼看到了生产东西的工厂和在工厂里生产东西的人，他看到"传送带是冰冷的、扳手是冰冷的、钢板是冰冷的、水泥地是冰冷的，他们周围的一切都是冰冷的。他们仿佛化为冰冷的一部分，渐渐变得沉默，为了抵抗刺骨的冰冷而狂乱地扭动着身体，拼命地工作着"②。黑井用"冰冷"一词概括了工厂、或者说是工业化大生产的特征，同时也清楚地认识到，人只不过是其中一个随时可以被更换的零件。

和其他"内向的一代"的作家不同的是，黑井最早关注的人并不是单独的"个人"或"自我"，而是人的集合。他认为"在关注每个人的特性、某个人和其他人之间的差异之前，首先应该关注的是作为类的人"，因为进入社会之后，他才发现自己"面对的自己竟然是伤口般的'空洞'"③。在工厂小说中，黑井通过描写抽象的人和冰冷的机器之间的矛盾，揭示了自我丧失的"空洞"和人的异化问题，但他的目标并不在于揭示自我的"空洞"，而是要想方设法地确定自我，填补这个"空洞"。

在《新日本文学》发表了三四篇关于工厂和劳动者的小说之后，黑井千次的目光开始转向现代化大企业中工薪阶层的自我异化问题。在他的企业小说中，主人公大多是工薪阶层，

---

① 镰田慧：《苹果和工厂》，《新日本文学》1974 年 11 月号，第 36 页。

② 黑井千次：《第三竖井》，转引自镰田慧《苹果和工厂》，《新日本文学》1974 年 11 月号，第 35 页。

③ 黑井千次：《可能性与现实性》，转引自川崎至《人与文学：黑井千次》，收入《筑摩现代文学大系》第 96 卷《古井由吉、李恢成、黑井千次、后藤明生集》，筑摩书房 1984 年版，第 517 页。

但是，他本人却非常厌恶这个称呼，他觉得"工薪阶层"这个词总是给人以"悲哀"、"哀乐"等"贫血"的印象。他还专门为"工薪阶层"写了一片文章说："我在公司上班的时候，每次有人这么叫我，我都会觉得很抵触，我现在也不会对别人用这样的称呼。这并不是我个人的喜好问题，我觉得这是一个在更为本质性的地方有着深刻根源的问题。……因为'工薪阶层'这个词仅表明了结果。也就是说，人之所以被赋予工资，是因为那是劳动的结果。而它的原因部分却被漏掉了。"① 可见，黑井千次是想要通过他的小说强调人在企业组织中的重要性。他认为在大型企业中工作的人并不是大机械中的一枚小齿轮，他的劳动本身不仅是为了"工资"这样一个物质上的结果，更重要的是为了要确认自我存在的价值和意义。而他之所以选择企业的内部世界作为小说的舞台，就是因为"企业的内部世界是一个集中表现了现代所有的扭曲、混沌和可能性，剧烈的光与热以及无法言喻的无聊的日常性的场所，也就是所谓的'现代'的实验室"②。

如果说黑井千次的工厂小说还只是把人的劳动定义为机械操作的话，那么他的企业小说则把劳动彻底抽象出来，放在办公室的试管中进行试验和观察。1968 年，黑井千次发表在《文艺》3 月号上的小说《圣产业周》便是其中一次比较成功的试验。小说讲述了某公司商品策划部主任科员田口运平某天突然改变平时懒散的作风，和手下员工一起不吃不喝地干了一

———————————

① 黑井千次：《工薪阶层的原点》，转引自松原新一《以"职业"问题为契机的创造性》，《文艺》1972 年 3 月号，第 224 页。

② 黑井千次：《陌生的回家路》自注，转引自山崎昌夫《惑乱的邀请》，《新日本文学》1971 年 4 月号，第 115 页。

个星期，完成一份"新产品计划"的故事。田口运平最初的动机是想重新找回劳动的感觉，希望通过劳动来确立自我存在的价值，然而最后他发现，劳动的本质已经发生了变化。他在笔记中写道：

> 那是在人的意识还和草一样健壮、跟石头一样坚硬的时代的劳动的意象。使出浑身肌肉的力量，拿起不便的农具，翻土、播种、割草、牧羊，干旱时向老天求雨，暴风雨来临时跪地求神——存在于这些行为当中的和"物"一样确定的劳动的意象。如果说，人类为自己的生存和繁殖而流汗就是劳动的话，那么，今天我所做的工作当中有一点是和这种单纯爽快的劳动的意象有关的话，不也很好吗？……通过高密度的劳动，我是否能够确认自己是谁？自己可以成为谁？以何为生？我还是没能确认。①

田口企图通过高强度的劳动来确认自我的尝试之所以失败，是因为他还没有认识到自己所处的巨型企业已经将他的自我异化为"集团我"，因为"群体聚集得规模越大，个体就变得越加渺小"②。被巨型企业异化的自我早就已经无法享受到田园牧歌式的劳动所带来的单纯的快乐，"我"不再是和大自然奋勇抗争的童话中的英雄，"我"所处的自然是已经被现代文明规范过并约束着的人工的"自然"。要想生存，要想改

----

① 黑井千次：《圣产业周》，转引自牧梶郎《黑井千次的世界》，《民主文学》1972 年 3 月号，第 114 页。

② 荣格：《未被发现的自我》，张敦福、赵蕾译，国际文化出版公司 2001 年版，第 10 页。

变，首先就得适应——进化论的自然规律不仅适用于原始社会的原始人，同样适合于现代社会中的现代人。黑井千次显然也认识到了这一点，于是，在 1969 年发表的小说《时间》中，主人公一方面获得了参加课长资格考试的机会，另一方面却在坚持写有可能引起内部纠纷的报告书。

无论是在作品整体构思上，还是在主题思想上，《时间》都要比《圣产业周》更成熟。黑井千次在小说中安排了两个叙述用的时钟，一个用来记录主人公"他"的时间，另一个则是用来记录"五一事件"的被告三浦的时间。前者按照自然规则不停地流逝，而后者却始终停在 15 年前三浦被判定为被告的那一刻。但是二者并非互不干扰地各自按照自己的规则向前走，后者总会时不时地出现在前者的视野中。15 年前"他"也参加了"五一事件"，出事后"他"第一个逃跑才躲过了被捕的命运。而三浦在被捕之后成了"五一事件"的象征，且 15 年来一直没有改变这一身份，因为"被告是不允许改变的"①。"五一事件"的阴影一直干扰着"他"的生活，小说开头处就有一个"穿着浅黄色旧雨衣的瘦男人"出现在他的周围，直到最后他才发现那个人就是三浦。

"他"的时间和三浦的时间不断交错，一边提醒他 15 年前自己青春时代的逃兵行为，一边撞击他在时间的流逝中逐渐麻木的灵魂。主人公的内心时刻受到过去的拷问，这种难言的痛苦和煎熬来自于黑井千次本人的亲身感受。他在《被告的时间》一文中，谈到在法庭上听到他的友人说"被逮捕的时

<hr />

① 黑井千次：《时间》，收入《筑摩现代文学大系》第 96 卷《古井由吉、李恢成、黑井千次、后藤明生集》，筑摩书房 1984 年版，第 146 页。

候，我 19 岁。之后的 14 年我就一直是个被告"时，他感到心中受到了巨大的震撼。因为他想到自己虽然也参加过"五一事件"，最后却平安无事地从大学毕了业，顺利地参加工作，如今还有不断晋升的机会，而当时被捕的友人却一直是被告的身份的时候就感到一种心灵的震撼，因为朋友的命运也许就是他自身命运的另一种可能。《时间》就是在这样的震撼下写成的，不过黑井千次并没有把震撼当成创作《时间》的原动力，他觉得光靠这股力量还是无法奔跑在现代社会的荒原上，只有不断怀疑这股力量的强度和热度，才能从这怀疑中汲取新的能量。①

　　正是基于这种顽强的怀疑精神，黑井千次才能够用冷峻的笔触描绘出一个充满对立概念的世界，静止的时间和运动的时间、具体的现实与抽象的理想在小说《时间》中互相纠缠，互相交错。三浦的时钟指示着理想的时间，而"他"的时钟却只能靠坚持自己的报告来努力向这个理想的时间靠拢，最后，"他"被任命为课长，同时又决定和三浦一起承担起寺岛教授托付给他们的日本列岛。显然，作者在这里采用了一个折中的办法，让"他"既没有放弃青年时代的理想，又能够继续按着"他"设定的时钟朝前走。然而，实际上"他"之所以没有选择三浦的时钟，是因为"他"早已认识到他们的行动可能会是"白费的、愚蠢的，甚至是错误的努力"，所以，"他"还是选择了用自己的方式走自己的路。也就是说，"他"

---

　　① 黑井千次：《对现代而言，文学意味着什么》，转引自川嵜至《人与文学：黑井千次》，收入《筑摩现代文学大系》第 96 卷《古井由吉、李恢成、黑井千次、后藤明生集》，筑摩书房 1984 年版，第 520 页。

还是选择通过劳动来改变现实、确立自我，于是，"他"坚持自己的报告便成了坚持自我、坚持劳动决定自我的一种象征性行为。

黑井千次在《时间》中所坚持的劳动决定自我的观点，在其后不久发表的《骑士固达斯》中就显现出崩溃的迹象。《骑士固达斯》的主人公野野洋介是一个大公司电波部门的宣传部部员，广告代理店的笹野给他送来了一个电视广告的两个脚本：一个完全按照客户的意向制作，不温不火；另一个则带有某种异样的气氛，让野野洋介感到了生理上的巨大冲击。于是，野野洋介就千方百计说服部长和课长，采用了第二个广告脚本。但是，当他和笹野坐在街头咖啡店里看到这个广告的时候，他却发现店里没有一个人将视线转向电视。于是，他感到一种"虚脱的空白感"，一个人自言自语地说："我究竟都干了些什么？"① 野野洋介对于工作的热情丝毫不少于《圣产业周》中的田口运平，但这最后的失败无疑表明，黑井千次试图通过劳动本身来确定自我的实验已经完全没有继续下去的必要了。因为劳动带给人的成就感和充实感并不是来自于劳动本身，而是来自于他人的肯定，也就是说，能够判断劳动的价值和意义的不是劳动者自己，而是劳动者以外的"他者"。

利用企业作为现代的实验室，通过观察和试验人在企业中的劳动来确定人的自我——黑井千次的这种试验性的创作无疑在《骑士固达斯》中陷入了进退两难的僵局，对劳动的意义的追求也已经失去了《时间》中那种乐观向上的劲头，可以

----

① 黑井千次：《骑士固达斯》，收入《现代的文学》第 37 卷《黑井千次、清水邦夫、小川国夫、后藤明生集》，讲谈社 1973 年版，第 74 页。

说，黑井的试验至此走进了一条死胡同。1970 年 3 月，黑井千次辞去了在富士重工的工作，在家里当起了职业作家。以此为契机，黑井小说的背景也从企业换成了家庭。对于这种空间上的变化，作者还需要一段心理上的适应期。他辞职后不久发表的《陌生的回家路》就反映了处于过渡期或者叫做适应期的作者的真实感受，通过劳动来确认自我的实验已经失败，但是进入家庭之后却又更加找不到自己的位置。《陌生的回家路》中的主人公在辞职回家之后，妻子态度的变化和周围邻居的疑问使得他在家里成了一个极不和谐的人。另一方面，他自己也无法立刻摆脱原来在企业工作时的那种生活方式，于是，"每天不打一次电话，他就安不下心来"①。而他拿着话筒却一言不发，只等着对方说了声"奇怪"之后挂断。这个场面实在有点令人鼻酸，不过这也反映了主人公用过去来确认自我存在的意图，而黑井千次家庭小说的出发点也正在于此。

黑井千次的家庭小说可以粗略地分为两类，一类以家庭日常生活为题材，如《虫》《奔跑家族》《摇晃家族》等，另一类以作者少年时代的经历为题材，代表作品就是《禁域》。尽管小说的背景发生了变化，但是文学的主题还是在寻求自我，只不过这次是通过考察个人和家庭的联系来进行的。然而比较黑井文学的两类代表作品，我们不得不说家庭小说所运用的视角和方法显然破坏了黑井文学的原创性和独特性。因为家庭小说使人联想到的可能会是"梅崎春生、岛尾敏雄、井上光晴，或者是安冈章太郎、小岛信夫、庄野润三，并不一定就是黑井

---

① 黑井千次：《陌生的回家路》，收入《筑摩现代文学大系》第 96 卷《古井由吉、李恢成、黑井千次、后藤明生集》，筑摩书房 1984 年版，第 216 页。

千次"①。

由此可见，在黑井千次的文学航海中，最大的成就莫过于他最初发现的那片无人涉足的海域——高度现代化的工厂企业以及人在其中的异化。同时，黑井千次还通过从工厂到企业的空间上的转换，从中抽象出劳动的概念，尝试着探讨现代制度下的人的异化和自我确认的问题。尽管他的追求和探讨最终未能获得成功，但是他开拓了日本现代文学的一片新天地，同时也为今后文学的发展提供了一种可能。

## 第四节 小川国夫：多舛的人生与清朗的文风

在"内向的一代"的作家中，小川国夫是比较特殊的一个。首先，从年龄上看，他似乎应该划归到之前的那一代作家群中，因为他出生于 1927 年，而"内向的一代"的作家基本上都出生于 20 世纪 30 年代。其次，从宗教信仰上看，他是"内向的一代"中唯一的一个天主教教徒。小川国夫在 20 岁时就接受了天主教的洗礼，还有个教名叫做奥古斯丁。最后，从成名的契机看，他是受到名家推荐之后才引起文坛瞩目的作家，这有点像明治大正时期作家的成名捷径，而"内向的一代"的其他作家更多的是在获得芥川奖之后才蜚声文坛的。小川国夫的成名作《阿波罗岛》最初发表在同人杂志《青铜时代》1957 年的创刊号上，当时没有引起任何人的注意。小川国夫自费出版单行本，一共印了 500 本，最后只接到了一张来自岛尾敏雄的订单。更令人惊奇的是岛尾敏雄一直到 1965

---

① 牧梶郎：《黑井千次的世界》，《民主文学》1972 年 3 月号，第 120 页。

年才在《朝日新闻》上发表了书评——《一本书》，向读者大力推荐小川国夫的《阿波罗岛》，至此，尘封了八年的《阿波罗岛》才和它的作者一起引起日本文坛主流评论的关注。

小川国夫的人生也跟他的成名经历一样，一波三折，跌宕起伏，充满了传奇色彩。1927 年 12 月 21 日，小川国夫出身于一个商人家庭，祖父经营钢材、肥料、毛毯等生意。祖母年轻的时候据说是个巡回演出的艺人。也许正是继承了祖母身上艺人兼流浪者的血统，小川国夫在三岁那年跟着海边的一个乐队走失了。19 岁那年，他又遇上了法国神父约瑟夫·戴维斯，并被神父的法语和布道所吸引，以至于在第二年就接受洗礼入了天主教。天主教为他后来的人生和文学打开了两扇窗，一扇通向遥远的欧罗巴，另一扇则通向更为遥远的《圣经》世界。正是在这两扇窗的召唤下，小川国夫在 26 岁时决定自费去欧洲留学。这无疑是个惊人之举，因为那个年代日本人去欧洲还属稀罕之事，更不消说他当时还是东京大学国语专业三年级的学生。然而小川国夫的欧洲之行非但不是浪漫之旅，一路上还充满了惊险曲折。到法国后的第二年，小川骑着从朋友那里买来的二手摩托车独自一人游历了欧洲各国。中途因为交通事故导致右脚受伤，在当地医院接受治疗并休养了一个月。三年后，小川国夫坐法国邮船回到东京，结束了在欧洲的留学生活。

可以说，正是这些特殊的人生经历和生活经验为小川国夫的文学创作提供了与众不同的题材。根据这些题材的不同特点，小川国夫的小说大致可以划分为三种类型：一是以《圣经》中的故事为原型加以改编或扩充的作品，如《某部圣经》《王歌》等；二是以小川的故乡静冈县藤枝市为舞台创作的小说，如《尝试之岸》等；三是在小川本人的经历和见闻之上稍加润色后带有些私小说性质的作品，如《来自大海的光芒》等。这三类作品之间并没有绝对的分界线，不论是宗教题材，还是静冈题材，或者是私小说题材的作品，都是为了体现作者对于人类存在本身的一种思考。但是，小川国夫的这种思考既不倾向于大庭美奈子的绝望与颓废，也不同于后藤明生的荒诞与滑稽，他是用一种近乎冷静的、透明的、写生的态度来揭示人类存在的各种不可思议的状态。这也就形成了小川文学的一个特色，即将主题的饱满丰盈和文体的内敛含蓄融洽地结合在一起，编织出小川国夫的文学画卷。

如果说主题的丰满是来自于作者对宗教、对人类存在的形而上的思考的话，那么，文体的含蓄内敛则是受到了日本"小说之神"——志贺直哉的影响。小川本人非常喜欢志贺直哉和他的作品，认为志贺的文体像海明威，句子短，标点多，接续辞"が"少，有极强的男性节奏感。他在《阿波罗岛》的后记中写道："丹羽正君曾给过我这样的忠告：'你要写你自己的东西。我觉得你唯一能写的就是你自己。'当时，我就想，我选择志贺直哉作为我的出发点是对的。"[1]《阿波罗岛》的成功之处也就在于巧妙地实现了文体的内敛和主题的张力之间的平衡，正如岛尾敏雄在《一本书》中所说：

> 他的小说抑制形容、实事求是地为场景和出场人物的外部动作写生，尽管只是利用透明的方法把语言像摆竹子一样排列起来，但是，那字里行间呼之欲出的某种东西却

---

[1]　小川国夫：《阿波罗岛·后记》，审美社 1967 年版。

73

第二章　人生与文学

深深地吸引了我。我还不能说我完全理解了那东西的内容，但却感觉到欧式戒律的味道。令人感到清爽的不是旅途的装束，而是把握了内发性生活节奏的地方。①

《阿波罗岛》开创了小川文学的独特风格，同时也真实地记录了小川国夫少年时代的挣扎和青年时代的流浪。《阿波罗岛》由四个部分组成：《走下爱立克之路》《阿波罗岛》《动员时代》和《大恩惠》，每个部分又分为若干短篇，整部小说由22个短篇构成。其中《动员时代》中的《东海之滨》原名《木暮浩一》，小川曾把这篇小说交给当时任东京大学文学部讲师的吉田精一，希望由他向杂志社推荐。最后稿件交到了本多秋吾的手中，本多将其改名为《东海之滨》发表在《近代文学》1953年10月号上。之后不久，小川就踏上了去欧洲的留学之路。可以说，《东海之滨》是小川在留学之前对自己少年时代生活的一次总结与缅怀。小说采用了第一人称回顾性叙述，既有青年小川追忆往事的眼光，也有少年小川经历成长的眼光，两者都指向小川在成长过程中的心路历程，但前者多采用客观、冷静的心理描写和分析，而后者则多用感性冲动的内心独白。《东海之滨》就像是一首略带哀伤却极优美的散文诗，把小川在青春期那萌动的关于友情和爱情的内心挣扎抒发得淋漓尽致。青年小川用回忆的口吻说："少年时代的我，身体里总是充满了过剩的性欲，尽管有些超越了友情和自然的爱，但还有很多的剩余积存在我的身体里，想要寻求发泄的出

---

① 岛尾敏雄：《一本书》，收入《小川国夫作品集》别卷，河出书房新社1975年版，第9、10页。

口，却总也得不到解脱。"① 因为猜疑和鲁莽的行为，少年小川失去了友情和想象中的爱情，但是青年小川却在结尾处深情地歌颂了充满梦想的少年时代，因为那时的体验闪耀着最为珍贵的人性之光。

也许是为了摆脱青春期的忧郁，小川选择走出日本到欧洲去实现波德莱尔式的旅行。然而在《阿波罗岛》这部分的短篇小说中，既没有实现离开时所寻求的那种解脱感，也没有想象中充满异域风情的新奇与浪漫。小川的欧洲之旅可以说是非常的欧洲。他骑着摩托车，一副流浪者的打扮，从希腊的纳夫普里昂到瑞士山区的古老教堂，从意大利的西西里到艾莱芜西斯美术馆，一路旅行，一路体验。但是，从字里行间流露出来的并不是作为异乡人的隔阂与孤立，而是旅途的疲惫和困顿。在《走下爱立克之路》中，小川描写了自己在旅行时遇到的那次交通事故，当时他的摩托车和横穿马路的阿拉伯工人相撞，双方都受了伤。在等待救护车的过程中，两人的对话显得异常平静。

　　"谢谢。"阿拉伯人说，"感觉怎么样？"

　　"没什么大碍，"房雄说，"你还给我处理了一下呢！"

　　"我会一点，就给你处理了一下，怎么样，你自己能绑上吗？"

　　房雄试了试，总算是绑上了，就是没绑紧。

　　"行了，先这样绑上就没问题了。血就止住了。"工

① 小川国夫：《阿波罗岛》，收入《现代的文学》第 37 卷《黑井千次、清水邦夫、小川国夫、后藤明生集》，讲谈社 1973 年版，第 261 页。

人说，"你脸色看着不太好啊！煞白煞白的。"他一边看着房雄的脸，一边说。

房雄说："我平时脸色也是这样的。"①

　　如果仅从以上对话进行判断的话，大概没有人会认为房雄是一个初来乍到的外国游客。不仅是对话，小川在旅途中的言行举止都让人觉得他已经很自然地融入了当地人的生活。之所以能够做到这一点，一个原因是小川从来不用既成的观念来约束自己的见闻，另一个原因则是他一直都在描写人和人的交流，而不是沿途的风景名胜。作为纪行文学，《阿波罗岛》似乎少了一种矛盾、一种对立，这矛盾和对立就是旅人的乡愁。小川国夫的游记文学消解了异乡的存在，连带着也宣告了故乡的缺席。不过小川国夫对于文学中二元对立的世界有他自己的想法。一般的作家，一般的游记，都有一个明确的疆域上的界线，那不仅是地理上的，同时也是文化上的和心理上的界限，那就是故乡和异乡之间的界限。但是，小川国夫却刻意抹掉了这道界限，他说："我知道日本的椅子和西洋的椅子是似是而非的东西。我也多少知道日语对话的味道和法语对话的味道完全不同。但是，我却不允许自己在作品中说明这些截然不同的地方。我就是不允许这样的写法，从而树立作品的独特风格。"② 也就是说，小川的《阿波罗岛》并不是单纯的游记，它已经略微带上了虚构小说的笨拙表情，通过将故乡与异乡、

　　① 小川国夫：《阿波罗岛》，收入"现代文学"第37卷《黑井千次、清水邦夫、小川国夫、后藤明生》，讲谈社1973年版，第204页。
　　② 小川国夫：《生之正中央·后记》，转引自月村敏行《"生"之纪行文学》，收入《小川国夫作品集》别卷，河出书房新社1975年版，第165页。

人与自然、流浪与定居这些对立的观念和人类的存在融合，消解了一个二元对立的世界，从而具有一定的象征意义。

　　然而游记本身所具有的局限性迫使小川寻找一种新的文学形式。他在探讨"纪行文学的可能性"的时候，也意识到自己的"不允许"已经限制了他的想象力。尽管他有意识地在日语的传统中寻找一种直接的表现方式可以用来表现截然不同的人、语言、风物和交流，但是，他在用自己的语言剪裁这些性质相异的东西的时候，感到了一种蛮横的作风。显然，游记式的短篇已经无法实现小川国夫的文学理想，他开始了长篇小说的创作，发表于1972年的《尝试之岸》便是其中的代表作品。实际上，《尝试之岸》也不能算是严格意义上的长篇小说，它由三篇相对独立又相互关联的中篇小说组成，分别是《尝试之岸》《给黑马新生活》和《静南村》。这三部作品都是以小川国夫的故乡静冈为故事发生的舞台，但其中却很少有关于乡土风情的描写，作者采用了"梦"和"变形"等超现实主义手法营造了一个神秘诡异的世界，试图表现生与死、罪与罚等深刻的主题。

　　《尝试之岸》讲述的是一个罪与罚的主题。主人公十吉从小就照顾着父亲益三从枥木县的牧场带来的马，长大后成了一名马夫。在一次拍卖会上，十吉买下了一条触礁的船。但岛上的男人却偷走了船上值钱的东西，十吉把真相告诉了岛上的人。就在他和道歉的老婆婆之间快要和解的时候，岛上的男人却表示不会向十吉赔罪。结果十吉和他们扭打起来，混乱中，十吉误杀了老婆婆和她的儿子。在接下来的叙述中，作者通过"梦"的装置，在十吉和老婆婆之间展开了关于罪与罚的对话。在梦中，和十吉身心一体的马阿蓝死去。醒来之后的十吉确认老婆婆和她的儿子已死，就到警察局去自首。显然，在这部小说中，十吉从小就向往的马和船是自然的象征，而船上值钱的东西则象征着文明世界，岛上的男人为了钱而破坏了十吉的船，这无疑象征着文明世界对自然的破坏。十吉心中关于罪与罚的意识并不是来自于他所崇尚的自然，而是来自文明世界，所以他的悲剧在小川国夫的笔下呈现出希腊悲剧的特色——命运之神以不可抗拒之力决定着个人的喜怒哀乐。在《给黑马新生活》中，小川更是动用了卡夫卡式的变形术，将主人公余一，也就是十吉的外甥，变成了十吉死去的爱驹。而在《静南村》中，小川则超越了生与死的界线，让死去的佐枝子来讲述男人们无法看到的世界。这三部作品中的主人公在穿越现实与梦境、死亡与新生之门的时候，都借助了一个小道具，就是他们脚上的伤。十吉在和岛民扭打的时候，脚受了重伤；余一在掉下悬崖的时候，摔断了脚脖子；佐枝子弄伤了脚，让十吉背着走。这些情节的巧合很容易就让人联想到作者在欧洲旅行时发生车祸、脚部受伤的经历，可见，这次脚部受伤的经历对小川国夫造成了很大的影响，以至于他把脚伤作为《尝试之岸》中带有隐喻性质的关键词，并借此来暗示天主教教义中的耶稣受难的精神。

其实，自从 20 岁开始信奉天主教之后，小川国夫的文学创作便逐渐受到了天主教教义和《圣经》故事的影响。如果说《尝试之岸》还只是用一些晦涩的隐喻来表达作者在天主教影响下产生的世界观的话，那么《某部圣经》则完全是关于《圣经》的个人解释版。小说一共分为三大部分，64 个章节，其中的人物基本上都可以对应到正版《圣经》。被称作"那个人"的大概就是耶稣，叫做阿西里尼洛姆佐的应该就是犹大，还有一个城市暗指耶路撒冷，其中有死刑，有复活，还有暴力。可以说，在《某部圣经》中，小川从一个文学家的视角重写了《圣经》。有人说小川国夫是在用《旧约》的文体写《新约》的主题①，此话很难在小川的作品中逐一求证，然而不可否认的是，《圣经》的文体，尤其是它独特的语言风格直接影响了小川国夫的小说创作。第四福音书中约翰传第一章开篇就写道："最初有语言。语言和上帝同在。语言即上帝。"也就是说，语言创造了世界，语言可以拯救世界。小川国夫在《某部圣经》中也在重复着同一个主题，他通过"那个人"之口，道出了语言和上帝之间的同一性。

　　　　新的时代已经到来。现在该为我的离去做准备了。我死了之后，你们还是可以看见我、触摸我、听到我的声音。每个人都要好好想想，我是什么？我就是我的语言。语言可以活到终极而不死。我是不死的。②

　　小川国夫用小说的方式改编《圣经》故事并不只是为了寻求小说的故事性和传奇性，这也是他作为天主教徒试图接近《圣经》、也就是上帝的语言的一种方式。《圣经》和天主教信仰对于他以及他的作品中的人物而言，显然是个非常巨大的存在。作为一个平凡的人，如何接近这个巨大的存在，这显然是一个难题，而小川国夫创作宗教小说的目的就是为了解决这个

　　① 佐藤泰正：《旧约的世界》，收入《小川国夫作品集》别卷，河出书房新社 1975 年版。
　　② 小川国夫：《某部圣经》，收入《小川国夫全集》第 4 卷，小泽书店 1991 年版，第 136 页。

难题。所以说，小川国夫既是一个天主教徒，又是一个文学家，因为他既能够以文学的眼光来思考宗教，同时又能够用宗教的眼光来反思文学。

## 第五节 阿部昭：琐碎的人生与朴实的文风

川西政明在编写《昭和文学史》①的时候，按照日语中第一人称代词的不同用法，把阿部昭的小说分为两类：第一类作品都是用"僕"来做第一人称叙述的。"僕"是日语中男性用于自称的第一人称代词，"现在主要是未成年男性对同辈以下的人使用"的一个代词②。第二类作品都是以"私"来做第一人称叙述。作为第一人称代词的"私"并没有性别限制，男女都可以使用。不过一般都是在对长辈说话或比较正规场合时使用。这两个不同的第一人称代词暗示着叙述者的不同年龄以及相对应的叙事眼光，前者从一个小男孩的角度来进行叙述，而后者则是以一个成年男子的口吻来讲述故事。显然，阿部昭并不是随意地选择"僕"或"私"作为进行第一人称叙述时的代词，因为在他的作品中有一条明显的分界线，可以将这两种由不同的第一人称代词进行叙述的作品分开。这条分界线就是 1971 年阿部昭发表在《文艺》10 月号上的短篇小说《一天的辛劳》。在这篇小说之后发表的作品，包括《千年》《桃子》《沼》以及 1976 年度获艺术选奖之新人奖的《人生的一日》

---

① 川西政明：《昭和文学史》下，讲谈社 2001 年版，第 386 页。
② 参照词条"僕"：男子第一人称，现在主要指尚未成人的男子面对同辈以下者时的第一人称。《广辞苑》，岩波书店 1998 年第 5 版，第 2449 页。

都是用"私"进行叙述，而之前的作品，包括最早获得第 15 届文学界新人奖的《儿童间》《未成年》《大日子》以及长篇小说《司令的休假》等都是用"僕"做第一人称代词。也就是说，对于阿部昭而言，1971 年是一个有着转折性意义的年份。果不其然，对照年谱便可发现，就在那一年，阿部昭辞去其在东京电视台的工作，开始了职业作家的创作生涯。可见，从"僕"到"私"是阿部昭在文学上的一个成人式，旨在向世人宣告，阿部昭正式进入了专职作家的世界。

不管用"僕"，还是用"私"，阿部昭的小说讲述的都是关于他自己的故事，从他的幼年时代、少年时代、青年时代开始，直到他结婚，并有了三个孩子。不过这些故事都有一个共同的主题，那就是父子关系——既包括阿部昭为人子的过去，也包括阿部昭为人父的现在。毫无疑问，父亲阿部信夫对阿部昭的人生观和文学观的形成产生过巨大的影响。阿部信夫在"二战"期间曾经是海军大佐，因饮酒误事而未得到晋升。尽管在战争期间父亲是个行军作战的军人，但是战争结束后，他却和所有的职业军人一样变得毫无用处。在《大日子》和《司令的休假》中，阿部昭通过儿子的视线描述了父亲在战后穷困潦倒的生活中痛苦挣扎的后半生，将一个战败国军人的形象和父亲的形象重叠在一起。而直到父亲去世的那一天，阿部昭才发现了一个真正的父亲。

阿部昭曾经在 1972 年 8 月 15 日写了一篇纪念父亲的散文——《那年夏天那片海》，满怀深情地回顾了父亲无法适应战后生活的窘迫状态。父亲干什么都不顺利，结果只能是逐渐陷入生存的困境，但直到最后他都没有向生活低头。父亲的苦涩和郁闷，在阿部昭幼小的心灵中留下了不可磨灭的痕迹。其

第二章 人生与文学

中有一段关于父子玩投接球的描写，可谓感人肺腑。

> 当时，父亲被革职，也没有工作，就经常带着我到清晨的海边去散步。在海边，父亲和我什么话都不说，我们玩投接球就可以玩很久。那时的鹄沼还有着美丽的沙滩，落潮的时候，有银光闪闪的小鱼儿在上面跳跃。父亲把我丢在浅滩，自己朝着海上游去，越游越远。清晨的大海，一望无垠，除了父亲和我，再没有别人。然而，对面却是父亲再也没有机会前往的占领下的大海。①

一面是风景优美的大海，一面是失意的父亲——当时的阿部昭大概还只有十一二岁，却已经深深体会到了父亲作为失败者的落寞和悲哀。

阿部昭对父亲的理解已经超越了普通父子间的感情，那种理解已经不再是建立在父与子之间的纵向血缘关系之上，而是建立在人与人之间的横向的朋友关系之上的一种惺惺相惜。阿部昭的小说中所描述的父子之间的平等关系不仅不同于日本明治文学中充满矛盾和对立的父子关系，而且，即使和"战后"第三批新人作品中同样描写作为战败者的父亲形象和父子关系的也有着天壤之别。在安冈章太郎的《海边的光景》中，作为战败者归来的父亲显然是个不受欢迎的人。就在父亲回家的那一天，"亲子三人围着饭桌坐下，母亲和信太郎默默地坐在

---

① 古屋健三：《"内向的一代"研究》，庆应义塾大学出版会 1998 年版，第41 页。

一边，和父亲对峙着"①。父亲的到来破坏了母子十多年来相依为命的生活格局，他已经成了一个外人，被排除出家族体系。而在阿部昭的《司令的休假》中，尽管"战后"生活贫困，母亲不断埋怨父亲的无能，但是父子之间的温情场面却俯拾皆是。

阿部昭也认识到父亲作为一家之主在家中应该享有绝对的权威。他认为尽管"父亲对于儿子来说，是人生最初的朋友，也是最初的老师"，但是，不久就会"成为人生最初的攻击目标，和最初的敌人"。儿子要长大成人就必须跟父亲这个强有力的对手作斗争，而这个敌人和自己之间又有着血缘关系，显然不同于一般的敌人。到最后，不管儿子怎样反抗、批判、超越父亲，他身上流着的还是父亲的血。② 阿部昭对于父子间普遍存在的反抗和被反抗的关系并没有予以否认，但在他的小说中却很少有以此为题材的作品，即使是父亲对大哥采取了极其不人道的行为，他也没有大书特写当时的愤怒。尽管如此，阿部昭的小说中还是存在着明显的俄狄浦斯情结。战争期间，由于父亲不在家，阿部昭为能够独占母亲而窃喜。在小说《桃子》中，就有一段描写了他每天晚上找借口钻到母亲被窝里的情景：

　　那个时候，一到晚上，我还是很想钻到母亲的被窝里

　　① 安冈章太郎：《海边的光景》，收入安冈章太郎《海边的光景》，《鉴赏日本现代文学》第 28 卷《安冈章太郎、吉行淳之介集》，角川书店 1983 年版，第 90 页。
　　② 阿部昭：《文武两道》，转引自古屋健三《"内向的一代"研究》，庆应义塾大学出版会 1998 年版，第 44 页。

去。特别是冬天，这样的机会就比较多。睡觉的时候，我
先钻进自己的被子，到了半夜，假装去上厕所，回来就钻
进了母亲的被窝。母亲又困，也没有力气赶我走，就挪开
身子，给我腾出地方来。就在半梦半醒之中，把我抱进她
的怀里，或是从睡衣里伸出光脚丫搁在我的脚上。那些裸
露的部分都像是得了热病似的烫人。

不知从何时起，这成了我每天晚上的快乐。……在母
亲的怀里，我的身体感觉到的，不仅是自己的快乐，还有
母亲的肉体的焦躁，甚至还感到一种类似罪孽感的东西，
因为我趁着父亲不在的空儿就一直这样地霸占着母亲。①

《桃子》中交织着两种不同的叙述眼光：一是作为叙述者
的"我"追忆往事的眼光，一是被追忆的"我"正在经历往
事时的眼光。这是第一人称回顾性叙述中特有的双重聚焦，很
显然，"我"感受到的罪孽感属于前者，而在当时感受到的快
乐则属于后者。

如果从心理学角度出发来分析母子间这种暧昧情感的话，
就不难发现，阿部昭对于童年往事的所有回忆全都指向俄狄浦
斯情结中的恋母倾向。心理学家认为"母亲是以自己从性生
活当中得到的感受来对待他的：她抚摸他、亲吻他、晃动他，
非常明显地把他作为一个完整的性对象的替身来对待他"② ——
这一点在上述的引文中表露无遗。同时，阿部昭还多处暗示了

---

① 阿部昭：《桃子》，原载于《文学界》1972 年 7 月号，收入《阿部昭短篇
小说全集》上，讲谈社 1978 年版，第 281 页。

② 弗洛伊德：《性欲三论》，赵蕾、宋景堂译，国际文化出版公司 2001 年
版，第 82 页。

母亲在父亲不在家时的孤独和焦躁，他甚至描写了一个不正经的男人跑到家里来和母亲调情的场面。另外，他反复地回忆和母亲二人推着婴儿车走在冬夜里的情景，最后发现放在婴儿车里的并不是桃子，而是幼儿时的自己。所有这些存在于阿部昭潜意识中的场景和意象无一不表明他试图取代父亲和母亲在一起的愿望。战争期间，由于父亲上了战场，他很自然地在家中扮演起父亲的角色。战争结束，当父亲从战场上回来之后，他的这个愿望只能被压抑到潜意识之中，变成了成人之后的幻想材料之一。

不过与恋母倾向相比，俄狄浦斯情结的另一个倾向——弑父倾向，在阿部昭的小说中体现得并不明显，这无疑和父亲本身的权威丧失有关。阿部信夫在战场上是个失败的军人，因饮酒误事未能得到升迁，最后甚至被当作战犯受到革职处分。战争结束后他更是失去了用武之地，既没有一技之长，也没有固定的工作，而以前丰厚的军人津贴在 1946 年就停发了，战后的困顿生活使他变成了一个失败的男人。父亲的无能不仅受到母亲的抱怨，还使他成为寄宿者的嘲笑对象。阿部昭在父亲去世一年后的 1968 年发表了短篇小说《未成年》①，其中有很多场面都是描写父亲当时的困境。战争刚结束的时候，阿部家为了维持生计，把家里的几间房屋租了出去，但由于不善经营，最后入不敷出。负责管理的主要还是阿部的母亲，因为那些寄宿者一听说房东是个军人就显出扫兴的样子，甚至还故意喊着"阁下"的称呼。当"我"做完家教回家的时候，父亲还在灯

---

① 阿部昭：《未成年》，原载于《新潮》1968 年 7 月号，收入《阿部昭短篇小说全集》上，讲谈社 1978 年版，第 125 页。

下戴着老花镜翻译那既廉价又无聊的自卫队的海军资料。在《司令的休假》中，阿部昭还描写了这样一个场面：父亲用他那明治时代的英语去三浦半岛武山的美军军营应聘翻译，结果连考官的提问都没有听懂①。对于曾经是日本海军大佐的阿部信夫而言，去应聘做敌人的翻译，无疑需要很大的勇气，而实际上现实生活的残酷早就摧毁了他作为军人的全部尊严。

先是战争中的失败，接着是战后生活的困苦——接二连三的打击彻底消解了父亲在家庭中的权威。与此同时，父亲作为阿部昭在青春期的叛逆对象的威严也就自动消失了，更确切地说，应该是转移了。事实上，本来应该对准父亲的逆反心理，由于父亲的权威性丧失，转移到了母亲身上。在战争年代传统的日本家庭中，母亲和家庭生活是一对同义词，而父亲在很大程度上被看作是外部世界的重要象征，因为父亲在社会上已经确立了自己的地位，那正是从青涩走向成熟的孩子们力图进入的世界。阿部昭在小说中不断重现父亲穿着海军军装时飒爽英姿的片段描写，这正体现了他对父亲所属的外部世界的向往。同时，母亲和儿子在战时相依为命的经历使母亲产生了强烈的"阿格丽皮娜情结"②，可是儿子随着年龄的增长却逐渐控制住了恋母情结的引诱，尤其是当他的生命中出现了母亲之外的第二个女性时，母亲的存在成了他走向成熟、也就是努力接近理

---

① 阿部昭：《司令的休假》，收入现代文学第 35 卷《古山高丽雄、清冈卓行、阿部昭、坂上弘》，讲谈社 1973 年版，第 254 页。

② 南博：《日本人的自我》，刘延洲译，文汇出版社 1989 年版，第 21 页。阿格丽皮娜是罗马皇帝尼禄的母亲，据说她在权欲的驱使下，企图和喝醉了的尼禄发生乱伦关系。"阿格丽皮娜情结"是日本心理学家南博发明的一个心理学术语，专门指在日本家庭中难以和儿子分离的母亲的心理征状。

想的父亲形象之路上的绊脚石。阿部昭在 1968 年《群像》7月号上发表的短篇小说《娘》中，将"我"和娘之间的关系变化描写得细致入微。第一人称代词已经从"僕"变成了"私"，"我"对娘的感情也从幼年时的依恋转变为反感。

　　娘一想跟我说什么话，我就一溜烟地跑了。

　　那个女人实在很难弄。——不知从什么时候起，我就有这想法。说实话，不光是对我娘，就是对她们那岁数的女人的肉体，我都觉得特别地反感。娘要么坐在边上看我吃饭，要么就默默地站在我房间的门口，一到这时候，我就忍不住想大声地叫喊起来。

　　因为我已经知道了阿香那乳臭未干的身体。①

　　成年之后的"我"不能再忍受母亲凝视的目光，也不能忍受母亲触摸"我"的身体，更不能接受母亲在我洗澡的时候进来偷看，因为"我"再也不属于母亲了。然而此时的母亲却拿出了父亲的遗物——一个廉价的香水瓶。原来父亲在战争期间曾经有过一个情人，经常抹上香水去和情人幽会，而且战争结束之后，两人还一直保持着书信往来。父亲去世后，母亲对"外头的女人"的仇恨就直接转嫁到"我"的身上。害得"我每次换内裤的时候，总是很认真地考虑一个问题，到底是选择女朋友呢，还是选择我娘？"②

　　"我"对母亲的反感，不光是生理上的反抗，同时也是由

---

　　① 阿部昭：《娘》，原载于《群像》1968 年 12 月号，收入《阿部昭短篇小说全集》上，讲谈社 1978 年版，第 161 页。

　　② 同上书，第 167 页。

于成年后的"我"对父亲有了更深的了解。那种感觉不只是父子间的舐犊之情，还有男人和男人之间的理解与共鸣。尤其是在父亲去世之后，阿部昭更加理解父亲作为一个男人所承担的责任。工作上的不顺、家庭的负担、为人父的责任——父亲曾经承受过的生活的重担如今落在了他的肩上。在长篇小说《司令的休假》中，阿部昭一边描写行将就木的父亲的晚年，一边回忆起父亲在战时的"潇洒"和战后的潦倒，同时又对照着自己的现在，百感交集之中才发现，自己以前并没有真正了解过父亲。

阿部昭不停地用追忆的目光寻找着父亲的身影，但他发现在他的叙述和真实之间出现了裂痕。他在《寻找父亲的孩子》一文中，这样写道：

> 至今为止，我的小说大多数都是在描写我在现实中熟知的人物，但是，在写的过程中，这些熟悉的人物却开始显露出我从没见过的陌生的表情，我好像听见他们在对我说，"最终，你对我们还是一无所知！"……亲人们在日常生活中令我安心的神情和他们突然间变得陌生的背影——我好像怎么也填补不了这两者之间的裂痕。
>
> 在写作《司令的休假》时，我一边写，一边就开始觉得我现在所做的事情就像是儿子在寻找父亲。当然，父亲事实上已经去世，不在我的眼前了，可是我突然觉得非常沮丧，因为我和他做了30多年的父子，却从来没有和他谈过一次心，也从来没有真正地了解过对方。①

———————

① 阿部昭：《寻找父亲的儿子》，收入《筑摩现代文学大系》第95卷《丸山健二、清冈卓行、阿部昭、金石范集》，筑摩书房1977年版，第485、486页。

阿部昭就是通过不断地回忆来唤起自己对父亲形象的重新认识。经历了战前对父亲的仰慕和战争刚结束时对父亲的同情之后，从获知父亲得了绝症的那一刻起，阿部昭开始重新审视自己心中父亲的形象。在寻找父亲的过程中，他也在追寻着自我的成长轨迹。有位心理学家曾经说过，人之所以"抓住儿童时代的理想境界不放，正是表现出对命运之神的反叛，对周围一切企图吞噬我们的力量的反抗"①。阿部昭在对自我童年的回顾之中，不断地抗拒着"战后"日本在经济繁荣背后的荒凉。他不断地肯定父亲作为一名战败国军人的价值，其实正是为了从反面否定"战后"日本社会的观念主义。阿部昭的人生词典和文学词典里，国家、社会和体制都是极少被使用到的贬义词，而个人、家庭和生活却是出现频率最高、最重要的褒义词。在"内向的一代"的座谈会上，阿部昭甚至宣布自己并没有真正融入日本"战后"的社会生活中，实际上自从辞职以后，他就一直蜗居在鹄沼的家中专心创作，"两耳不闻窗外事"，过着自命清高的生活。

也许对于阿部昭而言，人生的每一天都是特殊的一天，尽管"那一天既没有发生什么重大事件，也没有值得一提的事情"，但是"那一天却蕴藏着一个瞬间，这个瞬间将所有围在那一天周围的很多日子都收敛到了那一天"②。也就是说，在阿部昭看来，每一天都有可能蕴藏着决定性的瞬间。阿部昭的小说也正是在看似不经意地将日常生活的琐碎画面重叠起来的

---

① 荣格：《探索心灵奥秘的现代人》，社会科学文献出版社1987年版，第95页。

② 阿部昭：《人生的一日》，原载于《海》1975年8月号，收入《阿部昭短篇小说全集》上，讲谈社1978年版，第354页。

过程中，用他那朴实的文笔把埋藏在琐事中的人生的苦难和生活的艰辛展现在我们面前。

### 第六节 大庭美奈子：流浪的人生与机敏的文风

大庭美奈子原姓椎名，1930 年 11 月 11 日出生于东京涩谷。父亲椎名三郎是个海军军医，"二战"期间辗转于日本国内的各个海军基地，因此，长则两三年，短则半年，美奈子全家就得换个住处。1955 年，24 岁的美奈子和相识六年的男友大庭利雄结婚，婚后按日本习惯改随夫姓，更名为大庭美奈子。1959 年，由于丈夫的工作调动，美奈子带着三岁的女儿随丈夫一起来到美国阿拉斯加州斯特喀市，直至 1970 年举家迁回日本，在那里一直生活了 11 年。这 11 年的海外生活对大庭美奈子的文学创作产生了决定性的影响，不仅为她的小说提供了异国他乡的舞台和人物，而且使她得以摆脱日本狭小的空间，从一个更高远、更深入的视角来关注人类存在的普遍状态。

如果说明治大正时期的日本小说中，外国人还只是作为一种异国形象的代表出现的话，那么"二战"之后，这些外国人尤其是美国人则是以一种堂而皇之的主人公姿态进入了日本小说。不论是大江健三郎的《饲育》《人羊》，还是小岛信夫的《拥抱家族》，在这些有美国人出场的小说中，其背景都是日本本土，而且作家关注的焦点是日本人"心中的'美国'"，而非"真正的美利坚合众国"①。所以，当大庭美奈子把《三

---

① 松原新一、矶田光一、秋山骏编：《战后日本文学史·年表》，讲谈社 1979 年版，第 398 页。

只蟹》寄到《群像》杂志并被送到芥川奖评委手中的时候，众人面对这篇来自阿拉斯加的小说无不感到震惊。安冈章太郎叹之以"可怕的女流"①，野间宏则赞其为"日本文学（当然也可以说是世界文学）中最上乘的作品之一"②，其中虽不乏溢美之词，但大庭给当时的日本文坛造成的震撼和冲击也可从中管窥一二。大庭美奈子之所以能够一鸣惊人，原因有二：其一是由于《三只蟹》反映了一个深刻而超前的主题，被认为是"通过描写美国社会的现实，预见了日本的现实"③；其二便是《三只蟹》中的人物，不论国籍和人种，其言行举止都不再是按照日本人的模子来描写，也就是说，大庭不是从日本人的角度而是从一个更宽广、更普遍的角度来描写小说中的外国人。

能够从一个超越的视角来观察外国人，又能够把他们的举手投足写得恰到好处——大庭凭借的不仅是一支生花妙笔，还有她那敏锐的观察力和多愁善感的心灵。尽管大庭从 33 岁才开始真正的文学创作，但她的作家梦在幼年时期就已萌芽。七八岁时她就已经读遍了身边能找到的所有童话，并自称受到安徒生的巨大影响。11 岁时，读了雨果的《悲惨世界》后深受感动，立志将来要当一名作家。幼年时的理想并没有因为时间的流逝和环境的动荡而发生改变，大庭美奈子的高中和大学时代的闺中密友依旧是文学，从日本的王朝文学到陀思妥耶夫斯基，只要是小说都能令她着迷。1949 年，大庭考入津田塾大

① 安冈章太郎：《可怕的女流》，《群像》1968 年 6 月号，第 120 页。
② 野间宏：《迎接〈三只蟹〉》，《群像》1968 年 6 月号，第 118 页。
③ 柘植光彦：《大庭美奈子〈三只蟹〉》，《解释与鉴赏》1972 年 3 月号，第 153 页。

学后，有一段时间还迷上了演戏，曾经犹豫着想去当演员，不过最后还是选择了文学。对于大庭美奈子而言，文学便是她的宿命，是她存在的体现，所以她才会把继续写小说作为和大庭利雄结婚的前提条件。而且到了美国之后，她也是把学籍放在华盛顿州立大学的美术系，而人却跑到文学系去听课去了。可以说，正是这种与生俱来的对文学的热爱和痴迷，在大庭美奈子的内心建立起了一个完整的小说世界，同时，大庭又用她那纤弱细致的女性笔触精心地描摹存在于这个世界中的各色人物的一笑一颦。

且不论女性作家的人生如何，就算作为一名普通的日本妇女，大庭美奈子的生活也很自然地会受到父亲和丈夫这两个男人的深刻影响。大庭美奈子的父亲是一名海军军医，他的工作性质使得美奈子在六年的小学阶段转了六次校，而丈夫的工作却让她在阿拉斯加呆了 11 年。这种浮游生物般漂泊不定的生活经历直接投射到了大庭美奈子的小说中。实际上，出现在《三只蟹》中的人物，不管是日本人，还是美国人，不管是桥牌会上的知识分子们，还是游乐园的管理员，他们的生存也都像是浮萍一般，没有依靠，也没有目标，只为今天而存在；他们的内心就像是荒芜的旷野，既空虚又孤独。为了排遣这空虚和孤独，他们用轻佻的玩笑互相调侃，他们把性爱当作游戏来打发时间，他们是一群"精神上的流浪者"。

尽管在那个时代，有很多日本人想要出国，觉得"到了外国，就会有理想的文化和政治"①，但是对于大庭美奈子来

---

① 江藤淳和大庭美奈子的对谈记录：《两个人的美国与文学》，《文学界》1968 年 10 月号，第 110 页。

说，出国并没有使她感到特别地激动，只是让她深刻地体会到自己对日本的厌倦。在她离开日本的时候，她其实有些"厌人症"，但是当她真正到了美国之后，才发现"哪里的人都一样"①。她在小说中所反映的对人类存在的普遍关怀的精神和观念正是在这一发现的基础之上形成的。在大庭看来，人只有作为一个群体才能生存，作为单个的人是孤独的，也就是说，人生来就是一个"精神上的流浪者"。《三只蟹》里的人物并不是因为他是美国人就感到精神空虚，也不是因为他是一个有1/4的爱斯基摩血统的混血儿就感到漠然的"虚无和忧愁"；《狗公馆的女人》里的玛丽亚并不是因为出生在俄国就得不停地流浪；而《废物博物馆》里的阿亚也不是因为是日本人就要选择浮萍般的生活。他们的身上早就已经打上了人类最原始的烙印——孤独与空虚，而要从这孤独与空虚中逃开，唯一的方法就是不停地流浪。大庭美奈子的非凡之处也就在于超越了国家和个人的界限，从人类存在的根源处找到了共同点，而她的小说正是将焦点对准了人类存在的这种普遍状态。

鲁迅先生曾引用过叔本华的一个比喻来形容人类的生存状态，说是"有一群豪猪，在冬天想用了大家的体温来御寒冷，紧靠起来了，但它们彼此即刻又觉得刺的疼痛，于是乎又离开。然而取暖的必要，再使它们靠近时，却又吃了照样的苦。但它们在这两种困难中，终于发见了彼此之间的适宜的间隔，以这距离，它们能够过得最平安。人们因为社交的要求，聚在一处，又因为各有可厌的许多性质和难堪的缺陷，再使他们分

---

①　江藤淳和大庭美奈子的对谈记录：《两个人的美国与文学》，《文学界》1968 年 10 月号，第 111 页。

离。他们最后所发见的距离，——使他们得以聚在一处的中庸的距离，就是'礼让'和'上流的风气'"①。《三只蟹》的桥牌会上，知识分子们的对话正好体现了这种"礼让"和"上流的风习"，而这种"上流的风习"在作者的笔下却显得既虚伪又空洞，因为大庭认识到在这"礼让"的背后隐藏着一颗颗多么空虚的心灵！

如果说用豪猪来比喻人类的群居特性还带着几分幽默的话，那么，大庭用船蛆来比喻人作为个体的生存状态就显得有点悲观和颓废了。"所谓船蛆，就是一种以啃食浮在海上的木头，并在上面打上无数小洞为生的虫子。""尽管无数的船蛆在同一根木头上打无数的小洞，但彼此间的洞穴绝对不会交叉，它们早就用那薄薄的树膜把隔壁的船蛆给隔开了。"② 大庭美奈子在海边看到了一段被船蛆蛀得千疮百孔的漂流木，看到无数的船蛆的尸体从蛀空的洞里掉出来，于是就"想到了人世的孤独"③，写了一部关于孤独的小说，取名为《船蛆》。而她本人则一直都珍藏着那根满是蛀孔的漂流木。

显然，船蛆不仅象征着人类作为个体存在的孤独状态，同时也暗示了对夫妻关系的彻底绝望和否定。船蛆属于"两性生殖，在体内受精后的卵长大成幼虫后就被排到大海"，而作为人类的男女，其最原始的存在状态不也是如此吗？婚姻只不过是人类文明发达的附加产品。大庭美奈子从女性的角度重新

---

① 鲁迅：《一点比喻》，收入《华盖集续编》，中国致公出版社 2001 年版，第 238 页。
② 大庭美奈子：《船蛆》，收入《大庭美奈子全集》第 10 卷，讲谈社 1991 年版，第 96 页。
③ 同上。

审视现代文明社会中的婚姻和家庭，把夫妻关系从性的桎梏中解放出来，还原为人与人的关系。就像《三只蟹》中所描写的由梨和丈夫武之间的关系，性不再是困扰他们的问题，武甚至可以在女儿面前大谈妻子和别人上床的事。但是，当由梨借口离开桥牌会的时候，他却认为这是妻子的失职，他说："没有女主人，那还叫什么桥牌会？"他们俩之间的关系更接近于一种契约关系，丈夫在外工作挣钱养家，妻子则在家中操持家务、照顾孩子，必要时还得扮演女主人的角色。由梨和武的这种夫妻关系这也正好印证了英国法学家亨·萨·梅恩的一句话——资本主义社会一夫一妻制的全部进步就在于"从身份到契约"①。《三只蟹》中最为理想的夫妻关系就是法兰克所说的那样，"夫妻之间都应该拥有孤独的场所和只属于自己的对话"，也就是说，夫妻也得"保持距离"②。

这种对于婚姻和夫妻关系本质的透彻的观察和冷静的分析，不用作旁的猜测，自然会有一部分是来自于大庭美奈子自身的婚姻体验。尽管结婚当初有言在先，要继续写小说，但是婚后第二年大庭美奈子便生下女儿，三年后又举家迁到美国，她根本就无暇从事自己喜爱的文学创作。第一部小说《没有构图的画》也是1963年在威斯康辛州立大学留学的时候才开始写作的，当时她已经33岁了。对于一个热爱文学并曾立志要以作家为终身职业的人来说，第一步已经迈出得有些晚了，若不是从此一发不可收拾，不断有新作问世，就很难用大器晚

① 亨·萨·梅恩语，转引自恩格斯《家庭、私有制和国家的起源》，收入《马克思恩格斯全集》第21卷，红旗出版社2000年版，第93页。
② 鲁迅：《一点比喻》，收入《华盖集续编》，中国致公出版社2001年版，第239页。

成来概括她的文学生涯了。激发她开始写小说的动机，就是作
为一个日本人的妻子在美国阿拉斯加的生活。大庭美奈子如此
描述自己在家庭生活中的状态：

> 结婚十多年来，我只是一味地捡拾起毫无疑义的话
> 语，用优雅的谈吐来换取我的报酬——平稳地坐在妻子的
> 座位上。一边偷偷地藏起手稿，一边继续写着小说；从画
> 好的画中只挑选最无聊、最卫生无害、最漂亮的挂在客厅
> 里，而把其他的画都藏到柜子里；掩盖自己是个头脑奇怪
> 的危险女人的事实，摆着一副什么都不知道的面孔，一直
> 都假装是个好太太。
>
> ……
>
> 然而，假装实在是一件痛苦的事情。世上普遍认为优
> 良的做法、所谓的秩序的伪善、蛮横的权威的狡猾、还有
> 那更为狡猾的卑鄙的帮手、在那些用感伤的语言美化怠惰
> 的生存方式的人中间说一些毫无意义的话——我已经彻底
> 厌倦了这一切！……积聚多年的空气终于扑哧扑哧地冒了
> 上来，一下子就爆发了。①

看来，大庭美奈子的婚后生活就像是藏起手稿一样，偷偷
地掩藏起真实的自己，戴上女主人的假面，用优雅的谈吐说一
些毫无意义的话。但实际上的她却是一个"头脑奇怪的危险
女人"，她最终还是无法带着假装乖巧的女主人的面具继续忍

---

① 大庭美奈子：《森林、湖泊和海湾之城：斯特喀》，收入《鱼之泪》，［日
本］中央公论社1971年版，第362页。

受下去。《三只蟹》中由梨借故离开桥牌会时的心情，很自然地就可以对应到大庭美奈子忍无可忍、爆发时那决裂般的痛快。

对人的孤独处境的彻底绝望以及对社会既成秩序和道德的厌倦——这些极度颓废的思想和对人性的怀疑不可能从11年的异国体验和婚姻生活中得到全部解释，实际上，在大庭美奈子这个危险女人的奇怪头脑里，还埋藏着一副人间地狱图。大庭美奈子在14岁的那年夏天，目睹了广岛原子弹爆炸后的惨状，并且作为一名看护人员被派去照顾那些受难者。在《地狱的配膳》一文中，大庭如实地记录了当时的那幅人间地狱图：

> 受难者被扔在地上，那哼哼唧唧的样子简直不是人间的景象。眼睫毛被烧掉了，头发也没了，皮肤都露出了红肉，腐烂的伤口处有无数的苍蝇和蛆在蠕动。那惨状让人无法分辨哪个是活着的，哪个已经死掉了。
>
> 泡在粪尿里的人几乎没有什么声响，只是有时候会有人喊上一句不明所以的话，挥舞着双手想要赶走苍蝇。也有很多人已经神志不清了。即使是那些受伤比较轻的，看上去也像是趴在地上的怪物。我们就在这300个患者中间穿梭，提着桶分菜粥给他们。
>
> 我们能够做的也就是煮菜粥，再分给他们。淘米用的水是从断裂的水管里流出来的，在那片瓦砾中，白骨散落了一地。指骨、腿骨、肋骨。在骨头之间，水在不停地流着，洒出来的米粒和土豆皮在不停地流着。①

① 大庭美奈子：《地狱的配膳》，收入《大庭美奈子全集》第10卷，讲谈社1991年版，第305页。

这幅画面所造成的震撼彻底改变了大庭美奈子的一生，"一开始走路，我就被苏醒的记忆止住了脚步，它就像一根人骨椽子，让我重新考虑人这东西"①。可见，从 14 岁的那年夏天开始，在目睹了广岛人间地狱般的惨状之后，大庭美奈子就对所有的人以及人所建立的秩序和道德产生了近乎绝望的怀疑。广岛成了她心中一个无法解开的结，如鲠在喉，不吐不快，最终于 1977 年完成了长篇小说《浦岛草》。故事讲述了主人公冷子在广岛原子弹爆炸中的经历。1945 年 8 月 6 日早上，就在冷子去郊外买东西的时候发生了原子弹爆炸，回到市区之后，她到处寻找婆婆的尸体。冷子平时和婆婆关系不好，她在成堆的尸体中一边寻找，一边想是不是自己对婆婆的恨把广岛给炸掉了。大庭美奈子在《浦岛草》中既没有选择政治的角度，也不是站在国家的立场，而是通过一个纯粹个人以目击者的视线见证了广岛原子弹爆炸时的历史性瞬间。

和其他以广岛原爆为主题的小说或散文不同的是，大庭美奈子对爆炸当时的画面做了异常细致而逼真的描写，她甚至写了用手去拉受害者时，一拉就只剩下一层皮在手上的令人毛骨悚然的场面。《浦岛草》不仅描绘了原子弹轰炸当时的地狱图，同时也记录了"战后"日本复兴过程中，广岛如何从一个地狱里的垃圾堆变成现代大都市的过程。当时被炸的地点全都消失了踪影，人们忙着把原子弹爆炸纪念馆当作旅游观光的景点，时间把那幅人间地狱图就像噩梦一样从人们的心中抹去了。《浦岛草》不仅是广岛原子弹爆炸的个人见证，更是大庭

---

① 大庭美奈子：《地狱的配膳》，收入《大庭美奈子全集》第 10 卷，讲谈社 1991 年版，第 305 页。

美奈子对人类重复进行破坏和再生的宿命的悲悯之作。在这部小说中，"大庭美奈子个人的感情、历史的脚步和人类的宿命三者重合在一起，编织出一个形象鲜明的小说世界"①。

大庭美奈子在少年时代就亲眼见证了广岛原爆的历史瞬间，之后那无法用语言表达的惨状彻底动摇了她对人以及人类存在的信念，成年后在美国阿拉斯加多年的生活经历则更加强了她对人的孤独的生存状态的认识。正如菅野昭正所说，在大庭美奈子的作品中，不论国籍或人种，所有人的内心都有这样一个矛盾："尽管一个人无法生存，却从心底里拒绝他者。"结果只能是"回避和他者之间习惯性的结合，固执地躲进只属于个人的狭小的空间"。②

正是基于这种对人类普遍的生存状态的深刻认识，大庭美奈子的小说才得以摆脱传统的日本作家的狭小视角，创造出一种新的人物形象——"精神上的流浪者"，这既是大庭美奈子本人的人生经历在小说世界中的反映，同时也真实地记录了20 世纪 70 年代发达的资本主义社会中普通日本人的心理状态。

---

① 古屋健三：《"内向的一代"研究》，庆应义塾大学出版会 1998 年版，第 221 页。

② 菅野昭正：《大庭美奈子》，收入《筑摩现代文学大系》第 91 卷《森茉莉、津村节子、大庭美奈子集》，筑摩书房 1978 年版，第 517 页。

第二章 人生与文学

第三章

自我的多义性与他者的恢复

## 第一节 从 EGO 到 SELF——自我的多义性

### 一 关于自我的定义

"认识你自己"——这句镌刻在德尔菲神庙上的箴言是古希腊智者苏格拉底留给后人的告诫。诚然，几千年来，人类一直在探索自然和宇宙的奥秘，同时也在不停地追寻着自我的定义。人类文明的发展史同时也是一部人类认识自我、发现自我的历史，然而生物学和解剖学等学科的发展只能对人类有别于其他物种之处做出科学的解释，却无法照亮个人内心的未知世界。人类认识自我和发现自我的过程就像是在黑夜的大海上航行，有三座灯塔照亮了这艘夜行船的航道。第一座灯塔是宗教，它指向内省之路；第二座灯塔是哲学，它指向思考之路；第三座灯塔是心理学，它指向分析之路。前两座灯塔自始至终都在为挣扎于存在和本质之间的人类指引着精神方向，第三座灯塔始建于 19 世纪末 20 世纪初，它把认识自我的航船导入了精神分析和心理分析的新领域，而且，它的照射范围几乎涵盖了之后所有人文科学的各个领域，其中自然也包括了文学。

如果说心理学研究是分析人类心灵的解剖刀，那么文学则为其提供了无数的标本。有趣的是最早利用心理学来研究文学的并不是文学评论家，而是心理学家，而且他们的解剖刀不但要条分缕析地研究文学作品中的人物心理，还试图揭示作家们的创作心理。不过心理学家感兴趣的小说并不是所谓的"心理小说"，而是缺少心理旁白、"具有高度模糊性"① 的文学作

---

① 荣格：《心理学与文学》，冯川、苏克译，生活·读书·新知三联书店1987 年版，第 126 页。

品，因为前者实际上已经由作者完成了对小说本身的心理学解释，而后者则为心理学家提供了施展才华的空间。当然，不论是作品研究，还是作家分析，都不是心理学研究的终极目标，而只是其研究对象中的极少部分，自然也就不能把心理学研究列入文学研究的范围之内。

　　尽管如此，心理学对文学研究所作的贡献却是有目共睹的，它不仅为读者提供了一个新的视角来解读经典作品，更重要的是揭开了经典作家们的伟大面具，让读者看到他们的内心深处无异于常人的矛盾与纠葛。同时，心理学对近现代作家的文学创作也产生了深远的影响。心理学的建立彻底地宣告了神话和英雄史诗的终结，20 世纪上半期的小说家们再也无法像荷马那样讲述《伊利亚特》和《奥德赛》的故事。在心理学盛行之后，即使是在历史题材的小说中，人物的内心也成为小说家们肆意驰骋想象力的处女地。显而易见，利用心理学来分析和解释近现代小说中具有高度模糊性的作品，不仅是行之有效的，而且是不可缺少的一种方法。

　　无论文学研究，还是心理学研究，都有一套相对独立的研究理论，所以，利用心理学来分析和解释作家和作品的时候，我们不可能也不需要把它的整套理论都照搬过来，只是在研究同一个对象的时候，可以借鉴并有限制地使用它的理论。不过所谓的同一个对象，实际上在不同的理论和学说中一般都由不同的术语来标示，而这些术语由于理论体系设置的不同就会产生意义上的重叠和分离。比如本章将要讨论的"自我"是一个具有多重含义的心理学术语，所以梳理其中的各层含义就成为进入正题的第一步。

　　众所周知，心理学源自西方，不论是日本，还是中国，有关心理学的术语都是通过翻译引进的，"自我"这个概念也不例外。翻译的过程也是遗漏的过程，尤其是当一个外来的术语作为通用概念固定下来之后，本国文化在解读术语时所惯有的约定俗成的倾向很容易造成概念上的混乱和错误理解。所以，分析"自我"多义性的第一步就是要还原"自我"，也就是找到"自我"的原典出处。

关于"自我"的原意主要来源于两位心理学家的学说，一个是弗洛依德的精神分析学说中的"ego"，一个是荣格心理分析学中的"self"。弗氏在《自我与伊底》一书中提出了"三部人格结构说"，认为人格（personality）是由伊底（Id）、自我（ego）和超我（superego）三部分构成的。其中，伊底（Id）属于潜意识的部分，也就是完全无意识的部分，由先天的本能和基本的欲望组成，而这先天的本能和基本的欲望又受着"快乐原则"的支配，随时希望得到满足。它在中文中一般译作"伊底"，取自成语"伊于胡底"。ego 一般被译作自我，属于意识的部分，是现实化了的本能，它在"事实原则"和"现实原则"的指导下，既要得到满足，又要避免痛苦。弗洛伊德把伊底（Id）比作马，自我（ego）比作骑手，马是动力，而骑手则给马指明方向，同时，弗洛伊德认为自我（ego）具有防御职能和中介职能，用来控制伊底（Id）中的本能和欲望。除了伊底（Id）和自我（ego）之外，人格还存在着一个 superego，一般译作"超我"，即"道德化了的自我"，它处于人格的最高层，根据"至善原则"活动，它是家庭、学校、法律、道德等整个社会道德体系作用于自我（ego）的产物，本身并不是经常有意识，它是通过指导自我（ego）来限制伊底（Id）的冲动。可见，在弗洛伊德的人格结构说中，

ego 所代表的自我处于内部世界的本能欲望和外部世界的道德规范之间，是伊底（Id）和超我（superego）之间的过滤器。

荣格提出的 self 的概念显然不同于弗氏的 ego 概念。前者是"包括无意识在内的人的全部精神和人格的主体"[①]，而后者只是意识的主体。也就是说，self 既不是发生于伊底（Id），也不是夹在伊底（Id）和超我（superego）之间发生作用的 ego，它是个人的全部，包括意识和潜意识，并具有独立性、综合性和统合性三大特征。而且 self 中的意识和潜意识并不是相互冲突，而是互相融合的关系。有学者把 self 翻译成"自性"，取佛语中"自性唯心"的观点，也可以理解为老子所言的"赤子之心"，庄子所言的"真人"、"至人"。显然，荣格学说中的 self 概念要大于弗洛伊德学说中的 ego，而且对自我的概括更为全面和客观。

但是，不管是用 ego，还是用 self，都无法对日本近代文学中的自我做出一个完整的解释，因为日本文学中的人物心理具有很明显的"自我不确定性"，这就涉及了日本人人格构造的特殊性。在此，我们也要提出一个不言自明的观点，那就是由于文学比心理学更能反映本国文化传统和审美意识的影响，所以，尽管日本心理学的鼻祖还是西方心理学，但是，我们在运用西方心理学概念分析日本近代文学作品时，还是必须借鉴日本心理学家对日本人心理研究的分析成果。例如，日本心理学家南博从社会心理学和历史心理学的角度，提出了关于日本人的独特的自我心理构造学说。

第三章　自我的多义性与他者的恢复

---

[①] 荣格：《心理学与文学》，冯川、苏克译，生活·读书·新知三联书店1987年版，第8页。

在《日本人的自我》一书中，南博把日本人的自我分为"主我"和"客我"，"主我"就是主体的自我，是主动行动的自己、自视的自己。与此相对的是"客我"，就是作为对象的客体的自我，是被动自我。相比"主我"，南博更加关注"客我"，他把"客我"分为两个侧面：一是作为主我的自己所看到的客我，称之为"内的客我"，它是自己通过自身从内部观察自己的内心，并经过内省得出的结果；一是他人所看到的自己，或觉得他人对自己会产生的印象，称之为"外的客我"。南博认为日本人自我构造的特点是"'外的客我'意识较强，因过分意识他人对自己的看法而产生的'自我意识过剩'，影响着整个自我构造"①。显然，南博所说的自我只是弗洛依德学说中 ego 的一部分，不过他创造的"主我"和"客我"的概念很好地解释了日本人独特的自我构造。另外，他还提出了"集团我"的概念，试图解释日本人"自我不确定"所造成的心理不安的现象。这个"集团我"就是个人通过与集团的一体化来实现的，具有强烈的从属意识和依赖意识。南博关于日本人自我构造的学说虽然不能从根本上解释造成日本人自我不确定的原因，但是却提出了一些独特的概念，可以用来区分自我存在的不同状态。在考察日本近代文学和"内向的一代"文学的特征的时候，我们就会用到以上各种关于自我的概念和术语。

南博关于自我的理论着眼于现代日本人的心理构造，同时从社会心理学和历史心理学两个角度切入，这对解释"内向的一代"中出现的"寻找自我"的主题具有直接且有益的借

---

① 南博：《日本人的自我》，刘延洲译，文汇出版社 1989 年版，第 3、4 页。

鉴和参考价值。不过自我并不是从"内向的一代"开始才成为小说的主题,从广义上讲,自从二叶亭四迷创作《浮云》奠定日本近代小说的基础之后,无论是受到自然主义思潮影响的"私小说",还是作为文明批评家的夏目漱石的《心》三部曲,都是把如何定位夹在东西方文化冲撞中的近代自我作为小说的主题的。尤其是"私小说"的出现对后来的小说创作产生了巨大的影响,"内向的一代"的作品就屡屡被贴上"私小说"的分类码。尽管"内向的一代"的作品和"私小说"有着千丝万缕的联系,但是由于"私小说"本身的不断变化使得难以对其下一个完整的定义,所以,与其逐条辨别二者的异同,不如把视野放得开阔些,先来考察一下近代小说中的自我。

## 二 日本近代小说中的自我

日本近代小说从启蒙到诞生、从成熟到衰落,大约经历了一个世纪的岁月。在这百余年的发展过程中,如何确立和定义近代自我的问题一直困扰着明治小说家。虽然日本近代文学是在西方文艺思潮的启蒙下发展起来的,但是由于缺乏西方文化中的人本精神的土壤,近代文学中的自我意识迟迟未能挣脱传统的桎梏,始终带着浓厚的封建色彩。同时,也正是由于明治维新的不彻底性,压抑了近代自我的形成,进而影响了日本文学近代化的进程。

叶渭渠先生在《日本文学史·近代卷》[①] 中,提出了观照

第三章 自我的多义性与他者的恢复

---

① 叶渭渠、唐月梅:《日本文学史·近代卷》,经济日报出版社 2000 年版,第 17、18、19 页。

日本近代文学的生成和发展的三项价值基准：一是近代自我的确立；一是文学观念的更新；一是文体的改革。显然，此三项基准之中，尤以第一项为重。因后两项皆可在日本文坛内部完成，唯有近代自我的确立需要整个上层建筑从日本的封建主义到西方资本主义的彻底转变，而天皇制绝对权威的存在已经消除了这种转变的可能性。于是，近代自我"在专制主义体制的框架内摸索解放人性和确立自我跛行地发展着，带有独特的性格"①。叶先生把近代自我的性格特征归纳为三点：缺乏主体性、具有依附性和封闭性。可见，尽管产生的历史背景不同，近代自我和现代自我却有一个相同的特征，即自我的不确定性，也就是"主我"的软弱无力。

当然，无论是从历史心理学还是从文学史的角度，我们考察的对象都还只是近代民众普遍的自我意识，而承担近代文学的理论指导和小说创作任务的却是一个特殊的人群，他们受到西方人本思想的影响要比普通民众深得多，他们对近代自我的思考显然对我们的研究更有意义。这样一个特殊的人群，在近代社会中拥有不同的身份和地位，很难找到一个恰当的术语来概括，不过从和普通民众相对应的角度，不妨称之为近代知识分子。这些知识分子中的很多人都曾游历过欧美，深感西方文化的发达，因此他们对于西方文艺思潮的变化非常敏感，有任何新思想新动态就会将其翻译介绍进来，而在这些舶来的文艺理论和作品的影响下，日本文坛就会随之诞生一些新的文学流派。然而西方文艺思潮的演变有其自身的文化背景，日本近代

---

① 叶渭渠、唐月梅：《日本文学史·近代卷》，经济日报出版社 2000 年版，第 17、18、19 页。

作家在借鉴西方文艺思潮的时候因受本国文化传统的制约，难免只得其表，难得其里。西方文艺思潮中所包含的人本思想的底蕴只能在潜移默化中慢慢地渗透到日本近代作家的小说创作中，因为传统文化和文学观念的影响依然是那么的根深蒂固。

近代文学中的自我就是在西方人本精神的渗透和日本传统文化的坚守中形成的，尤其在近代文学成熟期①，小说中的自我意识更是充分体现了这一特征。

西方文艺思潮对日本近代文学影响最大的就是法国的自然主义思想，在左拉的小说和他的自然主义理论的强烈攻势下，日本原有的现实主义文学立刻改变了方向，和自然主义结合，产生了一种新的小说类型，即所谓的"私小说"。所谓"私"，即日语第一人称代词"我"，"私小说"，顾名思义，就是关于"我"的小说。田山花袋是日本近代文学史公认的"私小说"鼻祖，他于1907年创作的小说《棉被》被推崇为日本第一部真正的"私小说"。《棉被》对于近代文坛的影响之大远远超出了作者本人的想象。岛村抱月在《棉被》发表后不久便发表了如下评论：

> 此篇小说是有血有肉的、赤裸裸的人的大胆的忏悔录。在这方面，自明治有小说以来，早在二叶亭、红叶、藤村等诸家就已初露端倪，此作的情趣就在于将其最明白且有意识地呈露出来。自然派的一个特征就是没有矫饰美丑的描写，并进一步倾向描写丑。此篇小说无憾地体现了

--------

① 叶渭渠、唐月梅《日本文学史·近代卷》中的说法，从明治四十年（1907）到大正十年（1921）前后为近代文学的成熟期。

这一特征。所谓丑，是难以自已的人的一种野性的声音。而且它与理性的一面相互照应，是赤裸裸地向公众展示不堪正视自我意识的现代性格的典型。此乃本篇的生命及价值所在。……当然，至今为止，很多新近的作家描写过这个方面，不过他们多写丑陋之事，不写丑陋之心。《棉被》的作者正好相反，并未写丑陋之事。①

我们感兴趣的不是田山花袋在《棉被》中究竟有没有写"丑陋之事"，而是他通过《棉被》暴露出来的"丑陋之心"的实质。按照岛村的说法，所谓丑，便是"人的一种野性的声音"，也就是人性中的本能欲望。可见，《棉被》暴露出来的不过是田山花袋心中的伊底（Id）而已。《棉被》的主人公竹中时雄在小说结尾处，盖着他暗恋的女学生芳子的棉被黯然神伤，袭上他心头的是情欲、悲伤和绝望的情绪。不过时雄的伊底（Id）在自我（ego）的控制下，一直没敢冲破道德的底线，而他的超我（superego）一方面信奉西洋文学中的理想，蔑视以妻子为代表的旧的传统和生活模式，另一方面又担心无法得到以芳子为代表的新文化的认同。他对芳子的爱慕之情就像一把双刃剑，一面刺向他作为老师的道德伪善，一面又刺向他作为男人的性欲本能。最后，为了破坏芳子和田中的爱情，他让芳子的父亲把女儿接回了乡下。显然，超我（superego）通过自我（ego）战胜了伊底（Id），因为自我（ego）所遵循的"现实原则"是既要得到快乐又不能受到伤害。时雄的自我（ego）在权衡对芳子的欲望和为满足这个欲望所要付出的

<hr>

① 铃木登美：《被叙述的自己》，岩波书店2000年版，第110页。

代价时，无奈地放弃了前者。可见，《棉被》中所体现的近代自我具有强烈的个人主义（egoism）倾向。

私小说作家受到的困扰主要来自于伊底（Id），不过本能和欲望反而成为他们独立于俗世的标志。这些作家顶礼膜拜艺术至上的信仰，认为他们的生活本身就是创作。然而，生活的世俗性和艺术的高尚性之间必然存在的矛盾迫使他们退出了明治时代普通人的生活。另一方面，作为明治时代的文化人，他们身上"被道德化了的自我"仍然有一种强烈的使命感，这种使命感和艺术至上的信仰结合后的产物就是启蒙者意识。私小说作家不断暴露"丑陋之心"的创作倾向以"忏悔录"的方式满足了伊底（Id）的扩张，而启蒙者姿态则消灭了"忏悔录"中作为独立个人的他者的存在。在艺术至上和启蒙者形象所带来的优越感的掩护下，私小说作家的自我（ego）完全倾向于绝对的伊底（Id）的扩张，同时，彻底地无视存在于他者（other）中的自我（self）。

这种启蒙者形象并不只是戴在私小说作家头上的光环，同时也是普遍存在于明治知识分子心中的理想形象。被誉为"日本伏尔泰"的福泽谕吉便认为"唯有学者士君子"可在"适当之时成为全社会的先导"，因此，也就要求"社会贤达之士"，"在杂居于俗界并与常人共行其俗的同时，将自己的思想置于更高的境界"①。这种居高临下的姿态也是夏目漱石小说中经常出现的主人公的自我形象，《心》中的"先生"便是其中的代表。不过夏目漱石和私小说作家之间有一个决定性

---

① 福泽谕吉：《福翁百话》，唐沄等译，上海三联出版社 1993 年版，第 213、215 页。

的不同：前者的小说是为了"发现自我"，而后者的目的则是为了"暴露自我"，两者都意识到了个人主义（egoism）的存在，但是，前者试图超越它，而后者却利用了它 。夏目漱石不仅意识到了自己身上的个人主义（egoism），同时也隐约地意识到它同样存在于他者，但是这种意识将会使夏目漱石陷入更加孤独的境地。尽管作为启蒙者的孤独令他有"曲高和寡"之憾，但同时还伴随着难以言喻的优越感，而个人主义（egoism）存在将他和他所批判的对象拉到了同一水平线上，这不仅取消了启蒙者光环下的优越感，同时也成为漱石"企图与超人类的'自然'合为一体"① 时的障碍。夏目漱石最终也未能达到他心中"则天去私"的理想境界，或许正如江藤淳所言，"漱石并不是因为解决了问题而成为伟人，正好相反，他正是因为穷其一生都在忠实面对困扰他的问题而显得伟大"。②

综上所述，日本近代小说中的自我意识基本上是受着个人主义（egoism）的支配，追求自我的无限扩大，无视或者忽略他者的存在。私小说利用"告白"的方式巧妙地实现了自我的绝对化，而夏目漱石则在"主张自我"和"抹煞自我"的两个极端之间痛苦挣扎。不过夏目漱石在自我和他者之间所意识到的个人主义（egoism）以及由此带来的个人的孤独感却在百余年后的"内向的一代"的小说中被重新发现，同时，这种孤独感得到了截然不同的阐释和演绎。

---

① 江藤淳：《夏目漱石》，新潮社 1979 年版，第 116 页。
② 同上书，第 121 页。

### 三 "内向的一代"作品中的自我与他者

明治小说家有意无意间扮演着大众启蒙者的角色，但是百余年后"内向的一代"的小说家们身上早已寻不到任何"人生教师"的影子。小川国夫在谈到小说家的功用时，就说：

> 漱石说："人生之事，当问小说家。"我不同意他的看法，我认为，小说家有可能成为人生的失败者，却不可能成为人生的达人。小说家的长处不过就是文章比别人写得好些，我觉得也应该如此。[①]

可见，同近代小说家们相比，"内向的一代"不愿再顶着启蒙者的荆棘之冠，也不预备作大众的人生向导，因为现代小说家已经"不可能成为人生的达人"，自然也就无法为他者的人生提出任何有益的真知灼见。

实际上，也正是由于放弃了俯瞰众生的视角，"内向的一代"的作家们才能够间接地继承并超越夏目漱石晚年的创作姿态——从日常生活中发现自我，同时，发现并正视他者。此时的自我包括了更广泛的意义，既有伊底（Id）也有自我（ego）和超我（superego）等个体心理学中自我的各个成分，同时还包括存在于集团行为中的集体无意识领域，比如处于集团中的"个人我"。从某种意义上说，"内向的一代"所面对的现代自我和明治作家所面对的近代自我具有某些相似之处。

---

① 小川国夫：《文体》，《新潮现代文学》第65卷，新潮社1980年版，第346页。

20世纪70年代，日本人的现代自我意识中还是存在着和近代自我同样的问题，就是缺乏自我的独立性和主体性。只不过明治小说家因肩负着启蒙的重任，又信奉"生活即艺术"，不愿俯就普通人的生活，窥视一般人的心理，结果就容易钻到个人主义（egoism）的死胡同。"内向的一代"的作家们尽管也是以个人的内心世界为小说的描写对象，但由于他们清楚地意识到了他者的不可回避性，就将小说扎根于普通人的日常生活，自然地就把自我（self）和他者放在了同等重要的位置上，甚至有时自我还必须依附于他者。

关于自我和他者的对等关系，后藤明生的"椭圆理论"阐释得最清楚。他认为现代社会人和人之间的基本结构就是"关系"，"关系"中不存在强弱之分、喜好之情，只有两个相对独立的个人，就像是椭圆的两个中心一样，"完全是50%对50%"。后藤在《圆和椭圆的世界》一文中，把堂吉诃德和风车放在了椭圆的两个中心上，认为"风车并不是为了接受堂吉诃德的进攻而存在的"，而"作者的目光正是集中到了两者的'关系'上，在作者的眼里，堂吉诃德与风车处于对等的位置，不分高下，更不论美丑"。同时，他认为"只要两者是属于同一个世界的两个中心，那么此处描绘的世界就不可能是由唯一的中心来决定的'圆'，而是发生了喜剧性变形的'椭圆'"。更重要的是，他还认为"那两个同时存在的对等的中心，就是有着不同价值观的客观的'他者'"①。可见，后藤从

---

① 后藤明生：《圆和椭圆的世界》，转引自川崎至《人与文学：后藤明生》，收入《筑摩现代文学大系》第96卷《古井由吉、李恢成、黑井千次、后藤明生集》，筑摩书房1984年版，第528页。

"关系"中认识到了作为独立个人存在的他者的重要性，他者不仅和自我一样具有自己的价值观，而且还对自我在关系中的定位起着决定性的作用。因为他者经常会无视自我的存在，而自我却无法忽视他者而存在。也就是说，自我已经丧失了作为个体存在的独立性，在确立自我的时候，首先考虑到的是"外的客我"，即他者眼中的自我。

后藤的"椭圆形理论"也许可以说明现代日本人的自我意识中缺乏"主我"的原因。但是在小说创作过程中，却很难将两个中心摆放在绝对平等且客观的位置上。因为作者在进行叙述的时候，无法同时从两个完全对等的视角来铺展故事。后藤曾经做过此类尝试，不过最后还是选择了椭圆两个中心中的一个来作为叙述视角，同时把另一个中心作为参照系，列入了故事的框架，然后再通过参照系来确定自我的位置。

当自我和他者作为同样的个体并存于关系中的时候，"自我"可以利用"他者"来作自己的定位系统，但是，如果"他者"以复数的形式出现，也就是当自我（self）面对他者的时候，"外的客我"就会以"集团我"的形式出现，此时，自我（self）和"集团我"之间必然会产生矛盾。因为前者需要协调的是独立个体的自我意识，而后者则需协调独立个体和集团之间的关系，后者因个体与集团的不对等关系很容易就覆盖了前者，甚至用"集体无意识"替代了前者。"内向的一代"正是通过描写处于不同集团中的个体的自我意识，揭示了个体与集团之间的矛盾，以及个体存在的孤独感。

根据自我和集团的结合程度，南博把现代日本社会中存在的各种形式的集团分成了余暇集团、工作现场集团、地方集团、国家集团和家族集团。① 显然，个人在各个集团中的自我确定方式和自我认同感的程度是不一样的，也就是说，不同的集团中有不同的"集团我"。"内向的一代"首先注意到处于工作现场集团、也就是现代化大企业中的"集团我"的意识和个人的自我意识之间的关系。"战后"日本大企业普遍实行的终身雇用制和家族式管理体制，就其结果而言，和江户时代的身份制有相似之处，都是为了给属于其中的个人以安定感和安心感。身份制和企业中的等级制度为确定"集团我"提供了一个相对透明的参照系，而且这个参照系有明确的分工和相对应的义务及权利关系，个人很容易就找到自己的位置，随之就会产生相应的"集团我"的意识，对于处于集团中的个人来说，他的自我意识的主要问题就是"个人我"和"企业我"之间的矛盾。

然而之前的小说家们却无人问津这个现代社会中普遍存在的矛盾。奥野健男在回顾 1960 年代文学的时候就说：

> 现代人生活的很大一部分，小说基本上就没有描写，在文学上也没有得到任何表现。尤其是对占据了人类生活最大、最重要的部分——生产世界的描写可以说是根本没有。比如，深夜，在几乎没人的自动化工厂的控制间，独自一人监控、检查和墙以及操作盘并列着的无数台计算机的现代劳动者。他完全不同于以前的劳动者和产业工人，他的工作是无聊而且单调的，不需要动用体力，却必须全神贯注。他不知道会发生什么意外，操作时稍有不慎就会

---

① 南博：《日本人的自我》，刘延洲译，文汇出版社 1989 年版，第 17 页。

造成几千万日元甚至几亿日元的损失。处于这种非人的、非自然的劳动中的人的内心世界，以及来回穿梭于其中的各种各样的妄想都没有得到表现。①

"内向的一代"的代表作家黑井千次首先填补了奥野健男所指出的现代文学的这一大片空白。他的早期工厂系列小说，如《第三竖井》和《蓝色的工厂》等，都体现了作者从工厂的内部机制来观察商品制作过程以及生产商品的人们的状态的创作理念。在《新日本文学》发表了三四篇关于工厂和劳动者的小说之后，黑井千次的目光开始投向在现代化大企业工作的工薪阶层的自我异化问题。《圣产业周》和《时间》可以说是黑井解剖现代企业制度下的异化的自我的一次尝试。黑井千次的小说对"企业我"的关注程度远远地超过了他对"个人我"的关注，他认为"在关注每个人的特性、某个人和其他人之间的差异之前，首先应该关注的是作为类的人"②。同时，他也观察到了"个人我"在大企业中的"空洞"，并采用把"个人我"在大企业中的存在方式——工作还原为劳动的方法来确立自我的存在价值。不过黑井千次的尝试并没有取得成功。现代社会的劳动已经无法作为确认自我的价值体系，因为劳动本身已经成为他者进行价值判断的对象，所以自我仍然是依附于他者而存在的。显然，个人的自我意识还是无法脱离

第三章　自我的多义性与他者的恢复

---

① 奥野健男：《进入七十年代的文学的状况》，《文学界》1970 年 1 月号，第 180 页。

② 黑井千次：《可能性与现实性》，转引自川崎至《人与文学：黑井千次》，收入《筑摩现代文学大系》第 96 卷《古井由吉、李恢成、黑井千次、后藤明生集》，筑摩书房 1984 年版，第 517 页。

"企业我"而独立存在，黑井千次在《骑士固达斯》中已经觉察到了这一点，他就把"集团我"从"企业我"转移到了"家族我"，开始创作以家庭日常生活和家族成员之间的关系为题材的家庭小说。

"内向的一代"的作品中有较大的一部分都以作者身边的日常琐事为题材，若仅就题材论，他们的作品被归入私小说一类也是顺理成章的。但如果从"个人我"和"家族我"之间的关系看的话，"内向的一代"更为关注"战后"核心家庭中的夫妻关系，而近代小说的重点则是父子关系。当然，这并不是说近代小说中就没有夫妻关系的描写，而"内向的一代"就把父子关系剔除出了小说题材的选择范围。恰恰相反，阿部昭的小说中有很多都是以他和父亲阿部信夫之间的关系为创作素材。只不过由于"战后"民法的修订，日本人的家庭模式发生了很大的转变，"由纵向的父系亲族大家庭转化为以夫妇为中心的横向小家庭"①，即核心家庭。这种转变带来的一个直接后果就是家庭内成员之间的主要矛盾从父子矛盾转变成了夫妻矛盾。当然，只要家庭存在，就会有纵向的亲子关系和横向的夫妻关系，但同时，由于封建家长制的消失和一夫一妻制的确立，"家族我"在家庭中的确立方式从近代自我的依附型转变成了现代自我的独立型，"个人我"和"家族我"在现代自我的结构中成了最亲密的伙伴。家庭中的自我一方面需要通过自己和家人的关系来确定自我的位置，另一方面，还作为一个独立的个体（individual）寻求自我的存在价值。

除了通过以"企业我"、"家族我"为参照来确定自我存

---

① 张萍：《日本的婚姻与家庭》，中国妇女出版社 1984 年版，第 131 页。

在的方式之外，"内向的一代"的作家中还有人利用更为直接的方式来重现个人存在的原生状态。比如，古井由吉就在他的小说《杳子》中摒除了所有的"关系"，把一对男女放入一个相对封闭的环境中，用恋爱的形式和第三人称的客观叙述来展现主人公杳子的内心世界。不过古井的尝试在小说的结尾便露出了破绽，他自己也坦言，在试图把个人存在的原生状态导向家族血缘关系的时候，"有些力不从心了"①。不过在《杳子》之后的作品中，古井还是没有放弃这种尝试，也就是尽量减少"关系"的设定，淡化"集团我"的意识，从而突出个体的自我（self）意识。

为了隐去"集团我"对"个体我"的干扰，"内向的一代"选择远离社会关系的场所作为小说的舞台，比如，他们都喜欢把新开辟的小区作为故事发生的地点，因为那里的"关系"会比城市中的少且单纯，更易于确定人物的自我。另外，有些作家甚至选择离开日本，试图摆脱日本社会特有的各种"关系"，从一个全新的角度来观察个人的存在。大庭美奈子的海外小说和小川国夫的宗教小说便是两个大胆的尝试，前者把个人的自我纳入了绝对孤独的存在形式，后者则是彻底摆脱了日本传统文化的影响，用古希腊的悲剧精神来重新演绎圣经中的故事。

简而言之，"内向的一代"的小说中的自我的重心在 self，而不是 ego。通过描写自我和他者或集团之间的各种关系，率先揭露了"个人我"和"企业我"之间的矛盾。而且，他们

---

① 古井由吉和古屋健三的谈话：《讲述〈杳子〉、〈妻隐〉》，《三田文学》1971 年 8 月号，第 8 页。

还试图利用减少"关系"的方法，将"个人我"还原为真正独立的自我（self）。同时，"内向的一代"部分作家从一开始就在尝试从更为宽广的视角关注现代自我的存在方式以及存在的价值和意义等问题。

## 第二节 自我的虚无与他者的恢复——家庭小说的变化

这里所谓的家庭小说，并不是一种具有严格定义的小说类型，也不是与明治文学中与纯文学范围内的"私小说"相对应的通俗小说的一种，而是泛指以家庭日常生活为题材、描写家庭成员关系的小说。显然，这是一个大而化之的说法，既涵盖了明治文学中的"私小说"，也可以包括夏目漱石、森鸥外等大作家创作的、被认为是通俗小说的"家庭小说"；既可以指"战后""第三批新人"的小说，当然也不排除"内向的一代"的部分作品。本书之所以用这个所指宽泛、界线松弛的"家庭小说"的概念，不仅因为它们大多取材于日常的家庭生活以及身边琐事，更主要是为了区别"内向的一代"的家庭小说不同于其他作品的地方，以显示出"内向的一代"的小说的特色。区分异同，自然要用比较法，不过本书旨在考察"内向的一代"的作品中家庭小说所反映的自我的特征，因此，不论是私小说，还是"第三批新人"的作品，都只用作比衬的背景，而不对其做全景铺陈。

尽管家庭小说的分量在各个"内向的一代"的作家的作品中所占的比例因人而异，但是，它在整个"内向的一代"的作品中却占有不小的份额。石川巧把"内向的一代"的小说分为两类：一类是从作者自己的身边小事和幼年时候的原始体验出发去寻找自身依据的私小说性质的题材；一类是描写主体在接触到突破日常处所铺展开来的黑暗、疯狂、神话和异界等反近代世界时的感觉的虚构作品（fiction）。① 显然，如果仅就题材而言，前者的大部分都可以纳入家庭小说的范围。石川巧之所以用"私小说风格"，而不直接把它们定性为"私小说"，其原因也就在于"内向的一代"的家庭小说和"私小说"的相同之处仅限于题材上的近似。可是，家庭小说不只包括"作者自己的身边小事和幼年时代的原始体验"为题材的"私小说性质"的作品，还包括和"作者自身的身边小事或幼年时代的原始体验"没有直接关系的虚构作品。在"内向的一代"的家庭小说中，阿部昭的大部分小说都可以归入前者，大庭美奈子和古井由吉的部分小说属于后者。从某种意义上说，阿部的小说确实具有"私小说性质"。不管是否采用了第一人称叙事，阿部小说中的人物几乎都可以一一对应到他的家人身上。从另一个角度看，他的小说似乎更接近作家的自传，它们更像"是作者自我反思的轨迹，是作者内心历程的外在投影"②。与之相反，大庭美奈子和古井由吉就拒绝在小说中直接披露自己的私人生活，而是选择散文或随笔的形式来讲述自己的创作意图与生活经历之间的关系。因为他们严格区分虚构作品（fiction）和散文（essay）的不同功能，就像他

---

① 石川巧：《内向的一代》，《日本文学史事典·现代篇》，有精堂1997年版，第419页。

② 王岳川、胡经之主编：《文艺学美学方法论》，北京大学出版社2001年版，第52、53页。

们以此来区分故事的虚构性和作家体验的真实性一样。①

不论是阿部昭的自传性作品，还是大庭美奈子的虚构性作品，"内向的一代"的家庭小说以此二人为中心，大致可以分为两大不同板块：一块是以父子关系为核心的大家庭小说，阿部昭的《司令的休假》《大日子》、黑井千次的《禁域》等；一块则是以夫妻关系为重点的核心家庭小说，如大庭美奈子的《三只蟹》《冷杉之梦》、古井由吉的《妻隐》等。毋庸讳言，父子关系和夫妻关系是各类家庭小说中无法回避的主题。尤其是父子关系中那种宿命般的矛盾和冲突更是文学作品中历久弥新的主题。奥野健男认为："明治以来的日本文学，既是同束缚个人自由的家长制的封建家庭以及作为家长的父亲之间的斗争和反抗的历史，又是被逐出家门后逃亡到都市成为流浪者却又不断摸索个人自由的历史。岛崎藤村、田山花袋、德田秋声、正宗白鸟、近松秋江、岩野泡鸣、葛西善藏等被称作自然主义的文学家都写过揭示家长制封建家庭的无人性、暴露了个人是如何受其束缚并丧失自由从而成为家族制度的牺牲品的小说。"② 可以说，近代自我的觉醒便是在同父亲的斗争和反抗中开始的。易卜生《玩偶之家》中的娜拉是明治作家反抗家庭的楷模，而离家出走、脱离父子关系则是他们反抗父权的最高形式，也是他们获得绝对自我的捷径。

## 一　矛盾与冲突的焦点：传统家庭小说中的父子关系

明治的家庭小说中描写父子矛盾和对抗的作品不胜枚举，

① 每当有人问大庭她的作品是否为作者本人的亲身经历时，大庭总是回答："那是小说。"

② 奥野健男：《小说中的人们》，集英社 1981 年版，第 55 页。

其中志贺直哉的自传体小说《大津顺吉》《和解》《暗夜行路》等更是把父子间的冲突写到了极致。志贺家是相马藩代代相传的家老,祖父直道为了重振志贺家,努力开发足尾铜矿,父亲直温是银行实业家,兼任着几家大公司的董事。但在儿子直哉眼中,父亲却是一个伪君子,是束缚儿子自由和独立的敌人。《大津顺吉》中所描写的父亲对儿子的态度可谓既蛮横又霸道。父亲常挂在嘴边的口头禅就是"大学毕业你就自己养活自己吧!"听说儿子要和女佣人千代结婚,父亲勃然大怒:"决不允许这种事情!"还设法赶走了千代,甚至骂自己的儿子是"为情痴狂的莽夫"。儿子顺吉对父亲的态度感到无法忍受的不快和嫌恶,激怒之下把九磅重的哑铃使劲地砸在榻榻米上。《和解》发表于 1917 年,也就是在《大津顺吉》发表后的第六年,主要讲述了志贺直哉和父亲之间的紧张关系逐渐得到缓和的经过。尽管小说以二人在母亲的 23 周年忌上取得和解为全文画上了圆满的句号,但这个令人感动的煽情场面同时也宣告了父子二人为争夺父权而展开的拉锯战的结束,而且毫无疑问的是,儿子获得了最后的胜利。

志贺小说中的父子矛盾,与其说是作为儿子的个人和作为父亲的个人之间的矛盾,不如说是作为个人的儿子和作为制度的父权之间的矛盾。儿子追求的所谓近代自我的独立,以自我感觉和心理上的喜好为绝对标准。可以说,近代家庭小说中的父子矛盾所体现的"家庭我",也就是作为儿子的自我仍是以绝对的个人主义(egoism)为行为准则的。志贺直哉的自传体小说之所以受到日本人的尊敬,就"是由于其中所具有的男性的坚强和自信。是因为它鲜明地表现了根据感觉的快乐与否来舍弃自然、社会和他人,没有任何的过分之处、不足之处和松弛之处。这完全符合日本人生理上的感觉。而且，对于惧怕家长式权威的日本人来说，这种专制般的断言让他们感到一种受虐的快感"①。这种受虐的快感来自于绝对的自我、完全排斥了"自然、社会和他人"的自我。而且，志贺直哉的小说中所体现的自然的、家长式的自我与其说是受到了个人主义（egoism）的支配，不如说是来自于他的自恋欲（narcissism）。有人认为志贺直哉是明治文学家中对自己的精神和容貌最有自信的人，而且自尊心极强，根本就不具备理解弱者和他者的心灵。② 这虽然和志贺本人的人格有关，但也是明治时代封建家族制度中的绝对父权投射在个人心灵上的结果。以志贺直哉为代表的日本白桦派作家的创作理念和人生哲学就是发扬自我、个性和人格，他们认为"唯有发扬个性，自我才有存在的价值"、"除个性外，个人别无尊严"、"无法发扬个性的工作即是对自己的侮辱"③。对白桦派作家而言，工作就意味着艺术创作，而艺术创作的动机却又因人而异。武者小路实笃认为艺术的价值存在于"人心（人格）"之中。志贺直哉的艺术创作"无疑是怀着对自我的深深的尊敬和对自我拥有普遍价值的信念，才开始探究自我"④。在这种将自我绝对化的创作理念和作家的自恋欲的双重合力下，近代家庭小说中的自我确立自然就需要有一个强有力的承接面和反射面。明治时代封建家庭中父权的权威性和绝对性同西方翻译小说所推崇的个人自由和独立之间所产生的相互矛盾、对立和冲突的关系，成了作家们在

---

① 奥野健男：《小说中的人们》，集英社 1981 年版，第 57 页。
② 奥野健男：《小说中的人们》，集英社 1981 年版，第 56、59 页。
③ 铃木登美：《被叙述的自我》，岩波书店 2000 年版，第 131 页。
④ 同上。

创作家庭小说时的首选题材。

## 二 父权的丧失与新的父子关系

"内向的一代"的家庭小说中鲜有以如此直接的父子冲突为题材的作品，即使在阿部昭的小说中也很少描写儿子对父亲的反抗和敌对情绪。其实，纵观"战后"20多年的文学史，描写父子冲突的小说也是凤毛麟角。究其原因，至少可列出两条：其一，战争造成了父亲形象的缺失。战争期间，父亲们都上了战场，家庭中父亲的背影变得异常模糊。在当时尚处于幼年时期的战后派作家们的眼中，父亲已经成了一个只存在于观念而不存在于现场的家庭成员。其二，"战后"经济上的困顿消解了父亲在家庭中的权威地位。作为战败者归来的父亲由于无法适应"战后"的日常生活而经常陷入异常窘迫与尴尬的境地。也就是说，近代作家为确立近代自我而树立的靶子，即封建家庭制度中的父权已经消失了。尾辻克彦1980年发表的小说《父亲消失了》更是象征性地揭示了现代日本社会中父权的丧失。在《新潮》杂志于1995年召开的座谈会上，评论家们把"内向的一代"以及之后的文学称之为没有父权的时代的文学。其中，绢秀实认为：

> "内向的一代"的作家中除了古井由吉，都是把父亲之死当做小说的主题，尤以阿部昭为典型。也就是说，他们都是些在父亲死后不得不活下去的人。中上健次自不必说，富冈多惠子也是利用女性主义把父权作为主题。青野聪和津岛佑子从各种意义上说也是如此。岛田雅彦也是在写某种父权。……这些作家几乎都是在写家族传奇。而采

取何种姿态来写家族传奇几乎成了从 1970 年代到 1990 年代的某种范例。①

絓秀实所说的家族传奇,从某种意义上说,也就是家庭小说。尽管"内向的一代"之后的作家,如中上健次等人都有以父权为主题的小说,但"内向的一代"的家庭小说尤其是阿部昭小说中塑造的父亲形象并不是父权的典型代表,而是父权崩溃时的象征。阿部昭在以父亲之死为主题的代表作《大日子》中,开篇便写道:"永别了。多年的交情也就至此永别。我失去了最早的朋友。"② 可见,在阿部昭眼中,父亲并不是矛盾和冲突的对立面,而是他多年的好友。他在父亲的文集中努力寻找"18 岁时的父亲"形象,在父亲的笔记本中追踪父亲在担任海军大佐时所立下的战功。不仅如此,同时出现的还有和父亲同龄的战败国军人的身影,阿部昭以悼词的形式和介绍父亲战友的方式重新建立起日本军人战时的形象,他还翻开了"防卫厅防卫研修所战史室著战史丛书中的《比岛攻略作战》篇",详细转述了战史中关于父亲曾经参与作战的偷袭并登陆塞班岛的经过。而且,他还从父亲战友的手记中详细地了解到父亲被俘虏后又获释的经过,于是,阿部昭开始重新考虑父亲的后事。他认为"与其在女儿们的包围中,躺在医院的病床上裹着襁褓而咽下最后一口气,还不如在夜幕的掩护下被扔到异国的航道里更能让父亲安息",因为"那是最配得上一

---

① 絓秀实、清水良典等人参加的座谈会记录:《小说的命运Ⅱ》,《新潮》1995 年 11 月号,第 297 页。

② 阿部昭:《大日子》,《阿部昭短篇小说全集》上,讲谈社 1978 年版,第 231 页。

个战败国军人的光景，也最适合父亲深恶痛绝的所谓'职业军人'的称呼"①。

当然，并不是只有阿部昭有这样一个参加过战争又从战场上活着归来的父亲，大庭美奈子的父亲就是个海军军医，而小川国夫的父亲还参加过济南事变。对于"内向的一代"而言，"父亲"是一个无法回避的时代症结。因为"内向的一代"的作家们大都生于20世纪30年代，在他们的幼年时期，父亲已上了战场，即使在他们对青少年时期的回忆中，也很少有父亲的身影。等到他们记事的时候，父亲不是已经战死疆场，便是作为一个战败者回到家中。和第一次战后派作家相比，"内向的一代"缺乏亲历战场的经验，在他们眼中，战争本身正在逐渐淡化为一种传说、一个背景，父辈的经历成了他们了解战争的唯一途径。而且，对于父亲的经历，各个作家都有自己的接受和反馈的方式，也就是绠秀实所说的"姿态"。阿部昭的"姿态"就是通过儿子的回忆来拼凑"父亲"在战争期间的形象，恢复父权尚存时的时代风采。对于阿部昭而言，树立一个强大的"父亲"形象无疑是为了擦亮照耀自我成长的那面镜子。然而，用战史和悼念文章拼凑出来的"父亲"的"英雄形象"只能建立一个拟似的父权，而父亲在"战后"的窘况反衬出父权的实际衰落。

对于阿部昭而言，真正的父权反倒是体现在父亲和哥哥的关系上。阿部昭有个哥哥小时候因不慎砸到了脑袋而导致智力发育停滞，长大后成了所谓的智障人士。进入青春期后，哥哥

① 阿部昭：《大日子》，《阿部昭短篇小说全集》上，讲谈社1978年版，第231页。

变得性情暴躁，动不动就大打出手。无奈之下，阿部昭的父母决定对他施行去势手术。手术后的哥哥变得安静了许多，却终日流着口水躲在家中。这个智障哥哥成了阿部昭心头最大的症结，"无论走到什么地方，只要一想起家里的事情，就怎么也高兴不起来了。在那高兴得忘我的瞬间，就一定会听到从家的方向传来的那长长的哭声"①。在《桃子》和《娘》等以阿部昭和母亲的关系为题材的小说中，我们可以发现作者幼年时期具有强烈的俄狄浦斯情结，但当时他的父亲并没有在家，对父亲的恐惧感并没有具体的对象。但是，从《儿童间》《鹄沼西海岸》等以智障哥哥为题材的小说中我们却发现，取代父亲成为阿部昭恐惧和嫌恶对象的正是他的哥哥。《儿童间》里的晴男和一成的原型就是作者和他的智障哥哥。母亲为了照顾一成而忽略了晴男，晴男觉得"母亲太护着宝贝哥哥，都变得有点顽固"②。《鹄沼西海岸》中，哥哥成了"我"情窦初开时的最大障碍。哥哥的存在使"我"没有勇气向喜欢的女孩表白心意，甚至令"我"放弃了结婚的念头。为此，"在想象中，我已经不知道动了多少次弑兄的念头，实际上没有100次也有50次了。我想把他带到某个地方，然后再推下去。不知道为什么，那个地方总是在铁路旁，要么就是某个地方的水井。哥哥不会游泳"。③ 显而易见，对于幼年时代和少年时代

---

① 阿部昭：《鹄沼西海岸》，《阿部昭短篇小说全集》上，讲谈社1978年版，第54页。

② 阿部昭：《儿童间》，《阿部昭短篇小说全集》上，讲谈社1978年版，第289页。

③ 阿部昭：《鹄沼西海岸》，《阿部昭短篇小说全集》上，讲谈社1978年版，第57页。

的阿部昭而言，智障哥哥的存在不仅夺去了"母亲的一生"①，而且成为他确立自我、走向成年的绊脚石。俄狄浦斯情结中的弑父倾向转移成了弑兄倾向，而父亲对哥哥施行的去势手术无疑解开了"我"心中的"阉割症结"。所以说，阿部昭在小说中努力追忆战争期间的父亲，并希望以此来重新树立的父权，其实只是一种拟似的权威，旨在恢复战争时的辉煌，用以对抗"战后"物质文明的高度发展和精神文明极度衰落的日本社会。

相对而言，明治作家的痛苦并不在于俄狄浦斯情结所造成的心理上的困扰，而是封建家长制和长子继承制约束下的个人自我的膨胀所带来的烦恼。在儿子眼中，父亲既是沉重的压迫，也是嫌恶的对象。太宰治在《回忆》中所描绘的父亲是贵族院的议员，他体格魁梧，令人难以亲近；坂口安吾的父亲是众议院议员，也是一名汉诗作家，但是在坂口的《石头的想法》中，他的父亲被刻画成一个总在挥毫泼墨的令人不快的老人；三岛由纪夫在《沉潜的瀑布》中有一个令人厌恶的男子的原型就是他的父亲，他被描写成一个既吝啬又谨慎的水产局长，不仅在厨房的糖罐外面贴上写有"砂糖"的纸条，还在里面也贴上了同样的纸条。②

"内向的一代"的小说中就很少有类似的对父亲的嫌恶情绪的描写，因为他们早就发现所谓的"父亲"已经消失，要

---

① 阿部昭：《鹄沼西海岸》，《阿部昭短篇小说全集》上，讲谈社 1978 年版，第 57 页。

② 奥野健男：《关系中的人们》，集英社 1981 年版，第 56 页。

重建类似明治时代"父亲"的权威就必须"捏造一个'父亲'"①。但是，在现代日本社会，由于"战后"民法废除了封建家长制度和长子继承制度，传统的父权也就失去了存在的场所。面对这样一个"没有父权的时代"，现代作家不得不从全新的角度来发现父权，甚至是重建父权。换言之，在"内向的一代"的家庭小说中，父子关系已经无法套用近代小说原有的对立冲突的模式，这也就意味着个人在家庭中的自我已经无法再利用父子矛盾来确立。实际上，"战后"日本家庭模式的转变早就已经暗示了"家庭我"所参照的家庭关系的重心已经从近代的父子关系转变成了夫妻关系。

### 三 近似血亲的夫妻：传统家庭小说中的夫妻关系

明治时代的家庭小说中也有涉及夫妻关系的作品。夫妻关系是家庭内各种关系中最为奇妙的一种，因为维系这种家庭成员内在联系的纽带并不是血缘。在近代家庭小说中，婚姻的纽带往往是家族间的利益，而不是男女间的爱情。岛崎藤村用白描式笔法所描写的《家》就认为，"在考虑孩子跟孩子结婚之前，先要考虑家跟家之间的婚姻"。永井荷风在未完成的小说《父之恩》中，借主人公之口说出了这样的感慨："像日本这样，从家族本位的婚姻中终究还是无法得到个人的幸福啊！"之所以无法得到个人的幸福，不仅应归咎于明治时代的婚姻制度，也是个人的绵薄之力实在无法与建立在血缘关系之上的父系亲族大家庭的绝对权威相抗争的实际情况所造成的。

---

① 絓秀实、清水良典等人参加的座谈会记录：《小说的命运Ⅱ》，《新潮》1995 年 11 月号，第 303 页。

在明治维新初期，日本政府在自由民权运动的推动下，曾经以法国民法为模本，在法国顾问布瓦松纳德的指导下拟定了民法草案，并决定在 1893 年实施。这个草案对封建家族制度进行了较为彻底的改造，承认家族成员有独自的财产所有权和结婚、居住的自由，试图建立一夫一妻制、以夫妇为中心的家族制度。然而法案尚未实施就遭到了保守势力的激烈反对，在保守势力的主持下，政府重新制定民法，从 1897 年起正式实行，一直使用到 1947 年。这个民法的《亲属篇》弥漫着浓厚的封建家族道德的气息。它规定家庭成员男 30 岁、女 25 岁以前结婚必须取得父母同意。在夫妇关系上，民法强调夫权，规定妻子要服从丈夫，没有丈夫的允许，妻子不得擅自处理有关财产和身份的事宜。小泉八云曾指出 19 世纪末 20 世纪初的日本婚姻有三大特征：（1）所谓婚礼，就是妻子参加祭祀丈夫家族祖先的仪式；（2）结婚是为了使丈夫得到祭祀祖先的继承人；（3）因此，休弃无子之妻，为生子而蓄妾以及养子制度都理所当然地得到社会的承认①。可见，完全没有个人自由的婚姻制度所体现的就是封建家庭间的利益关系和家长的意志。

近代家庭小说中的自我既然连个人的自由都无法保障，择偶的自由当然就更无从谈起，可以说，近代夫妻关系中的自我往往是家族利益的牺牲品。但是，"二战"之后修订的新民法废除了专制的家长权和长子优先继承权，主张婚姻以当事人的意愿为主，除未成年者外，无需征得父母的同意。而且，1947年开始施行的《日本国宪法》第二十四条明文规定："婚姻仅以两性的自愿结合为基础而成立，以夫妇平权为根本，必须在

---

① 张萍：《日本的婚姻与家庭》，中国妇女出版社 1984 年版，第 96、97 页。

相互协力之下予以维持。关于选择配偶、财产权、继承、选择居所、离婚以及婚姻和家庭等其他有关事项的法律，必须以尊重个人的尊严与两性本质上平等为基础制订之。"① 由此可见，"战后"日本的婚姻制度发生了巨大的变化，也就是说，现代日本的婚姻观已经由"个人本位的独立自主的婚姻观取代了以家庭为本位的家族主义婚姻观"②。

## 四 用爱情替代血缘："第三批新人"的尝试

小说家们更感兴趣的是潜伏在日常生活水面之下的暗流和波动，圆满和美的夫妻关系显然无法令他们的创作神经兴奋起来。现代家庭小说关注的焦点对准的是建立在一夫一妻制基础之上的所谓核心家庭内部的夫妻关系。实际上，在脱离了以血缘关系为基础的父系亲族大家庭的共同体之后，建立在一夫一妻制基础之上的核心家庭仍然无法将婚姻的幸福和家庭的美满奉为至高无上的家庭道德准则。维系夫妻关系的纽带从大家族共同体的利益突然回归到了男女结合的原始动力——爱情上。在近代家庭小说中，争取个人自由、确立绝对自我的第一步往往是从争取自由婚姻开始的。例如，志贺直哉的小说《大津顺吉》中，顺吉和父亲之间的矛盾首先就集中在他和女佣人千代的恋爱事件上。然而，在"战后"的家庭小说中，爱情所象征的个人自由和一夫一妻制之间却产生了意想不到的矛盾：如果以爱情为婚姻的绝对基础，那么一夫一妻制的合理性就将受到质疑；如果以一夫一妻制为爱情的最高形式，那么，

---

① 转引自张萍《日本的婚姻与家庭》，中国妇女出版社1984年版，第127页。
② 张萍：《日本的婚姻与家庭》，中国妇女出版社1984年版，第149页。

爱情就必须经得住时间的考验。奥野健男说：

> 男女相爱是美好的。男女结婚、成家、生子是快乐的。但是，成了夫妻之后，就必须是丈夫永远爱妻子、妻子永远爱丈夫，难道就不能爱其他的异性了吗？结婚后，如果出现了更为喜爱的异性，如果发现他们两人更为相爱的话，那该怎么办呢？是不是就应该克制自己的爱，对那个异性死心呢？是不是就应该牺牲丈夫或妻子去离婚，然后和更为喜爱的异性在一起呢？或者是不是应该保持夫妻关系，而去寻求多个爱的可能性呢？这个谁都不明白。直到最近，在日本的上流阶级和武士中，一夫多妻制还不算是道德败坏，即使在明治维新之后，根据"战后"的民法，一夫一妻制得到法律的认同，但是，一夫一妻制关于夫妇的定义在道德上的、宗教上的、还有社会习俗上的、禁忌上的根据是极其浅陋和暧昧的。就像战前儒教道德上的通奸罪只加在女性头上一样，男性和妻子以外的女性发生关系是公然得到承认的。就算如今是女尊男卑的"战后"，对于在外工作且有经济能力的丈夫来说，这一点也不会有什么根本性的改变。①

奥野的这段话至少对爱情和一夫一妻制的关系做出了两点说明：第一点就是爱情的多变性和一夫一妻制的固定性之间存在着不平衡；第二点就是丈夫的婚外恋是对一夫一妻制度的合理补充。也就是说，即便是因爱情而结合的夫妻也很容易受到

---

① 奥野健男：《关系中的人们》，集英社1981年版，第13、14页。

婚外恋的潜在威胁，建立在一夫一妻制基础之上的现代夫妻关系不但不能体现个人的自由，有时甚至是对自我的巨大压制。

　　所谓的"战后""第三批新人"作家①的家庭小说中就有很多以此类夫妻关系为题材的作品，比如岛尾敏雄的《死之荆棘》②中所描写的那种夫妻关系，称得上是把建立在爱情基础之上的婚姻写到了底线的极端之作。妻子深爱着丈夫，把全部的爱、尊敬和信任都献给了丈夫，所以当她得知丈夫在外面有了情人之后，一下子就精神失常了。丈夫为了照顾精神失常的妻子，同她一起住进了医院，最后他自己也变得神经质。这是作家岛尾敏雄自身家庭生活的真实记录，也就是《死之荆棘》展现给我们的世界——简直就是一个"现实的地狱"！③岛尾敏雄花了 17 年的时间记录妻子发病八个月中的日常生活，把处于极限状态的夫妻关系以及宿命论意义上的感情挖掘到了最深处。而另一位"第三批新人"作家庄野润三在《静物》中所描写的夫妻关系更是令人感到不寒而栗。相对于《死之荆棘》的狂乱和嘈杂，《静物》的气氛是平稳而沉静的。小说采用写生手法描写了静物般看似幸福的家庭生活，但是字里行间却不断有回忆闪现出过去的不幸。原来，丈夫曾经移情别恋，妻子为此企图自杀，最后虽然保住了性命和家庭，却无法修补夫妻间感情的裂痕。从此以后，丈夫的生活就像是"被

---

　　① 关于第三批新人究竟由哪些作家组成的问题，日本文学史上说法不一。本书采纳服部达的说法，认为第三批新人由安冈章太郎、吉行淳之介、小岛信夫、庄野润三、小沼丹、曾野绫子和三浦朱门等七人组成。
　　② 岛尾敏雄：《死之荆棘》，收入现代日本文学大系第 90 卷《岛尾敏雄、小岛信夫、安冈章太郎、吉行淳之介集》，筑摩书房 1972 年版。
　　③ 三岛由纪夫：《魔物的力量》，转引自奥野健男《关系中的人们》，集英社 1981 年版，第 16 页。

宣判了死缓的囚犯一样，只有等待着最后的死亡"①。《死之荆棘》和《静物》的主人公都陷入了这样一种困境：爱情也许是种享受，但婚姻却只能靠忍受。岛尾敏雄用一种近乎宿命的绝对的"爱情"来替代近代日本私小说中维系家庭的纽带——血缘，结果，夫妻关系逐渐演变成一种类似血亲的关系。即使不断受到人性的弱点的诱惑，但是到了关键时刻，这根纽带却能像血缘一样把夫妻两人拧成一根绳。而庄野润三则是决定放弃所有感情上的小小的冒险，细心地守护充满裂痕的家庭。

拉萨尔说："爱情是两个人的利己主义。"可是婚姻却是两个个人的利己主义。"第三批新人"的家庭小说发现了妻子作为他者存在的独立性和利己主义，并且以爱情的名义葬送了自我。如果说"第三批新人"的家庭小说中所描写的夫妻关系还是在自我的利己主义和他者的利己主义之间做权衡的话，那么，"内向的一代"的家庭小说则是放弃了这一权衡的过程，因为在他们的小说中，婚姻的本质被还原成"一种契约，一种法律行为"，"它决定了两个人终生的肉体和精神的命运"②。如果说"第三批新人"的家庭小说还在恩格斯所谓的"夫妇之爱"和"通奸之爱"之间做着两难选择的话，那么，"内向的一代"的家庭小说所揭示的婚姻状况则实现了"从身份到契约"③的转变。实际上，这种转变在"第三批新人"作

---

① 三岛由纪夫：《魔物的力量》，转引自奥野健男《关系中的人们》，集英社 1981 年版，第 24 页。

② 恩格斯：《家庭、私有制和国家的起源》，《马克思恩格斯全集》第 21 卷，红旗出版社 2000 年版，第 93 页。

③ 英国法学家亨·萨·梅恩的话转引自恩格斯《家庭、私有制和国家的起源》，《马克思恩格斯全集》第 21 卷，红旗出版社 2000 年版，第 93 页。

135

第三章 自我的多义性与他者的恢复

家小岛信夫的《拥抱家族》中已经初露端倪。不同于《死之荆棘》和《静物》的是,《拥抱家族》中破坏夫妻关系的不贞行为是由妻子引起的,而且偷情的对象还是一名暂住在家中的美国青年。丈夫俊介从佣人口中得知此事后,盛怒之下将妻子时子推倒在沙发上,然后就不知该如何是好。"接下来该说些什么,做些什么才好?这种事情哪本书上都没有写,谁都没有教过我。"① 丈夫的行为在最初的本能冲动之后便失去了方向,而妻子也无从判断自己的偷情究竟是罪恶、过失,还是听从了本能的正当行为。也就是说,夫妻关系失去了家庭内部的游戏规则,于是他们的行为本身就显得有些滑稽。当美国青年打电话给时子的时候,俊介还得给不懂英文的妻子做翻译,而三个人聚在一起讨论偷情事件的时候,丈夫看起来反而像个局外人。最后,时子因癌症去世,俊介忙着开始找新妻子,因为家里没有人干家务,已经乱得不成样子了。可以说,俊介需要的妻子只是一个社会意义上的主妇,婚姻契约规定她的义务就是整理家务、照顾孩子,相对应的权力就是可以支配丈夫的收入、建造新房。

现代家庭小说暴露出现代婚姻的真实面目:婚姻的本质就是契约,丈夫和妻子只不过是自愿签约的两个自由人,因为"只有能够自由地支配自身、行动和财产并且彼此处于平等地位的人们才能缔结契约"②。日本"战后"民法显然已经保证了夫妻双方自由平等的地位,原来只加在女性头上的通奸这个

---

① 小岛信夫:《拥抱家族》,现代日本文学大系第 90 卷《岛尾敏雄、小岛信夫、安冈章太郎、吉行淳之介集》,筑摩书房 1972 年版。
② 恩格斯:《家庭、私有制和国家的起源》,《马克思恩格斯全集》第 21 卷,红旗出版社 2000 年版,第 93 页。

罪名也已经去除，改成了"配偶有不贞行为"①，同时，刑法也废除了通奸罪。也就是说，妻子的不贞和丈夫的外遇一样，在婚姻契约上都会受到法律的制约。双方都可以以"配偶有不贞行为"为由提出离婚，但是离婚的结果却无法用来报复不贞的一方，因为不贞所造成的感情上的伤害很难以离婚后的赡养费来补偿。所以，现代家庭小说一般都不以离婚或自杀来结束夫妻关系，而是用自我和他者之间难决胜负的较量来重新审视现代夫妻关系中的利己主义。《死之荆棘》和《静物》中以丈夫的失败而告终，《拥抱家族》则以妻子的死亡而自动地结束了契约关系。

### 五　契约本质与个体异化

在"内向的一代"的小说中，关于夫妻关系的最具代表性，同时也是最有争议的作品，就是大庭美奈子的《三只蟹》。很多评论家都认为它就是从女性角度来写的《拥抱家族》，实际上，《三只蟹》中所描写的夫妻关系比《拥抱家族》中的更接近契约的实质。作者把性爱彻底地剔除出了夫妻关系的评价体系，把丈夫和妻子真正地还原为两个具有完全不同价值观和兴趣爱好的个人。《三只蟹》中的丈夫武并不在意妻子和其他男人的情事，还拿来在女儿面前当作闲聊的话题。作为妻子的由梨因不满桥牌会的无聊而借故离家，在与萍水相逢的"粉衬衫"在名为"三只蟹"的情人旅馆里共度一夜之后，仍然可以心安理得地回到家中继续当武的妻子。作为个人，由梨是绝对自由的，"她生活在一个不受任何约束，以往日本文学

①　《日本民法典》，王书江译，中国法制出版社2000年版，第137页。

第三章　自我的多义性与他者的恢复

137

中的女主人公都无法相比的、自由的环境中"①，但是，她作为妻子所要履行的义务却和她保持自我（self‑preservation）的需求之间产生了矛盾，这令她陷入了孤独的境地。

婚姻契约上所规定的妻子的义务和权利，除了法律规定的内容之外，剩余的空白由各个家庭自由填写，不过妻子一方的部分内容大都是由丈夫一方来决定。大庭在小说《没有构图的画》中，从丈夫的角度对妻子的义务和权利作了如下表述：

> 一个有才能的妻子，她会照顾家庭和孩子，能和丈夫的朋友谈笑风生，有不错的爱好和修养，以适当的方式表达对丈夫的尊敬。当丈夫想那个的时候，如果能满足他的欲望，那作为女人就是无可挑剔的了。偶尔以无伤大雅的方式和男性朋友一起玩儿玩儿的话，丈夫也会对她睁一只眼闭一只眼的。②

由梨和"粉衬衫"的一夜情就是"以无伤大雅的方式和男性朋友一起玩儿玩儿"，但结果是它不但没有将由梨从日常的空虚中拯救出来，反而使她遭遇了更龌龊的现实。丈夫武只要求她留下来承担一下女主人的角色，他认为没有女主人的桥牌会就不叫桥牌会。但由梨那多愁善感的情绪和不愿虚与委蛇的态度显然无法在桥牌会上"和丈夫的朋友谈笑风生"。丈夫则认为由梨之所以"觉得在忍受别人"，"是因为你觉得比别

① 山田博光：《大庭美奈子〈三只蟹〉》，《解释与鉴赏》1973 年 5 月号，第 95 页。

② 大庭美奈子：《没有构图的画》，《大庭美奈子全集》第 1 卷，讲谈社 1990 年版，第 115 页。

人优秀"①。在婚姻契约所要求的义务和多愁善感的自我保持之间，由梨只感得无法排遣的孤独。而且这种孤独并不只是由梨个人的情绪，在大庭美奈子的笔下，似乎每个人物都处于这种孤独气氛的笼罩之下。

《冷杉之梦》是大庭讲述的另一个家庭故事，但却是一个"描写追求不可能的幸福的人们的挣扎，激烈的、充满了诗情和剧毒却又散发着清新的森林和原野的芬芳的作品"②。小说共分为十章，每章都采用第一人称叙事，分别由家庭中的四名成员承担：丈夫瞭是农产省国有林管理局的局长；妻子伸枝出身于实业家家庭，希望软弱的丈夫能够出人头地；女儿小枝是个高中生；儿子史朗则还是个初中生。其中，丈夫、妻子和女儿的矛盾最为突出，妻子利用各种手段想让丈夫调到大企业当董事，最后，在她的阴谋即将成功的时候，丈夫却拒绝了她的安排。结果妻子发疯，女儿离家出走。在各人的叙述中，都觉得自己是这个家庭中最为清醒的一个人。如果说伸枝是一个清醒的出世主义者，瞭就是一个清醒的悲观主义者，而小枝则是一个清醒的嬉皮士。每个人都觉得别人的生活都是在自我欺骗，唯有自己才是最清醒的。实际上，他们每个人都躲在自我的观念世界里，把他人和外界都当作是和自己没有任何关系的存在。《冷杉之梦》中所展现的夫妻关系正如大庭在《船蛆》中所形容的，尽管"在同一根木头上打无数的小洞，但是，

① 大庭美奈子：《三只蟹》，《大庭美奈子全集》第1卷，讲谈社1990年版，第13页。

② 平冈笃赖：《作为制作艺术的小说》，《文艺》1971年12月号，第229页。

第三章 自我的多义性与他者的恢复

彼此间的洞穴却绝对不会交叉"①。伸枝告诉瞭她很爱他，但其实丈夫不过是她手中的一枚棋子；瞭把自己的存在价值完全寄托在留学时从美国带回来的冷杉上，同时还有个情妇，居然是女儿小枝的同学。妻子的发疯并没有影响到他的情绪，他这样跟儿子解释精神病的意思：

> 每个人的想法都会和别人不一样，因为他们利益取向不同。所谓精神病，大概就是指对他人而言，那些想法总是令人无法理解的人。也就是说，考虑事情的尺度不同的人、价值标准不同的人、利益指向不同的人，他们的想法在其他人看来，就和精神病差不多。②

瞭的这段话充满了讽刺和揶揄的口气，如果按照他对精神病的理解来判断的话，那么每个人对于他人而言都应该算是精神病人。在《冷杉之梦》中，每个人都自以为"世人皆醉我独醒"，都在毫不留情地批判他人，同时又对自己的"独醒"抱有强烈的优越感。其实他们都是绝对的个人主义者（egoist），虽然拥有独立的世界观和人生观，却无法走出自我的世界，更走不进他人的世界，最后只有各自品尝孤独的滋味。这也是作者人生观的一种投射，大庭美奈子认为，在过于强调个人（individual）自由和独立的现代社会中，连夫妻关系也变成了绝对的自我（self）和他人（other）的关系，就像是寄居

---

① 大庭美奈子：《船蛆》，《大庭美奈子全集》第 10 卷，讲谈社 1991 年版，第 96 页。

② 大庭美奈子：《冷杉之梦》，《大庭美奈子全集》第 3 卷，讲谈社 1990 年版，第 143 页。

在同一根漂流木里面的两条船蛆，相对于其他船蛆而言，可能是距离近了点，但中间还是有"薄薄的树膜把隔壁的船蛆给隔开"。

大庭美奈子的海外生活经历常常令读者怀疑小说的可信度。确实，《冷杉之梦》中所描写的饭店、家庭、对话无一不是《三只蟹》的翻版，而瞭任职的农业省按照正常推理应该是在东京。也难怪三浦朱门把大庭的小说比作"和稻穗、泥土无缘的、纯粹得就像是矿物质结晶的米粒"。所谓"橘生淮南则为橘，生于淮北则为枳"，也许大庭小说所描写的社会并"不存在于日本"①，但是，她的小说中所体现的人与人之间的隔膜感和孤独感却同样存在于日本本土作家的作品里。古井由吉的小说便是从日本民俗和传说出发来挖掘现代人内心世界的孤独的根源的。其中《妻隐》就是一个以夫妻关系为主轴的故事。小说的题目取自于《古事记》中的短歌②，大意是说要围上八重山，把自己的妻子关起来。《妻隐》就像是《杏子》的续篇，"是杏子结婚后的感觉"③。小说中的男主人公，也就是丈夫寿夫因为发烧在家中蜗居了一个星期，妻子礼子照顾他。两个人日夜同居一室，突然发现彼此都不认识对方。之前两人在同居一年后商量结婚时，对同居时的生活"既没有留恋，也没有温柔的余情，只剩下过于熟悉的两个人之间的莫大的羞耻，若是就这么分手，那么自己的一部分，那可耻的一部

① 三浦朱门：《本我的原点》，《文学界》1971 年 12 月号，第 144 页。
② 日语原文是"八雲顕つ出雲八重垣 妻隠みに 八重垣つくる その八重垣を"。参阅山本健吉《柿本人麻呂》，河出书房新社 1990 年版。
③ 古井由吉和古屋健三的谈话：《讲述〈杏子〉、〈妻隐〉》，《三田文学》1971 年 8 月号，第 23 页。

分就自动走掉了，而自己就会被追踪而去的想象和不安弄得苦不堪言"①。他们不仅不认识对方，有时候甚至对"自己是什么地方的什么人都变得没感觉"。对于寿夫和礼子在日常生活中所感到的倦怠感和孤独感，作者用非日常的手法将其描写成一种恍惚的状态。

有评论家指出，"古井由吉文学的主题在《杳子》之后，倾向于关注潜藏在现代日常生活下的疾病、孤独的个人意识的内心世界，以及人与人之间的危险关系"②。诚然，如果说《杳子》的孤独还只是个人的孤独的话，那么《妻隐》的孤独却是另一种孤独，既包括了个人的孤独，也包括了处于夫妻关系中的自我的孤独。前者是清纯的，后者却是混沌的；前者只属于单身者，后者则拥有共享者。

## 第三节 "介入"与"脱离"——社会小说的两种姿态

### 一 意识形态评论体系中的社会小说

所谓社会小说，顾名思义，就应该是反映社会现实、提出社会问题的小说。这个概念早在砚友社时期就已经被提出，而且还引起了一场不小的文学论争③。不过本书中所指的社会小说的概念是相对于上一节中的家庭小说而言的，不包括其本身

---

① 古井由吉：《妻隐》，《筑摩现代文学大系》第 96 卷《古井由吉、李恢成、古井由吉、后藤明生集》，1984 年版，第 50 页。

② 广渡敦：《"通向内心之路"与何处相连》，《民主文学》1972 年 6 月号，第 103 页。

③ 叶渭渠：《日本文学史·近代卷》，经济日报出版社 2000 年版，第 169 页。

所附带的历史内容，只取其普遍意义。简言之，如果上一节中的家庭小说的重点是考察小说中的"家族我"的话，那么这一节中的社会小说就是把小说中的"社会我"作为研究对象。所谓的"社会我"，也可以称之为"集团我"，是自我在各种社会关系和社会集团中的不同表现及其他各种特征。

尽管日本文化的底子里始终蕴藏着一股崇尚"集团精神"的强劲脉动，但日本近代小说的发展却是从追求脱离集团的"个人我"开始的。被认为近代小说开山之作的《浮云》中，作者二叶亭四迷所塑造的主人公内海文三是一个典型的零余者的形象。文三因为不愿意曲意逢迎而丢掉了职位，进而又被解除了和阿势的婚约，"在一般人看来他就是一个掉队的人"①。因为"除了三四个人之外，他不接触任何人"，"只是悠闲地思索和感觉，完全不善于行动"，结果就只能被排挤出各种社会关系。最后，二叶亭四迷没有写完《浮云》，他觉得自己"旧思想的根太深，所以每当新思想与旧思想不协调时，新思想往往就显得很无力"②。内海文三的悲剧就在于：内心的自我意识刚刚觉醒，还没有强大到和整个社会历史和传统的力量在他身上映射的"社会我"作抗争的地步。这种近代自我意识最终在自然主义文学所创造的"私小说"形式中得到了充分的体现，但是，日本近代文学家们还是没有改变"脱离"的姿态。奥野健男就指出：

---

① 奥野健男：《小说中的人们》，集英社1981年版，第6页。
② 转引自叶渭渠《日本文学史》近代卷，经济日报出版社2000年版，第74页。

在日本还未进入近代社会的时候，如果要写近代文学，那么，除了描写逐渐产生近代自我意识的自我的内心和充满了艰苦奋斗的生活方式之外，别无他法。不知道这应该说是个讽刺呢，还是宿命，他们和至今为止日本历史上的怪人们在企图出家遁世的生活方式和思维方式上都有着惊人的相似。文学家们都是逃离作为共同体的俗世的局外人，一边像个修道僧人似的修行，一边又争先恐后地相互告白自己的内心，以表明自己是如何的纯粹，如何的与俗世无缘。①

奥野描述的近代私小说家们的创作姿态在很多方面都和小田切秀雄指出的"内向的一代"的特点有相似之处，只不过前者在自然主义盛行的时代受到了普遍的认同，而后者在20世纪70年代的日本文坛却受到了文学评论家的批评。小田切在题为《"九一八"事变之后四十年来文学的问题》的时评文章中，指出了当时出现在日本文坛的某种不良倾向：

受到法西斯主义和战争的既成事实的牵制，作家们失去了独立的历史性的高瞻远瞩和对于社会的深谋远虑，从而造成了日本文学空前的颓废。这直接导致了1931年"九一八"事变之后的转向和脱离意识形态的开始。然而40年后的现在，又开始出现了新的转向和脱离意识形态的动向。那些曾经深刻挖掘人与人之间紧张的对立关系、在意识和意识形态中对体制提出尖锐批评和反抗的进步作

---

① 奥野健男：《小说中的人们》，集英社1981年版，第7页。

家们，由于对共产党和社会主义国家的正当的幻灭和不信任，不知不觉就不正当地减弱了对体制的反抗和批判的力度，同时，微妙地改变了姿态，在他们的写作经营之中开始逐渐失去那种紧张的对抗关系。

另外，最近出现了一批比较受人瞩目的新人作家和批评家，除了少数的例外，其余的都只在自我和个人的状况之中寻求自己作品的真实的感觉。作为一个脱离意识形态的内向的文学的一代人，他们正在形成一个新的时代潮流（去年年底《群像》杂志召开的年度总结座谈会上，松原新一指出"介入的文学正在消失"也和此事有关。在第三批新人之后，出现了石原、大江、开高这一代人，再接下去出现了小田、高桥、真继、柴田这一代人，接着就是所谓的战后第六批新人作家，这批新人作家正是作为"内向的一代"而出现的，他们的出现本身就是现代文学的一个大问题，应该是今天文学上一个争论的焦点）。①

小田切所说的"自我和个人的状况"可以对应到奥野所说的"自我的内心和充满艰苦奋斗的生活方式"，而松原新一指出的"介入的文学正在消失"显然又和奥野所说的"从作为共同体的俗世逃亡"的现象比较相似，也就是说，"内向的一代"和近代文学一样，都存在着一个"背对现实，面对自我"的倾向。若是按照小田切的说法，那么社会小说在"内向的一代"的作品中就只能属于凤毛麟角之物。然而事实却

①　小田切秀雄：《"九一八"事变之后四十年来文学的问题》上篇，载于《东京新闻》1971 年 3 月 23 日，着重号为原文所加。

非如此。而且，柄谷行人认为"内向的一代"的作家们并非不愿意面对现实而逃进自己内心的小天地，他们实际上正是在尝试通过关注自我的内心去发现通向外界的道路，他们的"内向性"决不意味着"自闭性"①。在"内向的一代"的作品中，我们还是可以发现有不少作品挖掘出了很多之前的社会小说不曾或者不屑于发现的社会问题，比如，黑井千次的"企业小说"和后藤明生的"小区小说"都显示出了作家从文学角度对 1970 年代出现在日本社会中的新的社会现象和社会关系的关注。另外，古井由吉还通过自由联想和心理幻觉的手法，揭示了 20 世纪 60 年代学生运动中的集体无意识状态，并且对集团的狂热和激情作了全新的阐释。

小田切之所以把"内向的一代"的性质定义为"脱离"的文学，根据上面的引文我们至少可以找到两个原因：一是因为他把 20 世纪 70 年代的日本文坛的动向和 1931 年出现转向文学的背景等同起来。柄谷认为这是一种浅薄的类推，是没有看到"存在于社会现象底层的精神状态"。二是由于他对"介入的文学"的理解明显地受到了时代的限制。本来，"介入"（engagement）是"二战"结束后法国哲学家萨特提出的一个概念，意思是在表明政治态度的基础之上介入。小田切认为"内向的一代"的文学属于"脱离"（disengagement）的文学，也就是既没有明确的政治态度，也没有参与到社会中去的意识。在另一篇题为《现代文学的争论点》的文章中，小田切更为明确地指出："高桥、小田、柴田、真继等作家通过捕捉

①　柄谷行人：《通向内心之路与通向外界之路》上篇，载于《东京新闻》1971 年 4 月 9 日。

自我和社会的尖锐的接点，创造出了独特的'介入'的文学，与此相反，'脱离'的内向的文学作为文学的一代出现在文坛也已经是不争的事实了。"① 可见，"战后"第五批新人作家，即以高桥和巳、小田实、柴田翔、真继伸彦等人为代表的作家群所创作的文学才是小田切理想中的真正的"介入"的文学。在小田切看来，"介入"的文学，也就是高桥和巳们的文学，"捕捉了自我和社会的尖锐的接点"，是应该给予积极的提倡和支持的；而"脱离"的文学，也就是"内向的一代"的文学，则是"把社会和自我之间的摩擦从自己的内心割弃"②，是必须"从根本上进行检讨的"③。显而易见，小田切对当时文学动态的理解带有强烈的以意识形态为文学价值判断标准的倾向性，这一点因其所处时代的局限性而本无可厚非，但他过多地从意识形态的角度去关注这两代新人作家在创作上的差异，而没有从历史唯物主义的角度来考察这两代新人作家之间必然存在的联系——如此得出的结论难免会有失偏颇。

## 二 "介入"文学与"挫折的一代"

事实上，"内向的一代"的文学创作的起点就是对"战后"第五批新人也就是所谓的"挫折的一代"的反思，具体地说，就是对"挫折的一代"的文学中所体现的"观念"的怀疑。"挫折的一代"的文学具有强烈的思辨性和广泛的社会

---

① 小田切秀雄：《现代文学的争论点》上篇，载于《东京新闻》1971 年 5 月 6 日。

② 同上。

③ 小田切秀雄：《"九一八"事变之后四十年来文学的问题》上篇，载于《东京新闻》1971 年 3 月 23 日。

性，秋山骏称之为"反日常的社会小说"①，它的主要特征可以归纳为以下几点：

一、强调社会责任，作品撷取重大历史题材，探讨某些具有普遍性的社会问题。如战争罪恶与战败体验的真实意义，"战后"学生运动的挫折与民主主义的出路，自由、平等、博爱的现实意义，国家、社会与人性、观念与现实的矛盾，变革社会思想对存在的意义，美国生活方式所代表的现代文明趋势以及资本主义经济繁荣造成人与人之间的隔绝等等。

二、大多以知识分子或青年学生作为作品的主人公，他们因激于个人的思想、认识而不顾一切地投身社会运动或执著地探求某一历史、社会事件的真实意义，结果遇到挫折。

三、创作方法与"战后"日本文坛流行的现代主义迥异，作品结构比较严谨，层次分明，条理清晰。……作品情节大都围绕一个人物展开，手法同惯于描写个人生活与心理活动的日本传统私小说颇为相似；但选择的题材、表现的主题却完全不同。"挫折的一代"摆脱了个人生活的小圈子，带有较为广泛的社会性。②

"挫折的一代"的文学之所以具有以上特点，一个是跟这

---

① 松原新一、矶田光一、秋山骏编：《战后日本文学史·年表》，讲谈社1979 年版，第 411 页。

② 沈平：《挫折的一代》，《外国文学报道》1984 年第 5 期，第 2、3 页。

一代作家的创作立场有关，另一个则是和 20 世纪 60 年代的日本社会背景有关。"挫折的一代"的作家们各有各的创作风格和创作观念，这一点不言自明，但他们身上还是具有一种共通的气质，就是作为知识分子的社会责任感。柴田翔在《真继伸彦〈发光的声音〉解说》中指出："战前的知识分子为数极少，是与一般庶民隔绝的存在。因此，相对于普通民众来说，他们是在原则上负有无限责任的名副其实的精英。这种无限责任在任何具有内省倾向的人中间便转化为知识分子的原罪意识。"① 正是基于这种知识分子的责任感，"挫折的一代"才竭力主张在社会和政治的关系中创作文学作品。而此时，在日本全国范围内开展得如火如荼的"反安保运动"在政府的暴力镇压之下转入低潮，这无疑对曾经领导过学生运动的"挫折的一代"的作家们造成了巨大的打击。而且，随之而来的经济高速增长期和美国生活方式的入侵，把普通民众的注意力吸引到以提高物质生活水平为目标的日常生活之中。学生运动的失败令他们对现实社会感到了一种没有出路的绝望，他们陷入了与之前的激情相反的消沉和迷惘之中。

这种建立在知识分子责任感基础之上的"观念"，在和现实的矛盾冲突中对人的行为造成的影响，是"挫折的一代"作家普遍关注的问题，特别是此派的代表作家高桥和巳，更是提出要"探索现代社会的种种矛盾，和人的观念对人的存在所具有的意义"②。在高桥的小说中，主人公的行动往往都受

第三章 自我的多义性与他者的恢复

---

① 转引自沈平《挫折的一代》，《外国文学报道》1984 年第 5 期，第 2 页。
② 高桥和巳：《作者的话》，转引自胡志昂《高桥和巳创作思想及其作品浅析》，《外国文学报道》1984 年第 5 期，第 8 页。

到了观念的支配，而他们的观念又总是与社会现实格格不入，
导致最后的结局不是自杀就是堕落成罪犯。高桥认为，现实本
身是各种矛盾的集合体，反映在人的意识中形成观念之间的对
立和观念本身的矛盾，自我存在的统一被破坏而遭到分裂，人
性的要求也因此被无情地扼杀，自我因而丧失，这就是所谓的
存在的悲哀①。高桥和巳的小说也就是以人的观念和社会现实
之间的矛盾为主题而创作的，而这种矛盾又往往通过主人公的
内心世界和外部世界相互对立的形式体现出来。高桥和巳的成
名作《悲哀之器》中的主人公正木典膳是个法学权威，曾埋
头创立一套超阶级的纯法学理论。但他对现实社会中的警职法
修正案的态度却相当暧昧，既不赞成，也不反对。另一方面，
他为了和教授的女儿结婚，打算遗弃同居多年的女佣。丑行败
露后，他居然还援用法律条文来证明自己遗弃女佣的合法性，
甚至反告受害者"诋毁名誉"。可见，正木的所谓法律观念只
不过是用来维护自我利益的一种手段，在本能欲望和社会现实
发生矛盾的时候，他竟然不顾社会道德的约束，反而以法律为
武器来维护自己的行为，这正是一种极端的自我中心主义的
体现。

### 三 脱离"观念"而非脱离"社会"

"内向的一代"的作家们对这种观念支配下的人的存在意
识显然是抱着怀疑态度的，因为"挫折的一代"的文学本身
就已经证明了"从自我的观念追求自我存在意义，试图在观

---

① 胡志昂：《高桥和巳创作思想及其作品浅析》，《外国文学报道》1984年
第5期，第11页。

念和现实的矛盾中维持自我存在"的尝试无法获得最后的成功。所以，他们必须从"观念"中脱离，也就是摆脱"介入"的文学姿态，寻找新的突破口和切入点，以确认自我存在的真实形态。古井由吉在谈到自己开始创作的动机时，曾经这样说：

> 与其说我是一个作家气质浓厚的人，不如说是一个知识分子。知识分子都有这么一个普遍的倾向，就是在看人的时候，他不是一个人一个人地看；在看东西的时候，他也不是一个东西一个东西地看，而是不停地赋予它们意义，利用概念和概念之间的联系来组成一个什么东西。支撑这些概念组合的当然有很多是具有积极意义的概念。比如社会正义、批判精神等等。我在大学纠纷中感触最深的一点，就是学生运动中暴露出来的这种观念的脆弱。人一旦失去了这种支撑的话，我觉得，就应该努力地寻找自己的立足点。就我而言，我的支撑点就是具体地描写各个人、各个东西或者是心情的变化。我认为从这里才能产生构建现实的支撑点。①

古井由吉所指的知识分子普遍存在的倾向，显然是针对之前的战后派作家而言的。这和平冈笃赖的观点不谋而合，平冈也认为战后派的那些"知识分子就是在一定程度上有眼力把握世界的人或者是相信自己具有相应的思想武器和信念的

---

① 古井由吉和古屋健三的谈话记录：《讲述〈杳子〉、〈妻隐〉》，《三田文学》1971 年 8 月号，第 7 页。

人"，因为日本的战败"证明了他们（战后派作家）的预测是正确的，他们尽管在生活上吃了很多苦头，但是，意识形态上却没有受到任何伤害"①。然而，20 世纪 70 年代的日本社会已经和"战后"初期有了很大的不同，声势浩大的"反安保运动"的失败就是一个证明。继续用原有的观念来解释大型群众运动失败的原因以及失败后的社会发展，这显然是个不合时宜的做法。"内向的一代"脱离"观念"、寻找"构建'现实'的支撑点"的想法，与其说是对文坛写作规则的背叛，不如说是反思文学现状、主动出击的一次冒险。

"内向的一代"和"挫折的一代"所看到的现实社会，就像是一个硬币的两个面。虽然这两批作家在文学史上属于两代人，但是，在生理年龄上其实是同一代人②，也就是说，他们同时目睹了日本社会在"二战"之后从断壁残垣到高楼大厦的复兴过程，也亲身体验了学生运动的波澜壮阔，只是由于文学观和人生观的差异，致使他们的文学创作朝着两个截然相反的方向发展：一个着眼于从"观念"和社会现实的矛盾来揭示人存在的意义，另一个则放弃了"观念"，转从描写具体的人和事物以及内心感觉为支撑点来寻找另一种现实。但是，正如柄谷行人所指出的那样，"内向的一代"之所以选择"通向内心之路"来寻找发现新的现实的突破口，就是为了找到那

---

① 入江隆则、高桥英夫、松原新一和平冈笃赖的座谈会记录：《关于昭和四十年代作家的可能性》，《群像》1974 年 3 月号，第 174 页。

② "内向的一代"除了小川国夫出生于 1927 年外，其他作家均出生于 20 世纪 30 年代，和"挫折的一代"基本上属于同一代人。黑井千次、后藤明生和真继伸彦、小田实一样都出生于 1932 年，大庭美奈子出生于 1930 年，高桥和巳出生于 1931 年，阿部昭出生于 1934 年，柴田翔出生于 1935 年，古井由吉出生于 1937 年。

条"通向外界之路"①。因为他们发现"挫折的一代"从观念出发寻找自我存在意义的路已经走进了死胡同，要发现真正的自我和存在的意义，就只有直接进入自我的内心世界。可见，就终极目标而言，两者颇有些殊途同归的意味，这一点可以从为数不多经常容易被评论家忽略的、"内向的一代"的社会小说中找到确凿的证据。

### 四 黑井千次的企业小说：反思"介入"的新领域

如果说"挫折的一代"是站在社会运动的暴风雨的正中央，用"观念"来衡量自我和现实之间的冲突的话，那么"内向的一代"就是在暴风雨过后，用冷静的目光重新审视社会运动的真面目及其对个人的影响的一批作家。黑井千次的《时间》（1969）和《五月巡历》（1977）就是以作者亲身经历的"五一（1952）事件"为背景而创作的。无论是《时间》中的"他"，还是《五月巡历》中的馆野杉人，都是作者在作品中的分身。黑井千次之所以在事件发生后的第17年和第25年的时候两次写小说反省自己在事件发生当时的逃兵姿态，一个是因为关于"五一事件"直到1972年11月21日才最终做出了终审判决——这场诉讼一共持续了20年零7个月；另一个原因则是从事件中逃跑的作者在这20年中一直无法找到自我存在的意义，直到最后才发现困扰他的根源还是这"五一事件"。

根据日本警察厅警备局的资料记载，"五一事件"的经过

---

① 柄谷行人：《通向内心之路与通向外界之路》上篇，载于《东京新闻》1971年4月9日。

大致如下：

　　昭和二十七年的 5 月 1 日是第 23 届国际劳动节，也是日美讲和条约生效之后的第一个"五一"，当时，反对破坏活动防治法的斗争刚刚结束，再加上朝鲜人团体强烈反对出入境管理法案，而且，厚生省又规定禁止使用皇居前的广场，于是，革新派团体的气焰就变得更加嚣张。

　　上午 10 点 30 分开始在明治神宫外苑大约有 15 万人参加了大会，中午 12 点零 10 分，大会结束，参加者沿着五条路线从会场出发，开始示威游行。

　　当初编入北部路线的日本共产党、学生和朝鲜人等约 3000 人，在游行开始之前突然改变路线，加入到以日比谷为解散地的中部路线，并且走在了最前头，一路上或投掷石块或崎岖前进，进入了日比谷公园。

　　之后，此梯队又加强了气势，朝着皇居前广场开始非法游行，并变成了暴徒，他们向前来阻拦的警察部队挥舞竹枪、棍棒，突破了封锁线，还毁坏了 GHQ（联合军司令总部）前的 19 辆汽车，一下子就冲到了皇居前广场。

　　……

　　在"五一"骚乱事件中被逮捕的嫌疑人共有 693 人，而警察中有 83 人受伤（其中生命垂危者 8 人，伤势严重者 71 人，轻伤者 753 人）。①

---

　　①　警察厅警备局：《回想——战后主要左翼事件》，收入相良龙介编《Document 昭和史》第 6 卷《占领时期》，平凡社 1975 年版，第 337 页。

警察厅所描述的事件经过和川西政明的《昭和文学史》中记述的内容大致相同，但是它所提供的数字却和川西的严重不符。根据《昭和文学史》的记载，"被逮捕的群众有 1232人，其中的 261 人以骚扰罪受到起诉"。而且，"游行队伍中出现了两名死者，负伤者达 1500 人"，这是日本"独立后，国家攻击国民造成大量牺牲者的最初的一次事件"①。更为可怕的是事件之后的诉讼过程，1970 年 1 月 28 日东京地方法院做出有罪判决，认定其中的 93 人犯有骚扰罪。1972 年 11 月21 日，东京高等法院又作出判决，判定 84 人骚扰罪不成立，剩下的 16 人犯有妨碍公务罪，并判缓期执行。

　　以上略显冗长的引用只是为了更好地说明隐藏于《时间》和《五月巡历》的主人公内心的不安和内疚的根源。《时间》中的"他"随时随地都会碰到的那个"穿着浅黄色旧雨衣的瘦男人"正是这种不安和内疚心理的投射。因为在"五一事件"发生的时候，"他"第一个逃离现场，自然也逃脱了被拘捕和被审判的命运。在他的内心深处，一直有两种不同的感情在作着激烈的斗争：一种是对自己当初逃跑行为的否定和谴责。具体表现为对三浦所代表的"五一事件"受害者的内疚和惭愧的心情，因为如果"他"没有做逃兵的话，很可能也和他们一样站在被告席上。另一种是对逃兵行为的肯定和赞赏。正是由于"他"当时逃离现场，现在才有可能用自己的工作和劳动来建设国家。这两种矛盾的心态在"他"旁听三浦的听审会时斗争得最为激烈。当时，三浦在法庭上说："15年我都没有变化。被告是不允许有变化的。"听到这番话时，

---

①　川西政明：《昭和文学史》下，讲谈社 2001 年版，第 414 页。

"他"的内心受到了巨大的冲击，作者通过第三人称心理描写
和第一人称内心独白交叉运用的方式，把主人公内心翻滚的思
潮描写得淋漓尽致：

> 三浦的时间本身就是对他们的攻击。三浦的时间在不
> 停地质问他们，你怎么处理你的过去？你怎么把你的现在
> 和你的过去连起来？他闭上眼睛，开始想现在的时
> 间。……包括他在内，这15年，他们都过得非常有意义。
> 在机构中，掌握了无数的经验和技术。……而现在，站在
> 这里的这个瘦男人，15年来没有参加任何的建设，他的
> 眼前只有始终不变的过去。三浦啊！你的时间不是过于伦
> 理化了吗？……你不是穿着衣服吗？你上街不也得坐车
> 吗？你不也在大楼的咖啡厅里喝咖啡吗？这些财富要是没
> 有我们的努力是产生不了的。伦理能创造物质吗？你那尖
> 锐而纤细的时间不是太过伦理化了吗？①

伦理化的时间自然是不能创造任何物质财富的。"他"认
为物质的创造才是真正有意义的自我价值的体现方式，于是决
定放弃伦理观念，用现在的时间来证明自我的存在。对过去的
伦理化的时间的反思和用工作证明现在的自我存在，铺就了
《时间》的两条线索。《时间》的结尾部分充满了象征和暗示，
"他"似乎从三浦的时间的阴影下走了出来，肩负着"寺岛教
授托付给他们的建设日本列岛"的重任，"目视前方的黑暗，

---

① 黑井千次：《时间》，收入《筑摩现代文学大系》第96卷《古井由吉、
李恢成、黑井千次、后藤明生集》，筑摩书房1984年版，第148、149页。

在大雨中朝着校园的深处走去"①。

"五一事件"作为建立在观念之上的群众运动，在《时间》中被认为是"白费的、愚蠢的，甚至是错误的努力"，但是在《五月巡历》中却成了主人公不得不面对的自我的另一面。主人公馆野杉人突然收到了请他作为"五一事件"二审证人出庭作证的通知书，以此为契机，他想重新回忆一下20年前事件当天自己的行为，却发现公文上的记录和朋友们的证词都跟自己的记忆存在着偏差。其实，他在事件当天不仅第一个逃跑，还眼看自己的恋人悦子被卷入事件而不管不顾。20年后，杉人进入大企业工作，和美绪子结婚并有了孩子，但是，对于20年前的回忆总存在着那么些暧昧的部分。为了去掉自己心中那暧昧不清的部分，他就违反就业规则以表明反抗公司没人性的态度，结果受到处分，不受重用。同时，杉人又和公司同事森子开始婚外恋，并试图通过和森子的恋爱来摆脱家庭的束缚。20年过去了，杉人直到最后才发现，自己的人生又回到了起点。自己度过的岁月、干过的事业、建立的家庭，都只是对20年前某一天的否定，而20年后，他又不得不否定现在拥有的一切来追问自我存在的真实意义。

## 五 原型与集体无意识：古井由吉小说的新维度

如果说黑井千次从运动准参与者和逃跑者的角度反思了社会运动对自我所造成的巨大影响和冲击的话，那么古井由吉就是彻底放弃了"介入"的姿态，以日常生活为切入点，从民

---

① 黑井千次：《时间》，收入《筑摩现代文学大系》第96卷《古井由吉、李恢成、黑井千次、后藤明生集》，筑摩书房1984年版，第167页。

第三章 自我的多义性与他者的恢复

俗和传说的角度对集团运动中所蕴藏的"狂热"做了独到的解释。尤其是他以圆圈原型为主题的系列作品，更是从文化人类学的角度对蕴藏在人类心灵深处的集体无意识的力量作了文学上的阐释。毫无疑问，古井这种创作方法受到了荣格理论的影响。① 所谓的集体无意识是荣格提出的一个心理学概念，而原型就是集体无意识的内容。简单地说，荣格把人的无意识分为两个层面：表层只关系到个人，可称之为个体无意识；深层无意识是与生俱来的，称之为集体无意识。对个体无意识而言，它只能达到婴儿最早记忆的程度，不能再往前迈进一步。集体无意识则包括婴儿记忆开始以前的全部时间，实际上是人类大家庭全体成员继承下来并使现代人与原始祖先相联系的种族记忆。荣格认为"个人无意识的内容主要由带感情色彩的情绪所组成，他们构成心理生活中个人和私人的一面。而集体无意识的内容就是所谓的'原型'"。因为"一个人出生后将要进入的那个世界的形式，作为一种心灵意象，已先天地为人所具备"。荣格把这些印在人们脑海中的祖先经验在各个时期称为"种族记忆"、"原始意象"，又统称为"原型"。同时，他也指出："人生中有多少典型情境就有多少原型，这些经验由于不断重复而被深深地镂刻在我们的心理结构之中。这种镂刻，不是以充满内容的意象形式，而是最初作为没有内容的形式，它所代表的不过是某种类型的直觉和行为的可能性而已。"比如：再生原型、死亡原型、巫术原型、受难原型和圆

---

① 关于古井由吉对原型的认识和理解，参阅他和小川国夫的谈话记录《关于原型的理想》，《解释与鉴赏》1977 年 3 月号。

圈原型等等。①

　　古井由吉的小说《围成圆圈的女人们》（1969）和《男人们的团坐》（1970）中就使用了圆圈的意象，从性别的角度分别对女性群体和男性群体的集体无意识的根源作了深入的分析。《围成圆圈的女人们》在手法上采用了类似心理分析学的方法，用幻觉和回忆将各种同"圆圈"和"女人们"有关的情境联系起来。第一个情境是"我"在黄昏的公园里，看到女学生们围成圆圈在玩类似于"抢凳子"的游戏时，内心产生了一种不快的感觉。接着就回忆起一连串关于"围成圆圈的女人们"的情境，比如，一群学生在大学的操场上演出希腊悲剧，戏剧社的女生们围成半圆，把扮演国王的男生包围起来，用台词的力量将其压倒。但是"我"在陶醉于游戏和演出的同时，仍然不断地感到那种不快的情绪，于是"我"就不断地在记忆中发掘产生这种不快的根源。直到小说的结尾部分作者才道出最初的"围成圆圈的女人们"的真面目，原来是"我"在八岁那年和家人一起躲避战火时，母亲和姐姐们把"我"围在中间，"在我的上面发出血一般的叫喊：'要是被打中了，就把这孩子放在中间，大家一起死吧！'然后，她们一个个都喊着'大家一起死吧！'那声音逐渐变成了呜咽。整个圆圈就把我围在中间、出神似的摇动起来"。此时此刻，"作为个人的母亲或者姐姐就都消失了，只剩下圆圈像一头血腥的野兽散发着疯狂的热气"②。也就是说，在女人们围成的圆圈

　　① 荣格：《心理学与文学》，生活·读书·新知三联出版社 1987 年版，第 94—103 页。

　　② 前田爱：《走向空间文学——都市与"内向的一代"》，《文学界》1980 年 1 月号，第 228 页。

第三章　自我的多义性与他者的恢复

里，个体的特性被抹杀了，集体无意识冒了出来并控制了个体，古井把这种集体无意识的特征归纳为"狂热"。

这部小说不仅仅是对"围成圆圈的女人们"的意象的排列和"我"对由此产生的不快感的搜索过程的记录，同时也是作者对 20 世纪 70 年代大学纠纷时目睹的女性群体所表现出来的政治热情的一种隐喻。古井在和大冈升平的谈话中谈到了他所见到的女性群体的狂热以及这种狂热对他的小说所产生的影响。

这两年来，我是充分见识了女学生的狂热。她们的狂热，一方面要比男人的更具有伦理性，同时也充满了危险，不过这种狂热在根本上又有非常色情的地方，男人意识到这些时就会感到非常迷惑。我亲眼看到过好几次，这种色情的东西和伦理性的东西一起出现在女性身上，就总想给它定个形状，结果就把脑海里浮现的与此有关的意象一个个写了下来。这些都充分地体现在《围成圆圈的女人们》中主人公的意象还有《男人们的团坐》中女大学生的聚会的意象上。①

古井所说的"这两年"指的就是 20 世纪 70 年代安保运动在日本各个大学掀起全国学生联合斗争运动的那段时期②。当时高桥和巳抱病参与他所任职的京都大学的学生运动，而同样

---

① 大冈升平和古井由吉的对谈录：《"狂热"——存在于作品底部的东西》《文学界》1970 年 12 月号，第 192 页。

② 山田宗睦编：《Document 昭和史》第 7 卷《安保和高度增长》，平凡社 1975 年版，第 96—181 页。

作为大学教授的古井由吉却和其他的大学男老师在那里聊天，他自嘲是"虚度光阴"①。仅从两人此时的表现来看，高桥和已显然符合小田切所谓的"介入"的要求，而古井由吉正好相反，无论如何也摆脱不了"脱离"的姿态。不过所谓的社会现实和群众运动并不止遵循意识形态论的规则，更何况文学与政治的联姻早已破绽百出。高桥和已的"介入"姿态成就的是社会活动家的自我典范，而古井由吉只是坚守小说家的立场，用他的小说"发现只有小说才能发现的"②。简而言之，他和高桥和已对政治运动的关注是相同的，只不过在小说中表现的角度不同而已。柄谷行人指出："《围成圆圈的女人们》不能说是一个关于政治运动的故事，但在某种意义上，它可以说是从一个从未考虑过的视角从整体上把握着大众运动的状态。虽然在这里可以明显地看到托马斯·曼和布洛赫以法西斯主义和群众心理为题材的作品的影响，但其中也有古井氏独创的意象。可以说，从群体的角度观察个体的视角的抽象性，在他那充满肉感的、实质的文体的支撑下，将知性的光芒照射到了阴暗而不可见的领域。"③ 另外，前田爱对《围成圆圈的女人们》中古井独创的"围成圆圈的女人们"的意象也做出了很高的评价。他认为："1970年代初期，有一种怠惰的公式正在泛滥，那就是利用运动论或从意识形态的层面来解析大学纠纷。当时，古井由吉的那种认识可以说是包含了极其辛辣的毒

第三章 自我的多义性与他者的恢复

① 大冈升平和古井由吉的对谈录：《"狂热"——存在于作品底部的东西》《文学界》1970年12月号，第191页。

② 海尔曼·布洛赫语，转引自米兰·昆德拉《小说的艺术》，孟湄译，生活·读书·新知三联出版社1995年版，第4页。

③ 柄谷行人：《被禁锢的狂热》，《文艺》1971年4月号，第270、271页。

素。在文化人类学的话语中，政治作为从大众运动的背后透射出来的盛宴和祭祀，既有古代祭神仪式的意象，也有在其中扮演女巫甚至是祭司的女性的意象。"①

除了在女性群体中发现集体无意识（即"圆圈原型"）所体现的"狂热"的特征，古井由吉还把"圆圈原型"和日本特有的传统的节日文化结合起来，从日本的民俗和传统中寻找"狂热"的根源。1970 年发表在《海燕》2 月号上的《失眠的节日》中，古井由吉描写了在温泉地区的节日上，"我"被跳舞的人群围在中间时"忘我的陶醉"以及一系列关于篝火的情境。其中有"我"年幼时在防空演习之后看到隔壁组的人烧起篝火围成圆圈的情境，有在高中举行校园文化节时照亮夜空的篝火。而实际上，校园文化节的篝火晚会在举办的前夜因雨本已决定取消，但是"我"在"放纵的狂热"的驱使下，以学校民主化为由，要求委员长点燃篝火，并得到了大家的同意。第二天晚上，"我"看着从围成圆圈的学生们中间升腾起来的火焰，感到了"冷冷的不安"，因为"我"利用了政治口号来释放自己内心的"狂热"。《失眠的节日》所要揭示的就是节日的本质，它把积蓄在黑暗中的能量转化为圆圈中心的火焰和光芒。但这种从黑暗到光明的转化往往都充满了人为和虚构，于是，"我"认识到了"节日最后一定都会骗人，而且是用一眼就能看穿的方法骗人"。可以说，《失眠的节日》中有很多地方隐喻了作者对"战后"日本学生运动和民主化的批判，只是没有采用那么直接而露骨的方式。其实从词源角度

---

① 前田爱：《走向空间的文学——都市与"内向的一代"》，《文学界》1980 年 1 月号，第 228 页。

看，"政"（マツリゴト）本身就包含了双重含义，一个是指古代的祭神仪式，也就是祭祀；另一个就是指政治和行政。[①]因为上代的日本人认为政治和祭神是一回事情，所以用汉字"政"来表意。由此可见，古井由吉不仅采用了荣格理论中的原型概念，用"圆圈"把各个相关的典型场景串联起来，而且还从民俗学和历史心理学的角度揭示了日本民族在集团运动中所体现的"狂热"的根源。

## 第四节 通向内部自我的文学空间

米兰·昆德拉说：所有时代的所有小说都关注自我这个谜。[②]诚哉斯言，小说的精神源于欧洲，盛于欧洲。自文艺复兴之后的 300 多年时间里，欧洲经历了从以神权为中心到以人权为中心的启蒙思潮的洗礼，而 19 世纪人本主义思想最直接的后果就是产生了独立的自我。随着 19 世纪末 20 世纪初的西风东渐，确立一个独立的自我就成为建立日本近代小说的动力和目标。作为民族文化的特征之一，当时日本的社会心理仍然处于主客一体的状态。为了对抗西方近代文学中凸显出来的巨大的自我意识，日本的小说家不得不从共同体中逃亡，用绝对的孤独和彻底的告白来构建一个近代的自我。可以说，日本文学中特有的私小说的出现完成了欧洲小说在寻找自我的过程中从行动到内心的形式转变。早期的欧洲小说对于心理分析还一

---

② 米兰·昆德拉：《小说的艺术》，孟湄译，生活·读书·新知三联出版社
① 词条"政"，《全译古语例解辞典》，小学馆 1999 年版，第 1011 页。
② 米兰·昆德拉：《小说的艺术》，孟湄译，生活·读书·新知三联出版社 1995 年版，第 20 页。

163 第三章 自我的多义性与他者的恢复

无所知，小说家们只能通过描写行动来确认主人公的自我。但是他们发现在行动中无法捉住自我，于是"寻找自我的小说只得离开行动的可视的世界，去关注不可视的内心生活"①。18 世纪中期，理查德森发现人物可以通过书信倾吐他的思想和感情，从此，他就把小说引上了开发人的内心生活的道路。在他的后来者当中，普鲁斯特和乔伊斯把寻找内心生活中的自我的演进过程推向了顶峰。与此同时，日本文学一方面受着这一演进过程的影响，另一方面也在为寻觅自我而进行小说方法上的各种革新和探索。对于日本文学而言，前者是外来的压力，后者是由此转化而来的动力，从某种意义上说，"内向的一代"的小说就是这两股力的合力作用下的产物。仅就小说的方法而言，前者将它导入内心独白和心理描写的汪洋，后者将它圈入私小说体式的苑囿。不过这两股力量在每个作家的每部小说中所产生的合力的大小皆不相同，这自然是和创作主体有千丝万缕的联系，因为小说寻觅自我的过程在一定程度上就是作家寻觅自我的过程。可以说，对于自我这个谜，"内向的一代"的小说各有各的答案，至于答案究竟是不是谜底，我们不得而知，不过这些答案倒是为我们解读"内向的一代"的小说提供了一些可能的线索。

## 一　回归日常

"内向的一代"的小说为了寻找内心生活中的自我，首先置换了人物所处的背景舞台。仅就表面陈设而言，更接近于传

---

①　米兰·昆德拉：《小说的艺术》，孟湄译，生活·读书·新知三联出版社1995 年版，第 21 页。

统私小说惯常描写的日常生活，而不像战后派或战中派小说那样，经常动用战争或者大的社会运动作为故事发生的时代背景。即使在以战后或战中为题材的小说中，"内向的一代"的作家也很少直接描写战争，而是经常采用隐喻的方法来暗示战争在他们的无意识领域留下的原始意象。古井由吉就坦言自己并不是从伦理上而是从生理上理解了战争。他认为，在他们这一代人的眼中，战争就是政治，就是发生在国外的事情，和自己没有任何关系。古井这样回忆自己对战争的体会：

> 　　真正和我有关的战争只有两个：一个是从天而降的燃烧弹，另一个是食物。总之，所谓的战争总结成两点，就是受到来自头上的攻击和没东西吃时的饥饿感。战争结束之后，美军进驻日本，大江健三郎难以接受这一现实，就此写了很多东西，但我却觉得没什么。只是在美军进来之前，我听传闻说美国人见人就杀，一开始对外国人还觉得有些恐怖，不过后来就从没有感到过任何与伦理有关的屈辱感，但我还记得飞跑在黑市和废墟上的快乐，所以，我想我们这一代人是从生理的角度理解了战争。不过一旦周围的大人们变得狂热或兴奋，孩子就会觉得非常害怕，而这种害怕，用现在流行的话说，就成了类似"原始体验"般的东西。我觉得自己对待政治的态度、对待文学的态度、表现方式等等，所有的一切都是以这种害怕为中心形成的。①

---

　　① 　大冈升平和古井由吉的对谈记录：《"狂热"——存在于作品底部的东西》，《文学界》1970 年 12 月号，第 196 页。

的确，和大江健三郎的《饲育》《人羊》等作品相比，古井由吉的小说似乎少了些伦理道德观和意识形态论的支撑。古井对战争的记忆仅仅停留在了潜意识领域，因此在作品中的反映也是通过一种不太明朗的形式出现，没有共同体验的读者很容易忽略一些带有暗示性和隐喻性的部分，即使发现了那些无法解读的部分，也很难领会其背后蕴藏的意味。《杳子》的结尾部分就有一段关于晚霞的描写，"逐渐变红的秋日正要沉入又细又瘦的树梢，烤得地上万物的半个面都是火红的"，杳子看到这情景，自言自语地感叹道："啊，真美啊。现在就像是我的顶点。"① 在和古屋健三的对谈中，古井承认这一段关于晚霞的描写就是以他在东京大空袭中的原始体验为基础而创作的。那时他才八岁，看到天空被燃烧弹映得通红，对那种红留下了深刻的印象。他觉得那个红色的天空跟晚霞的颜色还不一样，它不会逐渐地消退，而是越烧越红。经历过东京大空袭的人们大概都亲眼目睹过当时被燃烧弹映成红色的天空，那种红色伴随着当时或惊恐、或惧怕、或迷惘、或犹豫的心理体验深深地烙在了每个人的潜意识里。即使很多年之后，当某个典型场景出现时，自由联想的装置仍会自动唤醒休眠的潜意识，原始心理体验裹挟着巨大的冲动和破坏力突破意识的界限，直达情感和感觉的层面，人们将再次感受梦魇般的惊恐和迷惘。这种红色天空的意象偶尔也出现在三岛由纪夫的作品中，在那里，它是灭亡的触角，是死神的特使；而在古井的小说中，它还象征着对灭亡的恐惧和祈求，混合着某种冲动、某种恍惚，

---

① 古井由吉：《杳子》，《昭和文学全集》第23卷《吉田健一、福永武彦、丸谷才一、三浦哲郎、古井由吉集》，小学馆1987年版，第844页。

"就是那在苦闷中窒息的感觉"①。

从天而降的燃烧弹映红了黄昏的天空，伴随着晚霞的红色一同植入了"内向的一代"作家们的潜意识当中，与此同时，食物匮乏所造成的饥饿感给他们带来了更为鲜明的生理上的原始体验。阿部昭的小说就把这些关于饥饿的原始体验漫不经心地罗列出来，让读者在具体的事件中细细体味主人公当时的感受。在《未成年》中，因为家里实在太穷，"我"就把家里的猫从邻居家偷来的鱼切成漂亮的条状，若无其事地放进便当盒里，准备第二天上学的时候享用。有一回，"我"用在路上捡来的钱吃了顿炸虾盖饭，从此后走路就都盯着地面，一心想捡到个鼓鼓囊囊的钱包。最后，"我"在饥饿感的驱使下居然偷了房客的包袱。"我"逃到防风林打开包袱一看，发现里面都是些生肉和生鱼，还有20多个血淋淋的鸡头。此时，惊恐和羞耻取代了饥饿，"我"站在黑暗中不知所措。食物就是"我"存在的最根本的理由，人跟猫抢鱼吃听起来有点不可想象，可是"人活着本身不是更奇怪了吗？"② 仅就个人而论，可能有不为五斗米折腰的彭泽令，也有不食周粟饿死于首阳山的伯夷叔齐，但是，将生命的意义置于自我毁灭，毕竟是少数人的节操、气概和境界，对于人类总体而言，生命的意义并不在于消灭生命，而是创造和延续生命。

然而，饥饿感一旦从观念还原到日常，就不可避免地显露出生存的本能欲望中所包含的盲目、丑陋和卑鄙的一面。正如

---

① 古井由吉和古屋健三的谈话：《讲述〈杏子〉、〈妻隐〉》，《三田文学》1971年8月号，第16页。

② 阿部昭：《未成年》，《阿部昭短篇小说全集》上，讲谈社1978年版，第126页。

马克思所说："饥饿总是饥饿，但是用刀叉吃熟肉来解除的饥饿不同于手指甲和牙齿啃生肉来解除的饥饿。"① 对于战争时期和"战后"日本出现的物资短缺时期人对食物的极度渴望，有的作家就流露出一种厌恶的表情。古井在《男人们的团坐》中描写的因断粮而被困山中的男人们的堕落感和杏子对"吃"的羞耻感，在作家的眼中就是一对此消彼长的感情体验。作者通过杏子之口说出了对健康人在别人面前肆无忌惮地大快朵颐时的惧怕和羞耻，因为"吃"已经带上了作者童年时关于饥饿的所有原始情感的体验，以至于超过了性的力量。

所谓"饮食男女，人之大欲存焉"，"内向的一代"的作家虽然在作品中也描写了"男女"，但他们对于"饮食"的热衷实在是有点超乎寻常。这种异常的热衷一方面来自于作家个人的原始体验，另一方面则是出于对观念的一种叛逆，矶田光一称之为"日常性的埋没"。栗坪良树认为，虽然"日常性"具有高度观念性的抽象意义，但"内向的一代"的作家把观念中的日常性加以解码，将其还原到了具体的衣食住行的营生中②。他们既不信奉近代文人"吾辈风雅如同夏炉冬扇"的反俗论，也不清谈"文章合为时而作"的政治文学论。当他们看到现实推翻了所有的观念的时候，他们就只能相信：唯有在人们的衣食住行中才存在着自我的本真，唯有日常生活，才是既非虚构，也非文本的实存。而且，日常生活也不能归结为既定的观念，相反，观念是从活生生的经验生活中产生的。观念

① 《马克思恩格斯选集》第 2 卷，人民出版社 1972 年版，第 95 页。
② 矶田光一、池内辉雄、栗坪良树和山田有策等的共同讨论记录：《"内向的一代"之后》，《国文学》1980 年 4 月号，第 127 页。

本来就是生活的工具，而且它也只有作为生活的工具时才具有相应的价值和意义。于是，作家们在小说中自动地解除观念的铠甲，卸掉了道德的彩妆，将自我的存在置换到日常生活的本真状态。虽然不至于像禅宗那样唱念"担水砍柴，莫非圣道"，却也在把日常生活中的蝇营狗苟当作是人生的最高境界和自我存在的基本理由。

### 二 日常的边缘空间：企业、小区与海外

日常生活毕竟是外部世界的一面镜子，要反映自我的内心生活，还必须调节这面镜子的反射角度。"内向的一代"的作家们至少采用了两种不同的方法，利用小说的技巧来改变镜子的反射角度。其一就是将日常生活的边缘拓展到之前的作家从未涉足的领域，比如企业内部的办公室、1970 年代新开辟的小区群，甚至是日本以外的美国和欧洲。其二就是在看似普通的日常生活中引入第四度空间，也就是超日常的梦境和幻觉的世界。这两种方法都具有一定的神秘性和隐蔽性，成为处于其中的个体寻找自我的最佳反射体和掩体。

黑井千次、后藤明生的小说是对第一种反射视角的尝试，尤其是黑井的企业小说都已经将日常的反光镜伸到了办公室，照出了现代人内心深处的自我异化感。卡夫卡就曾说过："办公室不是一个愚蠢的机关，它与其说揭露愚蠢，不如说揭露奇幻。"① 卡夫卡所谓的"奇幻"就是把办公室想象成了一个不为人知的神话中一眼望不到尽头的迷宫，而黑井千次则把这个

---

① 转引自米兰·昆德拉《小说的艺术》，生活·读书·新知三联出版社1995 年版，第 111 页。

充满"奇幻"的迷宫理解为"集中表现现代所有的扭曲、混沌和可能性,剧烈的光与热以及无法言喻的无聊的日常性的场所"①。短篇小说《椅子》的主人公北川四郎是某公司的普通职员,因为自己制定的销售计划被上司拒绝,开始寻找自己和上司之间的不同,最后发现原来各个职位上的人坐着价格不同的椅子。于是,他就买了一把16500日元的部长椅放到办公室里。于是,公司里的人都来参观他的椅子。人事科长、劳政科长和总务科长则纷纷劝他把椅子拿回家去,结果都被他一一拒绝。最后,当他疲惫不堪地回到无人的办公室时,他的部长椅"轻柔地、温暖地、真实地"抱住了他,而且,还不是"像丰满的女人似的拥抱,而是用充分了解北川四郎的疲劳的男人的感觉,从他的身后抱住他"。同时,在他无处可逃的耳边想起了部长的声音:"都一样,你我都一样。"小说结尾处的超现实主义手法就在于为了说明《椅子》的真相,也就是说,虽然北川的计划是被部长否决的,但是,部长和他一样,在企业利益面前也都是受害者。椅子不过是职位的一种象征,不同的椅子代表着不同的阶层和权力,维持企业权力平衡与发展的,就是椅子之间的排序和服从关系。北川以为自己和上司之间除了椅子没有任何区别,其实在企业管理制度中,除了椅子所代表的权威和服从的关系之外,个人能动性的存在基本上都是被忽略的。

针对企业管理制度对自我的异化问题,黑井千次在《洞穴和天空》中进行了抽象而集中的批判。小说采用了一些特

---

① 黑井千次:《陌生的回家路》自注,转引自山崎昌夫《惑乱的邀请》,《新日本文学》1971年4月号,第115页。

殊的技巧，通过不同场面和内容上的转换揭示了一个具有反讽意味的主题。几个公司里的职员努力地在同事家的院子里挖坑，直到最后才发现这个大坑原来是主妇用来填埋垃圾的。当"大量来自厨房的垃圾落在头上"的时候，他们挖坑时的劳动热情立刻化为乌有，一时间不知道该笑还是该怒——结尾处作者别具匠心的安排正是对管理制度的一种嘲讽，以及对被异化的自我脸上那种啼笑皆非的表情的一种写实。

另外，黑井还把人在办公室里的感觉归纳为生理上的"冷"。他说："一进办公楼，我就觉得人的皮肤在慢慢地变薄。也就是说，皮肤是人的内部和外界的接触面。当遮断外界的、和人的皮肤一样的东西逐渐变薄的时候，我就强烈地感觉到外界渗入到我的身体里面。""我总是觉得活着有点冷。"[①]这种"冷"的感觉与其说是生理上的，不如说是心理上的。因为现代社会高度发达的管理机制不仅掌握着现代企业，同时也渗入了各种各样人群和人际关系之中，所以，黑井才会觉得这种"冷""不仅存在于办公楼里，还存在于家庭之中，大马路上"。也就是说，办公室内外的日常生活并无多大的温差，自我异化和人情冷暖一样，充满了资本主义社会机制掌控下的每一个角落。

作家们不仅深入到企业内部的办公室去寻找自我在非人性的管理制度中的存在价值和意义，同时还积极地闯入新开发的小区，在这种全新的居住空间中寻找新的个人的自我认定。

为了满足经济高速增长所带来的日益增加的核心家庭的住

① 阿部昭、黑井千次、坂上弘、古井由吉、后藤明生和秋山骏的座谈会记录：《现代作家的客厅》，《文艺》1970年10月号。

房需求，日本政府从 20 世纪 60 年代开始就不断扩大公共住宅
的建设，东京郊区接二连三地矗立起巨型的小区群。转眼之
间，遍地开花的小区以集体住宅的形式替代了原有的独门独院
的房子，同时也为人们带来了全新的生活体验和人际关系。不
过，也有人认为，当时的核心家庭和小区的齐头并进是私生活
主义流行的体香。浴室和圆把锁就是公共住宅所带来的隐私概
念的极端的象征物，而一扇门就让日本的老百姓在实际生活中
明确了公共空间和私人空间的区别①。但是，真正居住在小区
里的人们又有何感想呢？下面便是一位第一代"小区族"对
小区生活的真情实录：

      阿古丽觉得精彩的不光是钢筋水泥的房子和欧式家
具，还有自治会的集合跟活动，都和以前街道开会的气氛
不一样。女人们踊跃地参加手工、裁缝和民谣，还有排
球、合唱队和乒乓球等活动。茶道和花道怎么也坚持不下
来。市场的公共汽车还能开到小区来接人，这也令人觉得
惊奇。人们的交往也有点"淡如水"的味道，干脆明了。
不合理的习惯立刻就被废止。而且，捐款的时候大家交一
样多的钱，很好。

      但是，阿古丽渐渐地开始感到有点寂寞。邻居从不敞
开心扉。新搬来的也不来拜访了。别人都说她家的佛龛看
起来非常别扭。

      ……这是住进第一小区的人，大多数都是从战场上返

---

① 前田爱：《走向空间的文学——都市与"内向的一代"》，《文学界》1979
年 9 月号，第 224 页。

回或在战争中吃过不少苦的人。而一年半之后建好的第二小区则洋溢着那个小区特有的年轻和热闹。……那里住着的就是所谓的核心家庭。①

显然，对于"从战场上返回或在战争中吃过不少苦"的第一代"小区族"而言，"钢筋水泥的建筑和欧式家具"在让他们感到便利的同时，也体会到了人与人之间的隔阂。但"小区族"的主力军显然是《妻隐》中的寿夫夫妇或者是《夹击》中的核心家庭。"内向的一代"的作家们在年龄上就属于第二代"小区族"，他们对小区里的新生事物并不像第一代那样感到新奇，因为小区对于他们这一代人而言，不仅是自己居住的场所，也是心灵休憩和自我认证的地方。在这批作家中，后藤明生对小区情有独钟，《无法写作的报告》《失踪》《无名中尉的儿子》等小说都以此为题材，其次，古井由吉的《妻隐》、黑井千次的《陌生的回家路》也是把小区作为主人公的生活背景。

把居住在小区中的现代人的内心世界写得细致入微而又不失滑稽的还是后藤明生。小区之于后藤明生，恰如办公楼之于黑井千次，既是存在的空间，又是描写的对象。1968 年 3 月，后藤辞去平凡社的工作之后，就一直躲在家中进行文学创作。如何跟这个新的居所好好磨合，成为辞职后的后藤最重要的课题。在后藤的年谱中，清楚地记录了他搬到草加松原小区的日子，在《筑摩现代文学大系》第 96 卷的后记中，还附有后藤

---

① 山田宗睦编：《Document 昭和史》第 7 卷《安保和高度增长》，平凡社 1975 年版，第 270 页。

以"昭和四十六年于埼玉县草加市的松原小区"为题的照片。由此可见小区在后藤生活和创作中的重要性。后藤明生在《无名氏的故事》中，这样概括自己当时的生活状况："我突然就抛开了'他者'们，从'关系'的世界钻进'私人的'竖井天地里。"① 毋庸置疑，后藤的小区小说中经常出现的无业游民似的男主人公就是作者本人的分身，但是，这个无名氏的背影中却透露出些许的尴尬与凄凉。

后藤明生在他的小区小说中，首先揭示了居所和自我认定之间的伪装的关联性。在《关系》《笑话地狱》等作品中，后藤明生发现自我和他者就像是椭圆的两个中心，处于完全对等的关系，而且自我的存在还需要以他者作为参照才能得以确认。但是，当他"抛开了'他者'们，从'关系'的世界钻进'私人的'竖井天地里"的时候，自我认定所需的椭圆的另一个中心也就随之发生了变化。在《失踪》《无法写成的报告》《毫不相干》等小说中，他者从原来的个体转变为空间中的居所。居所对于后藤而言，既是身体寄居的空间，又是灵魂休憩的家园。但是，自从14岁那年离开朝鲜之后，后藤明生就永远地失去了抚慰他心灵的精神故乡，从此，他就像浮萍一样四处流浪，居所对他而言，就是一个个的驿站，到达即意味着离开。山田有策认为"后藤作品本身就是以一种对日本的定居文化的反命题的形式发挥功能"，池田耀辉也指出："原本就没有定居概念的人进入全新的空间（指小区）之后，在

---

① 后藤明生：《无名氏的故事》，转引自川嶋至《人与文学：后藤明生》，《筑摩现代文学大系》第96卷《古井由吉、李恢成、黑井千次、后藤明生集》，筑摩书房1984年版，第531页。

反思自己是什么的时候，就会发现，自己看上去就是个
'无'。"① 对于一个"故乡丧失者"而言，后藤明生苦恼的根
源不仅在于失去了空间上的故乡，而且在于时间意义上的故乡
丧失。在《无法写成的报告》的后记《无名氏的故事》中，
他对自己拘泥于居所的原因作了这样的解释：

> 所谓故乡丧失者这个词语，如今都可以算是人的代名
> 词了。当然，把它翻译成外语，意思也不会有什么变化，
> 不过在此我想用它来解释"男人"那种被称为空间性记
> 忆丧失的症状。如今基本都已丧失殆尽的记忆并不是因为
> "时间"上遥远的过去，而是由于被扔到了"空间"上的
> 遥远的迷宫的那一方，"男人"才会觉得看不到"记忆"。
> "男人"看不到小时候站着撒过尿的电线杆，也就是他的
> 记忆。这也是他不得不拘泥于现在生活的地方——"居
> 所"的原因。②

可见，后藤明生在寻找自我的小说之旅中，已经失去了重
返故乡的路标，只能在都市的迷宫里徘徊。

自我存在的"无"的状态迫使后藤把新的都市空间作为
自我认证的依据，甚至把空间当作了自我。《无法写成的报
告》中的无名男子类似于安部公房小说中的主人公，自我存
在的外界和内部组成了一个统一体。男人住在一个三居室的住

———————————

　　① 矶田光一、池内辉雄、栗坪良树和山田有策等的共同讨论记录：《"内向
的一代"之后》，《国文学》1980 年 4 月号，第 128 页。
　　② 后藤明生：《无名氏的故事》，转引自前田爱《空间的文学》，《文学界》
1979 年 9 月号，第 201 页。

第三章　自我的多义性与他者的恢复

所里，每天就是躺在沙发上专心地"思考各种各样的问题"。居所对他而言就是世界的中心，目光所及的天花板和墙面就如同他的皮肤。本属于外界的居所，逐渐地成为男人内心生活的一部分，但是，这种一体感所带来的内心的安宁和幸福，不久便因天花板漏水、邻居家的火灾、书房里的虫子等外物的入侵而丧失殆尽。经过反复思考后，男人终于明白："居所已经成为了男人的一部分。同时，男人也理所当然地成为居所的一部分，既然如此，男人就一天也离不开居所去考虑自己。如此一来，男人就日日夜夜和居所生活在一起。如今，这个居所开始受到了伤害，男人怎么能毫发无损地活下去呢？无论如何，男人就是以这样一种方式和居所连接在了一起。"①

与此同时，后藤又试图打破居所和自我认证之间的依存关系。《无法写成的报告》中的无名氏男子和作者其他小区小说中的男主人公一样，都是每天日上三竿才睡起，趿拉着拖鞋、睡意蒙眬地拿着份报纸就坐在抽水马桶上。这个颇有些奥勃洛莫夫风格的男人有一天突然接到县政府社会教育课所属的某人的电话，让他作为小区的代表之一写一份关于小区生活的报告。之所以选择他，理由非常简单，就因为他是"在同一个小区同一个号码的房间里住满五年以上的男性"。按照这个标准，和他一起被选中的一共有70名住户，也就是说，他的居所充其量也只能算是总数的1/70。小区里所有的房子都是按照一定的户型建造的，男人的楼上和楼下的邻居也是住在和他的居所结构相同的房子里。居所的统一性暗示着自我认定的统

① 后藤明生：《无法完成的报告》，现代文学第37卷《黑井千次、清水邦夫、小川国夫、后藤明生集》，讲谈社1973年版，第329页。

一性，而这种自我认定的统一性无异于自我的丧失，也就是说，作为个体的自我在相同的他者中间失去了自我认定的能力，最终只能成为一个"无"。

居所和自我认定的关系在《毫不相干》一文中出现了决定性的裂痕。主人公依然是住在小区里的无名氏男子，不过这次出现了小区中的其他居民，也就是所谓的邻居。住在三楼的主妇因为弄丢了家里的钥匙，就拜托男人从二楼的阳台爬到三楼自家的房间给开个门。三楼的丈夫向男人说明情况时，指着男人所住的 F27 号楼对面的 F28 号楼的阳台开始解释房子的结构。结果，男人却陷入了混乱，一时分不清这些完全一样的房间究竟有什么不同。

男人陷入了混乱。就像有两面镜子对着照，自己的眼前突然出现了自己的后脑勺。他看到 F28 号楼三楼的阳台上有一个主妇正在晾衣服。或者，他正被对方看到？夹击？男人确实被夹住了。把男人夹在中间的就是 F28 号楼的南墙和 F28 号楼的北墙。但是，这两面墙形状大小完全一样，是同一座五层楼钢筋水泥建筑物的表和里。①

由于小区建筑的类型化而造成的视觉错乱，在后藤看来，就是无名男子被日常边缘化了的一种象征，同样，《毫不相干》中有关信越线车厢内关于座位的"内"和"外"的插曲也只是对自我认定的一种异化。这种空间和习俗上的"内"

① 后藤明生：《毫不相干》，转引自前田爱《空间的文学》，《文学界》1979年9月号，第222页。

和"外"、"表"和"里"的关系，无疑是日本社会所特有的概念，对于外来者的后藤明生而言，自然是笑话的材料。矶田光一也注意到了这个后藤小说中比较特殊的问题，他说："某个主人公搞错了火车上座位的'内'和'外'，这要是在古井的小说里，老婆婆①肯定知道这种事情。不过对于后藤明生的主人公来说，却是越弄越糊涂。总之，日本的'内'和'外'的感觉随着建筑构造和习俗的变化是越来越弄不明白了。我想，他的幽默就是来源于这种迷惑吧。"②

看来，在小区这个新兴的空间中也无法寻找到人物的自我，因为个体的独立性被小区的划一性所取代，空间不但无法认定自我，反而消解了自我的特性。但是，人，必须生活在物质空间中，这是一个不言自明的道理。"内向的一代"没有放弃在空间中寻找自我，离开日本成为寻找自我的另一种途径。大庭美奈子在美国阿拉斯加生活了 11 年，小川国夫在欧洲游历了三年。两位作家以不同的方式把这些海外生活的经历写入了作品当中，而这些作品，我们不妨将其称之为海外小说。大庭的海外小说选择了日常生活作为人物的背景，小川则采用介于游记和小说之间的形式记录了欧洲风情。两者选用的题材和创作风格虽然大相径庭，但其中存在一个共同点，那就是两者都企图消解空间的差异。也就是说，对于个体的存在而言，日本和海外并没有本质上的不同。大庭认为人的存在就无法逃脱孤独的内心，即使空间的转变也无法消除内心的空虚和孤独。

---

① 古井由吉的小说《妻隐》中的一个人物。
② 矶田光一、池内辉雄、栗坪良树和山田有策等的共同讨论记录：《"内向的一代"之后》，《国文学》1980 年 4 月号，第 128 页。

所以，大庭的海外小说中的主人公都是来自五湖四海，却又像浮萍一样四处流浪，今天虽然相聚在美国，明天又不知漂向何方。与此相对，小川国夫却是故意忽略日本和欧洲之间的区别，以此来树立作品的独特风格，所以《阿波罗岛》中记录的旅途见闻读起来就像是发生在日本的故事一样。尽管地中海的阳光和大海不同于日本国，但是小川行使了作者的特权，蛮横地剪掉了异国情调的想象力，同时也解构了乡愁的概念。

### 三　日常中的非日常：变形与幻觉

"内向的一代"在不同空间的日常生活中寻找着自我，而日常的镜子总是还之以鬼脸，于是作家们又在小说中设置了另一面非日常的镜子，希望能照出自我的谜底。这一面非日常的镜子之于前一面日常的镜子，就像是凹凸不平的哈哈镜之于普通的平面镜，虽然反射的对象相同，但是反射出来的影像却截然不同。前者往往采用一些超现实主义的手法，比如变形和幻觉等，照出一个光怪陆离的世界；而后者则采用平铺直叙的手法，一板一眼地反映日常生活的巨细。这两面镜子是小说家的必备品，而非"内向的一代"首创或专用。泉镜花在《高野圣人》中，把人变兽的故事写得诡异绮丽，反而让读者觉得虚构的真实。不过对"内向的一代"的小说中的变形故事产生更为直接影响的恐怕是卡夫卡。古井由吉最欣赏的就是卡夫卡的《变形记》，认为"把卡夫卡的个人本色表现得最为生动鲜活的就是《变形记》"①。格里高·萨姆沙从梦中醒来就发现

---

①　阿部昭、黑井千次、后藤明生、坂上弘和古井由吉的座谈会记录：《现代作家的条件》，《文艺》1970 年 3 月号，第 201 页。

自己变成了一只巨大的跳蚤，直到最后死去时也还是一只跳蚤。一切都在小说允许的现实中发生，所以卡夫卡的变形故事读起来更像是一个宗教寓言。而在"内向的一代"的小说中，主人公变成动物的故事只在小川国夫的《尝试之岸》中呈现出相对明确的轮廓，其他的作品则是用幻觉的手法在日常之中穿插非日常的情景。也就是说，在一面普通的平面镜上出现了几道凹凸不平的痕迹，除了几处影像出现变形之外，反射出的影像基本上还是保持着原貌。

"内向的一代"在小说的日常中插入非日常的部分，其目的并不是为了嘲笑现实生活的荒诞不经，而是为了表达某种现实感丧失时内心的不安和孤独。因为在他们看来，"现实只不过是浮现在无意义的大海之上的一个个的小岛"[1] 或者是"没有界线的混沌"[2]，他们对现实的感觉是模糊不清的，所以在小说中更倾向于描写非现实中的幻想世界。而且，现实与非现实经常处于相互对立的状态，具体表现为都市与自然、外界与内心的对立。古井由吉的《星期四》中的"我"一个人来到树林茂密的尾根道；《先导兽的故事》中，上班高峰的人群中突然出现了飞奔在草原上的兽群的意象；黑井千次的《时间》中，"他"在接受面试的紧张时刻突然听到了童谣，看到捉迷藏的游戏；等等。这种对立关系产生一种巨大的张力，在可视的日常世界和不可视的非日常世界之间艰难地寻找着自我存在的平衡。

---

① 古井由吉：《堇色的天空》，《古井由吉作品》1982 年第 2 卷，河出书房新社。

② 古井由吉和小川国夫的谈话记录：《文体与生活》，《文艺》1971 年 1 月号，第 210 页。

另外，"内向的一代"在小说的日常中导入幻觉的目的，还在于揭示个体内心的自我意识与存在状态。幻觉就像一个巨大的显微镜，夸张地反映出人物内心最细微的意识变化和感情的冲动。在古井由吉的小说中，人物一进入幻觉状态，就会出现野兽的意象。《星期四》中的"我"就是"耽于食欲"，"在丛林间伏地爬行的野兽"；《先导兽的故事》中，上下班高峰时汹涌的人潮就是"和死神一起拼命跑动的兽群"；《男人们的团坐》中被困在山中的饥饿的男子和《杏子》中发病状态下的杏子都在幻觉中变成了兽的意象。这不仅是日常性和非日常之间的对立，而且是理性的人群所形成的"社会"和非理性的野兽所形成的"兽群"在意象上的重叠。从整体上说，"兽群"不再是狰狞和强大的象征，它们的内心因不知何时将受到敌人的攻击而时刻都充满了不安和恐惧。同样，人所形成的群体虽然是一个"社会"或"集团"，但是同样也受到饥饿、外敌入侵等因素的困扰。就个体而论，野兽虽然有"群"，但经常离群独居，相应地，人虽然组成集团，但是集团中的每一个人却又是和别人毫不相干的独立的个人。关于自我和他人之间这种不即不离的状态，古井做了如下的说明。

第三章 自我的多义性与他者的恢复

　　我在写东西的时候，是从撤掉作为个人的他者开始写的。我的小说中有作为集团的他者、作为来自周围世界的压迫的他者，但是却完全排除了作为个人的他者。例如《围成圆圈的女人们》。这并不只是文学上的匠心，这也是我生活中的一个缺陷，也就是说，我无法把他者作为个人来理解并进行正确地对待。我想，把范围稍微扩大一些，这也是这个时代的缺陷，这个时代基本上无法把他者视为个人，并与之建立关系。①

古井认为"无法把他者作为个人来理解"不仅是他个人的缺陷，同时也是时代的缺陷。可见，古井小说中关于兽群的幻觉是对现实中的人群的一种反映和解释。

总而言之，非日常世界的意义就在于通过夸张的、怪诞的、悖逆的、朦胧的幻觉隐喻日常世界中人物内心被理性和道德所压抑的无意识的部分，凸显出自我在集体无意识状态中的孤独和不安。

---

① 古井由吉和小川国夫的谈话记录：《文体与生活》，《文艺》1971 年 1 月号，第 212 页。

第四章

内心写实化与文体反『制度』化

## 第一节 自白"制度"下的暧昧文体

### 一 自白"制度"与自我意识

自白，日语原文为"告白"，含有两层意思：一是指毫无隐瞒地表白心中所想；一是指基督教中公开表明自己信仰的行为①。作为一种文学上的表现手法，自白在日本文学中的历史可以追溯到遥远的《万叶集》时代；然而作为一种创作上的"制度"②，有的学者认为它在日本现代文学中"创造出了应该自白的内心或'真正的自我'"③。也就是说，"真正的自我"和"内心"并不是先验存在的，而是随着外界的物质形式——自白"制度"的出现而产生的。如果说作为表现手法的自白注重体现"告白"的第一层意思的话，那么，柄谷行人所谓的自白制度则倾向于表现"告白"的第二层意思，也就是说，自白"制度"和西方基督教中的"忏悔"有着千丝万缕的联系。他认为，"西洋的'文学'作为一个整体，乃是通过自白这一制度而形成发展起来的，应当说不管是否接受了基督教，也不管是否受到其感染，西洋文学史形成于这个自白

---

① 参阅词条"告白"，新村出编《广辞苑》第五版，岩波书店 1998 年版，第 942 页。

② 本章中的"制度"是一个日语汉字，不是指国家的法规或政治经济体系，而是指在历史上约定俗成的某种机制或做法。参阅词条"制度"，新村出编《广辞苑》第五版，岩波书店 1998 年版，第 1475 页。

③ 柄谷行人：《日本现代文学的起源》，赵京华译，生活·读书·新知三联书店 2003 年版，第 70 页。

制度之中"①。而对于受西洋文学影响颇深的日本近代文学而言，"基督教更直接地存在于'现代文学的源头上'"。另外，柄谷行人还认为，这种自白制度凭借其内在的力量一直留存至今，在当代日本文学中也已成为一种约定俗成的惯例。

> 我没有隐瞒任何东西，这里有的是"真实"……所谓自白就是这样一种表白形式。它强调：你们在隐瞒真实，而我虽是不足一取的人但我讲了"真理"。主张基督教为真理乃是神学家的道理，而这里所谓的"真理"是一种不问有无的权力。
>
> 支撑自白这一制度的就是这种权力意志。今天的作家说我什么观念思想都不主张，我只是在写作，然而这正是伴随着"自白"而来的颠倒。自白这一制度并非来自外在的权力，相反是与这种外在权力相对立而出现的，正因为如此，这个制度无法作为制度被否定。今天的作家即使抛弃了狭义的自白，"文学"之中依然存在着这种自白制度。②

由此可见，自白作为一种"制度"，创造出了文学创作的新空间，即人物的内心世界。当然，从经验上讲，内心显然是先于自白而存在的，不过自从在文学中建立了自白"制度"之后，自我的内心才成为文学表现的一个新内容。可以说，内

---

① 柄谷行人：《日本现代文学的起源》，赵京华译，生活·读书·新知三联书店 2003 年版，第 75 页。

② 同上书，第 80 页。

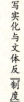

心是被自白"制度"发现的一个新的文学领域，它与现实中的内心没有太多的联系，它是经过作家的筛选加工之后的半成品，看上去还闪耀着自然的光泽，实际上却是已经被"制度"规范过了的。

明治时期的作家尤其愿意表现自我的内心，但是，大多数情况下他们的自白并不是冲动的爆发，而是受"制度"挟持，在"观念"指导下的行为。尼采说："基督教需要病态，这与希腊精神需要过剩的健康大致一样。——使其成为病态这乃是教会救济组织的本来目的。"① 志贺直哉的小说印证了这一点。他在《混浊的头脑》中写道："在接触基督教以前，我是一个精神上肉体上都健全发育的孩子。……但在接触了基督教之后，这一切都发生了变化。……不久之后起了苦闷，这便是性欲的压抑。"② 于是，受压抑的性欲成为明治文学中自白"制度"所创造的"内心"的第一层意思。没有什么比压抑的性欲更能满足读者的偷窥欲了，尽管毫无保留的自白并不一定期待读者的共鸣。对于明治作家而言，那是一种制度保护下的权力意志的张扬，因为他们虽然不足一取，但是他们讲了"真理"，而他们认为讲出"真理"就具有了无上的权力。

如果排除基督教的影响，只考虑日本人的行为心理模式的话，不难看出，自白这种看似有点自我牺牲意味的文学行为，在现实中反倒是一种很好的自我保护方式。自白"制度"所依存的基督教文化根植于西方文明中的原罪意识。可是，在日

---

① 尼采：《反基督教者》，转引自柄谷行人《日本现代文学的起源》，赵京华译，生活·读书·新知三联书店 2003 年版，第 76 页。

② 志贺直哉：《混浊的头脑》，转引自柄谷行人《日本现代文学的起源》，赵京华译，生活·读书·新知三联书店 2003 年版，第 84 页。

本人的罪意识中，并不认为人生而有罪。当然，这并不是说日本人没有罪的意识，只是由于影响他们传统的与罪意识相关的宗教并不是基督教，而是外埠舶来的佛教和本地土生的神道教。佛教主张人"本性清净"，任何人"皆具佛性"，人在现世的生活里负罪是一时性的，并不认为人的存在本身和人的实际存在就是罪。同样，神道教的教义也认为罪是一时的污迹，能够通过清净、禊袚的行为洗去，主张人心本来清净，罪造成的污迹并不是原来便有的。所以，日本人的罪意识并不像西方文化中的原罪意识那样，要求对自我内心进行深刻的忏悔。

基督教中的原罪意识和忏悔意识并不对日本人的行为产生任何的约束力，反倒是美国文化人类学家鲁斯·本尼迪克特在《菊与刀》中提出的"耻感文化"在解释日本人的道德约束时得到了大多数学者的认同。但是，也有学者认为她的观点带有一定的片面性。比如，日本心理学家南博就认为"日本人的行为规范是由羞耻意识和罪的意识交织在一起的耻、罪意识的复合构成的"。他还以耻—非耻为一轴，以罪—非罪为一轴，列出了四种组合状况：1. 耻和罪结合。自责意识使其在认罪同时感到可耻。即使他的罪过未受外界的惩罚，也会受到羞耻这一自罚意识的报复。2. 罪和非耻的结合。虽大体认罪，但不感到耻辱。3. 非耻和非罪的结合。自认为无罪，也不感到羞耻。"不知人间有羞耻事"，亦谓厚颜无耻。4. 非罪和耻的结合。虽然认为自己无罪，但却深刻反省自己的不周，良心上感到惭愧①。尽管南博强调日本人的行为也受到罪意识的约束，但是，从羞耻意识所造成的自罚的结果来看，羞耻感还是

第四章 内心写实化与文体反「制度」化

---

① 南博著：《日本的自我》，延洲译，文汇出版社 1989 年版，第 34、35 页。

日本人心中最重要的道德天平和行为准绳。而且，南博还认为，羞耻意识具有一种自我防卫的机能，它是靠自罚——在他人批评之前，自己先责难自己实现的。羞耻心是有意识、无意识地驱动自罚；自罚的结果是取代、回避他罚。自罚即使不能回避他罚，也有助于减轻他罚的程度。自罚并非先发制人，而是防御先行。一般认为：日本人这种自罚倾向要比西欧人强一些。①

显而易见，羞耻感对日本人的心理约束能力要远远地大于基督教中原罪意识的力量，而羞耻感的产生往往和个人的"外的客我"意识有关，过于在意他人的目光和他人对自己的看法，是日本人容易产生自我不确定感的一个重要原因。南博认为，为了保护自己内心不受他人的干扰，日本人往往会采取三种方法：1. 不表现自己，保持沉默，或者努力控制自己的表情。2. 语言暧昧，不向对方透露真心。措辞含蓄不只是好意地为了不使对方为难，而有时是作为自我防卫的目的使用的。3. 干脆把自己的内心全暴露出来，这样便不必再担心别人看穿自己的内心，这也是一种自我防卫②。这些自我防卫的行为模式潜移默化地影响了小说的方法，现代文学中自白"制度"的建立显然和第三种规避模式有着直接联系。

如上所述，日本人的自罚是受羞耻感的驱动而采取的自卫行为，这种行为带有普遍性，有时候甚至表现为集体大忏悔。比如"战后"所谓的"一亿人总忏悔"，便是将战争责任分摊到每个国民头上，其结果只能是每个人都不必承担责任。日本

---

① 南博著：《日本的自我》，延洲译，文汇出版社 1989 年版，第 36 页。
② 同上书，第 37 页。

式的忏悔并不强调责任的追究和承担，而是为了减轻他人的追究和惩罚而进行的抢先自责，其内容也许是将内心披露得淋漓尽致，但其目的还是为了规避责任和罪罚。日本近代文学之所以能够接受卢梭的《忏悔录》，并以此建立了自白"制度"，有一部分原因不得不归于此。也就是说，自白"制度"所创造出来的"近代自我"或"内心"是相对于明治时代近代国家权力而存在的个体的意志表现。也正是在这种权力意志的掩护下，明治作家才能够在小说中树立起不亚于西方文明的独立的"自我意识"。柄谷行人就认为，在近代国家逐渐确立的过程中，"所谓反体制方面的'主体'或'内心'也确立起来，并开始了互相渗透。今天的文学史家称赞明治时代文学家的勇敢斗争是为了'近代自我的确立'，实际上这只能是对渗透于我们之中的意识形态的一种追认而已"。同时，"把自我、内心的诚实和国家、政治的权力对立起来的这种想法，忽视了'内心'亦是政治、亦是专制权力的一面。追随国家者与追随'内心'者只是相互补充的两个方面而已"①。

## 二 私小说中的自白"制度"与"内心"

自白作为一种文学手法，一直以来就被普遍应用于各种文类，但是，真正使它作为一种"制度"得以确立的却是私小说这种特殊的小说类型。私小说的创作手法大多是在描写作者个人生活体验的同时，铺陈个人的心理境遇，因此也被称为"心境小说"。私小说的创作"发端于日本自然主义文学"，

----

① 柄谷行人：《日本现代文学的起源》，赵京华译，生活·读书·新知三联书店 2003 年版，第 89 页。

189

第四章　内心写实化与文体反"制度"化

"但其源流可以追溯到由《方丈记》《徒然草》等所代表的日本中世文学传统"①。可见，文学史家并不把私小说的形成完全归功于法国自然主义思潮的影响。但是，明治时期的私小说作家很多都曾经是内村鉴三的弟子，而内村鉴三是一名虔诚的基督教信徒，他以对上帝的忠诚取代了对封建君主的忠诚。内村属于"那些已经很难成为武士，却只有依靠武士才能获得自尊心的阶层"中的一员，最终，他只能"依靠自己成为基督教徒才使其'武士'地位得以维持下来"②。他的思想一如他的墓志铭：

> I for Japan
>
> Japan for the World
>
> The World for Christ
>
> And All for God

　　"我们可以将它简略为爱国心（Japan）与基督教的信仰（Jesus）。"③ 由于内村鉴三对基督教的坚定信仰，使得跟他亲近的弟子，不论是正宗白鸟还是小川内熏，无一例外地都受到了基督教的影响。所以，中村真一郎认为："对明治作家而言，卢梭的《忏悔录》看上去比大部分的小说更像是'伟大的'小说——这一点并非不可思议——因为《忏悔录》正是

---

　　① 柄谷行人：《日本现代文学的起源》，赵京华译，生活·读书·新知三联书店 2003 年版，第 260 页。

　　② 同上书，第 78 页。

　　③ 吴光辉：《传统与超越》，中央编译出版社 2003 年版，第 257 页。

具有浪漫主义性质的、自我中心式的文学的代表。"① 不过在明治作家看来，"自白并非悔过，自白是以柔弱的姿态获得'主体'即支配力量的尝试"②。可以说，私小说通过自白形式使作家获得了另一种权力意志，而自白形式通过私小说成为一种"制度"，在无形中对文体发挥着制约的作用。

伊藤整在随笔《私小说》中提到，日本近代私小说所描述的内容"虽然皆可以称为文人的生活，但是既存在着像岩野泡鸣、太宰治一样最终毁坏家庭、走向自杀的人，也存在着如同岛崎藤村、志贺直哉一样不管多么痛苦也要坚持自己的思想而扎实地构筑自己生活的人。它的形式尽管纷纭缭乱，但总之是存在着一种身体力行的自由的生活方式。正由于如此，才使读者深受感动，这也正是私小说这一题材经久不衰的原因之所在"③。伊藤认为"坚持自己的思想而扎实地构筑自己生活"、"一种身体力行的自由的生活方式"就是私小说真正感动读者的地方。然而这种"坚持自己的思想"和"自由的生活方式"，从某种意义上说，是在排除或牺牲他者的自由的基础之上才得以成立的。志贺直哉就说过："为了得到我的自由，不妨去挟取他人的自由。若是获得了自身的自由，那么也就尊重了他人的自由吧。如果是两者相互矛盾，那么就压制他

---

　　① 中村真一郎：《对现代文学的疑问》，中村真一郎论文集《文学的方法》，岩波书店1984年版，第391页。

　　② 柄谷行人：《日本现代文学的起源》，赵京华译，生活·读书·新知三联书店2003年，第79页。

　　③ 伊藤整：《现代知性全集》第5卷，日本书房1958年版，第257页，转引自吴光辉《传统与超越———日本知识分子的精神轨迹》，中央编译出版社2003年版，第161页。

人的自由吧。"① 志贺直哉充满自信的话也从另一个侧面反映
了明治时代知识分子对"自我"和"自由"的执著追求，他
们不仅认为获得自身的自由是对他人自由的一种尊重，而且不
惜"压制他人的自由"以实现自我的自由。志贺日记中这番
略显矛盾的话显然是自我中心主义驱使下的真实独白，这比起
他小说中那些"犹抱琵琶半遮面"的心理描写显得更为直截
了当。

　　而私小说所要展现的"内心"，是在以确立近代自我为目
的、以彻底无视或忽略他者为手段的自白"制度"之下，被
明治及大正时期的作家重新发现的。这样的"内心"多少都
带有些主观色彩，在各个作家的作品中的表现也不尽相同。志
贺直哉小说中的主人公比较容易受情绪、感受、心情的摆布，
一个"不愉快"就可以让他一整天都闷闷不乐。对于志贺而
言，心情是一种强制性的东西，"主体只能作为从属于 It（be-
ing subject It）。这个 'It' 大概可以比之于弗洛伊德的无意
识，或者与海德格尔称之为 '存在' 的非人称主体无意识相
近"。"可是在其他私小说作家那里却没有这个称为 '心情'
那样的东西。对他们来说，私小说只涉及心理上的自我。"②
总之，不论是强调"心情"，还是涉及"心理"，近代私小说
所要表白的只有"自我"，尽管这个"自我"可能指伊底
（Id），也可能指自我（ego）。不过志贺直哉的自我中心主义存
在着一个矛盾，为了自身的自由，他会压制他者的自由，而他

---

① 志贺直哉：《志贺直哉日记》，1912 年 3 月 13 日，转引自吴光辉《传统
与超越——日本知识分子的精神轨迹》，中央编译出版社 2003 年版，第 161 页。
② 柄谷行人：《日本现代文学的起源》，赵京华译，生活·读书·新知三联
书店 2003 年版，第 91 页。

的小说反复描写的"心情"却是一个完全和自我（ego）无关的他者——"It"。在此，我们不妨做一个大胆的推测：这个"It"就相当于弗洛伊德学说中的无意识，即伊底（Id），因为伊底（Id）在拉丁文中的意思就是"它"（It）。

### 三 小说文体的暧昧性特征

私小说在经历了明治及大正时期的辉煌之后逐渐走向平淡，但这丝毫没有减弱它对后世作家的影响力。尤其是志贺直哉的小说成为了众多新人作家争相模仿的对象，志贺本人则被奉为"小说之神"。然而，模仿仅仅是习作阶段必不可少的临摹，若要文坛登龙，就必须形成属于自己的文风。要实现这个目标，就免不了两种途径：要么彻底否定私小说，另辟蹊径；要么批判地继承私小说，改革创新。"内向的一代"的作家选择了后者，他们仍然使用私小说式的题材，撷取自己的身边琐事；他们也不反对自白"制度"的存在，继续将"内心"展现给读者。但是，自白"制度"在"内向的一代"的小说中却陷入了一个尴尬的境地：它在私小说中建立起来的权力意志在这里已经是"英雄无用武之地"，因为自我虚无主义已经取代了自我中心主义。

简而言之，"内向的一代"的小说不同于私小说的最大特点就是自我的虚无和他者的恢复，也就是说，自白的对象亦即"内心"，已经发生了根本性的变化。这无疑会给习惯私小说文体的读者造成阅读上的困扰，同时，也使得"内向的一代"的小说的文体呈现出暧昧的特征。就其结果而言，"内向的一代"的小说变成了"看不懂的小说"。

然而，私小说的影响是无所不在的，即使是作为"战后"

193

第四章 内心写实化与文体反「制度」化

第六批新人的"内向的一代"的作家也仍然会时刻意识到它的存在。比如，他们在创作时都非常注意保持和私小说之间的距离，反复强调自己的作品和私小说之间的不同。古井由吉在谈到《杏子》中的主人公——"他"的时候，说："'他'就是'我'。"① 这句话好像是在模仿福楼拜的那句"包法利夫人就是我"的名言，不过他又强调不能用"我"作为小说的视角人物。在关于《杏子》的一个座谈会上，作者和古屋健三有这样一段对话：

> 古屋：不知是谁提了这样一个问题，说《杏子》中的主人公"他"为什么就不能是我？您能谈谈这是为什么吗？
>
> 古井：可是这里没法用"我"这个第一人称啊！
>
> 古屋：您的意思是说，用"我"的话就成了个人的体验了。但实际上您的小说并不是个人体验，而是涵盖了另一个意义，就是说，这是一个象征性故事，是吗？
>
> 古井：是的，没错，这不是个人体验。它既不是个人体验，我也不想赋予它一个个人体验的形式。就像我刚才说的，我想用一种象征的方式来写这部小说。②

两人的对话中暗藏了这样一个不言自明的事实——是否采用第一人称"我"作为小说的视角人物，是判断小说性质的

---

① 阿部昭、古井由吉和李恢成的座谈会记录：《追求新文学》，《群像》1971 年 10 月号，第 296 页。

② 古井由吉和古屋健三的谈话记录：《讲述〈杏子〉、〈妻隐〉》，《三田文学》1971 年 8 月号，第 14 页。

关键。也就是说，如果用"我"作为视角人物，那么，文本就会被视作个人体验，被归入具有私小说倾向的一类作品中；要是不采用第一人称作叙述视角的话，即使文本中真的包含了作者的个人体验，它也仍然会被认为是一部虚构的作品。

显然，这里的"我"（也就是日语中的"私"）已不再是单纯的第一人称代词了，它沾染了私小说传统所附带的所有意义。有趣的是，明治及大正时期的私小说倒不一定都用"我"作为视角人物，比如田山花袋的成名作《棉被》用的就是第三人称叙事。不过从古井对"我"避之唯恐不及的态度中，我们甚至可以说，私小说传统已经使第一人称代词"我"成为当代日本小说中一项新的"制度"。反过来看，这大概也是很多以第一人称为视角人物的当代小说被称为"私小说式的作品"的原因之一吧。

不过很多日本的文艺评论家都把私小说（或私小说式的作品）和虚构作品（fiction）对立起来，将两者纳入截然相反的图式中。比如，中村光夫曾经指出明治时期的作家在阅读西欧和俄罗斯的小说时，与其说是在读小说，不若说是把自己当作了小说中的主人公来读。中村光夫由此得出一个结论，认为明治的作家从此就产生了用私小说的方式思考小说的习惯，或者形成了私小说就是纯粹小说的观点。另外，中村真一郎把文学家的态度分为"自我中心式"和"文学中心式"两种。所谓"自我中心式"就是把文学作为自我表现的道具，而所谓"文学中心式"就是相信自己是在创造"文学"的那种类型。对于前者而言，文学就只属于他自己，对他而言，自己的人生是第一位的，文学的文类和形式等问题是第二位的。因为对他来说，"文学"就是他一个人的事情，而普遍意义上的文学——存在于他外部的文学，他是看不见的。与此相对，对于后一种类型的作家而言，首先，他自己的爱好是独立的，"文学"也是存在的，同时，他也认为自己是加入到这个文学之中的。所以，对于这种类型的作家而言，形式和文类等东西都是在他自己创作之前就已经存在了，他要进行工作的时候，这些东西就会作为某种规范发生作用。前者是"私小说式的"逻辑，后者是虚构作品的观点。而日本的近代作家中，有很多人的思维方式都是"自我中心式"的。①

用这种二元对立的方法建一个图式，表面上看好像是为了更好地理解私小说提供了一个参照系，但实际上却掩盖了一个最基本的现象——私小说是在日本本土的文学传统和明治大正的时代精神中催生出来的，它本身的遗传因子就带着先天不足，也就是日本文学传统所缺乏的"布局能力"（即日语的"构造力"）。谷崎润一郎和芥川龙之介之间展开的"关于没有'情节'的小说"的论争就是以此为题。对于日本文学中缺乏"布局能力"的说法，谷崎润一郎的见解显得更加客观而深入。他认为：

> 排除情节的引人入胜等于抛弃小说这一形式所具有的特权。日本小说最缺乏的便是这个结构能力，即把各种故事的情节按几何学的方式组合起来的才能。所以我要在此特别提出这一问题，不限于文学，包括其他方面，日本人到底有没有这个能力？至今人们会说缺乏这种能力也没有

---

① 中村真一郎：《对现代文学的疑问》，中村真一郎论文集成第1卷《文学的方法》，岩波书店1984年版，第389页。

什么，东洋有东洋式的文学，可这样说的话，选择小说这个形式就奇怪了。而且，即使在东洋，我觉得中国人就比日本人更有这个结构能力（至少在文学上）。这只要读一读中国的小说和故事类的作品谁都会感到这一点。但篇幅稍长或异色的作品大概都是模仿中国的，而且比起本家中国的，其骨架则不很牢靠，有时甚至是歪歪扭扭的。①

确实，对于日本小说缺乏"布局能力"或"情节"的特点，只要是读过日文翻译小说的中国读者都会对谷崎的观点产生共鸣。至于造成"布局能力"缺乏的原因，似乎又得归结到日本的地理人文。柄谷行人就认为："日本为远东岛国，有着仅把外国文化作为文物来接受的地理人文条件。不过虽为老生常谈，这个条件依然是我们今天也无法逃脱的特殊条件。结构能力的欠缺乃是因为不那么需要这种能力，而结构性的东西需要时则会从'外面'输入进来。"②

柄谷行人的解释乍看起来确实毫无新意，但他至少指出了一个不争的事实，那就是日本作为一个岛国的地理条件"是我们今天也无法逃脱的特殊条件"。"内向的一代"的小说特点正好印证了他的话。无论是自白"制度"，还是第一人称叙事或者是缺乏"布局能力"的文本结构，"内向的一代"在小说的方法上似乎还没有摆脱来自私小说传统的正面或负面的影响，但在他们的创作中却又竭力想要和私小说划清界限。

———————

　　① 谷崎润一郎：《饶舌录》，转引自柄谷行人《日本现代文学的起源》，生活·读书·新知三联出版社 2003 年版，第 166、167 页。
　　② 柄谷行人：《日本现代文学的起源》，赵京华译，生活·读书·新知三联书店 2003 年版，第 167 页。

　　比如，后藤明生就特别强调自己的小说恢复了私小说所忽略的"他者"的存在。他用独创的圆和椭圆的理论来区分传统的私小说和他那些用第一人称叙事的作品。他把私小说比作圆，认为那是一个自我完成的世界，里面只有一个中心，就是"我"。而他自己的小说则是个椭圆，里面有两个中心，一个是"我"，另一个是"他者"，这个"我"不同于私小说中的那个"我"，因为这个"我"是相对于"他者"而存在的"我"。所以，"我写的'わたし小说'中的'我'可以说在某种程度上和我相似"，但是，"我并不认为我写的'わたし小说'就是'私小说'"。① 因为后藤坚持认为"'私小说'是一种可以忽视所有'他者'的方法。这种方法为了表现'自我'，可以舍弃所有的'他者'，从而形成一个独立的世界"②。简而言之，后藤的"わたし小说"中出现了私小说所没有的"他者"，而且是和"我"处于对等位置，有时甚至超过"我"，使"我"无法将其忽略而独存。

　　古井由吉也表示了对私小说自我中心主义的否定。他说："我始终就只打算表现自我。但是，自我和世俗之间的关系应该有更好的把握方式。自我早就不再是封闭于个人之中的自我，而是映在世俗镜子中的千奇百怪的姿势。"古井所说的"封闭于个人之中的自我"就是指私小说中的"自我"。他还谈到第一人称和他者之间的关系，他说："第一人称的作用与其说是把我引向自我，不如说是暂时先把我拉到了他者的近

---

① 后藤明生：《我的"わたし小说"》，《文学界》1967 年 12 月号。
② 后藤明生：《散文的问题》，转引自中野孝次《后藤明生的方法》，《海》1977 年 10 月号，第 266 页。

旁。以此为交换条件，我才得以在所谓表现的营生中能够比以前更加固执地接近自我。"① 和后藤相比，古井更多地从表现，也就是从方法的角度来考虑自我和他者的关系。在他的早期作品中，他者经常被当作观察自我的视角，古井认为，他者存在的价值就是为了更好地描写自我。《杳子》中长篇累牍地描写便是通过"他"的存在才得以实现的。古井自己也承认："虽然描写的部分有点多，但我的小说就是从这里开始的。而且，整部小说也是由几处描写来完成自我的构图的。"②

另外，古井对私小说的批判还更多地涉及了文体与虚构的问题。他认为写小说就是对于现实生活的虚构，这种行为本身就已经是不知羞耻的，同时也失去了现实，因此就必须考虑羞耻和现实。古井认为应该在离开现实生活的地方建立一个表现的世界，而日本近代小说却在培养一种和现实密切相联的感觉，就是那种在被删减到最少限度的虚构和生活之间的微妙的相互作用的感觉。古井所谓的虚构首先是指文体。他认为文体才是最大的虚构。从这个意义上讲，私小说式的方法与其说是排除虚构，不如说是把"虚构"纯化到只剩下"写出来"本身的虚构。古井又进一步从明治以来的文体变化中寻找私小说不欢迎虚构的原因。

> 日本近代小说为了守护对于虚构的这种感受性，已经
> 舍弃了文学行为中几乎所有的要素，比如雄辩、思辨、抒

---

① 古井由吉：《从翻译到创作》，《古井由吉作品》第 7 卷，河出书房新社 1983 年版，第 30 页。
② 同上。

情的高涨、幻想的嬉戏、修辞的欢娱、实验等等。而且，这种舍弃具有相当大的说服力。首先，日语的散文、近代日语的白话文，这个白话文对于宏大的虚构，毫不掩饰地摆出一副厌恶的丑陋嘴脸。我想这大概是因为我们的白话文本身就是诞生于明治以来的近代化潮流之中，所以，随着自身越变越丑陋，就不断地对近代化产生了怀疑。就好像是对待那些没有接受自己的任何建议而被迫拿来的开发开化一样。①

古井所谓的"越变越丑"的白话文就是在日语文言文的基础上改造而成的，随着时代的变迁，白话文必然也会跟着发生一些变化，但是，私小说却拒绝融入新的变化中去，努力保持着文体上的洁净。

相对于私小说这种有洁癖的文体，"内向的一代"的小说的文体则显得有些暧昧。一方面，作家们继续以身边琐事作为小说题材创造一些私小说式的作品，另一方面，又受到西方文学思潮的影响，在小说中运用了梦境、幻觉、民俗、变形等超现实手法，表现出和传统私小说截然不同的文体特征。

可以说，文体对于每一个"内向的一代"的作家而言，都是个人创作风格形成过程最为重要的一座里程碑，也是他们对于文学本身进行思考的主要内容。因此，由后藤明生、古井由吉、坂上弘、高井有一等四人联合创办的一个文学评论刊物，名字就叫《文体》。在《文体》的后记中，他们写道：

---

① 古井由吉：《语言的咒术》，《古井由吉作品》第 7 卷，河出书房新社1983 年版，第 35 页。

我们的想法，一句话，就是以文体为重。也就是说，我们把文体当作是和文学作品的本质相关的、最为重要的东西。而且，我们一直认为文体是形成作家个性的最为重要的东西。这种态度当然是针对我们自身的创作而言的，即使在作品的评价、批评中也是以此为中心进行考虑的。

　　这种态度并不是什么新鲜事物。毋宁说，这是极其自然且平凡的事情。小林秀雄在论及《沉思录》时说："帕斯卡说的都是理所当然的事情，但在很多地方都下了非凡的功夫。"诚哉斯言，要实行理所当然的事情，确实也需要付出相当大的努力。我们想把《文体》作为努力的场所。这份努力，或者说，在这样一个一知半解的情况中，也许看起来有点逆时代潮流。不过难道不正是因为逆时代潮流，我们对文体的努力才会成为文学的必然吗？不正是因为在这样一个一知半解的情况中，"何为文体"的疑问就不得不变成了"何为文学"的疑问吗？①

　　正如《文体》的编辑们所说，"文体是和文学作品的本质相关的、最为重要的东西"，考虑文体必然会涉及文学的本质。当然，"内向的一代"的作家对于文体的看法是"仁者见仁，智者见智"。比如，大庭美奈子认为，"文体是作家的灵魂所持有的官能性的妖娆，文体褶皱中不可思议的光明与黑暗呈现出灵魂赤裸的浮雕"；黑井千次则认为，"文体就像是穿在身上的衣服，只不过重点在于穿衣服时候的心情"② 等等。

① 后藤明生等编：《何谓文体》，平凡社 1978 年版，第 285、286 页。
② 同上书，第 45、90 页。

这些不同看法的存在并不值得大惊小怪，本来文体就是一个没有确切定义的概念。不过"内向的一代"以此作为重新思考日本文学的突破口，这就说明了他们对文体和对日本文学本身的重视态度。作为20世纪70年代的新人作家，能够从文体上寻找摆脱传统私小说束缚的缺口，除了用形式主义等词汇从意识形态角度加以批判之外，似乎还应该向他们的勇气致敬。因为尽管这份努力的结果也许是一种徒劳，然而他们毕竟让文学回到了自己的轨道，并试图在传统与现代的裂缝中重新寻找连接文学生命的纽带。

### 第二节　内心表现手法上的创新

#### 一　叙述视角与内心

内心，在日语中用汉字"内面"表示，指与心理、心情相关的方面。"内面"与外界相对，简单地说，就是人类头脑中的意识部分。心理学家认为，意识并非一开始就存在，而是经过"内面化"之后的派生物。弗洛伊德说："抽象的思考语言被创造出来之后，语言表象的感觉残留物才与内在的事象结合起来，由此，内在的事象本身渐渐被感知到了。"① 这句话暗合了笛卡尔"我思故我在"的观点，同时，它还指出了意识即存在的前提条件，就是创造出"抽象的思考语言"。有学者认为，日本近代文学正是通过了明治二十年前后出现的

---

① 弗洛伊德：《图腾与禁忌》，转引自柄谷行人《日本现代文学的起源》，赵京华译，生活·读书·新知三联出版社2003年版，第29页。

"言文一致运动"，才创造出这种"抽象的思考语言"，从而发现了人物的意识，也就是内心的世界。但同时他也认为："言文一致与宪法制度一样是现代化的努力。限于此，它则无法足以成为'内部'的语言。而像森鸥外、北村透谷那样，这一时期的'内向的'作家们则走向文言体，言文一致运动本身也立刻成了火种。"①

　　如果说语言的变化直接导致了近代自我内心的发现、明治时代的文学家因为政治上的挫折而逃回内心这一观点成立的话，那么，"内向的一代"的创作就是对这个原创于明治二十年代的行为模式的一个模仿、一个20世纪70年代的新版本。不过与其说"内向的一代"是由于政治上的挫折而逃回内心，毋宁说是因为目睹了观念的无力和现实的虚无而拒绝"介入"的姿态。同时，20世纪70年代的语言也"被迫面临着一种无政府状态"。栗津则雄在回顾20世纪70年代的文学状况时，发现"诗中所用的语言带有一种奇妙的浮力，不论如何将语言投入生活和精神之中，都不会轻易地沉入深处，不论如何将其压下，都会重新弹回到水面"的状况。这同时也是小说语言所面临的困境。于是，诗人们开始尝试小说的形式，而小说家们则向诗的形式靠拢。栗津认为大江健三郎的《万延元年的football》就是将沉重的主题和变化的语言相结合的一种尝试。但是，"内向的一代"的小说却由于语言所面临的危机——因内心和外界的相互入侵而出现的解体的危机——而陷入了一个两难的境地。栗津这样评价"内向的一代"的处境：

　　① 柄谷行人：《日本现代文学的起源》，赵京华译，生活·读书·新知三联出版社2003年版，第29、30页。

如果单从"内向性"这一点来看的话，那么，不论是《俘虏记》的大冈升平，还是《脸上的红月亮》的野间宏，他们都是把主题集中在通过战争来确认自我的"内心"，这一点可以说是极具"内向性"的。不过硬要对古井由吉们的"内向的一代"做出评价的话，可以说，他们是被剥夺了"内向性"的能力，却还要被迫实现"内向性"的一代人。或者说，他们是被剥夺了眺望外部的能力，却还要被迫向外部眺望的一代人。①

同时丧失了"内向性"和外瞻性的"内向的一代"似乎被夹在了内心和外界之间不能动弹，不过他们的文学创作应该说是为了摆脱这一困境所做的最大的努力。尽管柄谷行人认为他们的努力就是"利用朴素的唯物论（观念论）来摸索'通往外界之路'"，但是，作家们所感到的现实感的丧失和语言的失重使他们在"摸索'通往外界之路'"的时候很容易就走向虚无主义。

与此同时，日本小说在走向近代化的过程中已经将第一人称叙事和自白方式"制度"化，这又使得"内向的一代"不得不在"通往内心之路"的过程中另辟蹊径。

其实，西方的小说理论家早就开始研究如何表现人物内心的技巧，他们认为，"客观性小说中有一个有特色的专门性技巧，德国人称作'经验的表白'，法国人称作'间接自由体'（蒂鲍戴语）和'内心独白'（杜亚丹语）。在英语中，由威

----

① 栗津则雄：《内部与外部》，《国文学》1972 年 6 月临时增刊，第 35、36 页。

廉·詹姆斯创造的'意识流'这一短语，在非严格的、较广泛的意义上说，大致是上述称呼的等同语"。① 这些技巧在西方文学史上可以追溯到三个源头：一是莎士比亚式的独白；一是斯泰恩对洛克关于观念自由联想理论的应用；一是"内心分析"，即作者对人物的思想感情的活动加以概述。② 显然，莎士比亚式的独白对意识流手法的影响可以纳入不同文类间的互动关系之中，也就是戏剧对小说的影响。这种影响在大庭美奈子和小川国夫的创作中有所体现，戏剧中的对话成为他们小说中一种新的叙事手法。另一方面，观念自由联想理论对意识流的影响可以从詹姆斯·乔伊斯和普鲁斯特那里找到最有说服力的证据，同时，这也是后藤明生和阿部昭比较青睐的手法。最后，内心分析法并无新意，它是"过去一贯使用的方法。18世纪末和维多利亚时期的作家们最早就是用了这种本质上是按时、松散的描写方法。作者走进书中来，进行干预，对他笔下的人物的行动进行解释，自己出头描写人物的思想感情"。③这种分析法的运用使作者在小说中获得了至高无上的地位，"可以像上帝一样，把这些人物调来遣去，不受空间的限制，也不受时间的限制"④。所以，明治时期的私小说作家很喜欢

① 雷·韦勒克、奥·沃伦：《文学理论》第16章《叙述性小说的性质和模式》，纽约 HBJ 出版社 1977 年版。转引自翟世镜选编《意识流小说理论》，四川文艺出版社 1989 年版，第 213 页。

② 同上。

③ 伊丽莎白·鲍温：《小说家的技巧》，《世界文学》1979 年第 1 期，第291—293 页。转引自翟世镜选编《意识流小说理论》，四川文艺出版社 1989 年版，第 214 页。

④ 威廉·福克纳与吉恩·斯太因的对话：《作家谈创作》，英国企鹅丛书，1972 年版。转引自翟世镜选编《意识流小说理论》，四川文艺出版社 1989 年版，第 213 页。

第四章 内心写实化与文体反「制度」化

采用这种全知视角的内心分析法，而不是直接采用第一人称叙事。第三人称的全知叙事一方面可以从形式上摆脱与个人体验有关的嫌疑，另一方面又可以把自我的内心相对客观地展现出来。

鉴于叙述人称和内心之间的特殊关系，不妨把上述的叙述视角和内心结合起来，用"内心独白"来称呼第一人称叙述文本中内心的表现手法；用"意识流"来称呼第三人称限制性叙述文本中的观念自由联想的表现手法；用"心理分析"来称呼第三人称全知叙事文本中对人物心理的表现手法。显然，"内心独白"在表现主人公内心时占据了得天独厚的优势，对此明治作家也早就有了充分的认同。小森阳一在考察近代文学中的人称与叙事的关系时就指出：

> 森田思轩最早是在明治二十年秋发表的《小说的自叙体记述体》一文中谈到了关于小说中第一人称问题的独特性。而且，在这个时期，对第一人称文体感兴趣的人并不只有思轩一个，在同一年的《读卖新闻》上也有文章谈到对"自传体"第一人称表现的问题。坪内逍遥也早就开始关注"自传"的重要性。这些动向基本上反映了同一个时代在表现意识上的特征，那就是如何才能够把作品世界中的场面和状况作为有临场感的东西传达给读者，以及如何通过作品结构和文体，才能揭示作品内部的事件和作品中的人物那"不易察觉的隐微的秘密"。而且，这同时还关系到统一小说叙述部分的表现主体在作品中的位置问题，以及与作品内部事件有关的意识 = 文体的

问题。①

对于明治时期在报刊上发表小说的作家们而言，首先考虑到的自然是作品和读者之间的距离，如何让读者在阅读的过程中有身临其境之感，直接影响到小说的受欢迎程度。小森发现，在森田思轩的作品中，让读者进入小说世界的"真实境界"的最有效地表现手法，就是"由主人公自己用第一人称回顾性叙述来讲述主人公自身过去的体验"②。同时，小森也指出："思轩、二叶亭和鸥外那一代人是表现者的一代，他们自觉地发现了西欧近代短篇小说的核心所在。这个核心存在于一个分布型空间的联系之中，在这里，语言的意义作用不是被连绵的线性时间所消耗、而是在读者的记忆中产生出新的内容。"③

不过对于"内向的一代"的作家们而言，较之作品与读者之间的距离，他们更加重视作品与作者之间的距离。为了强调同私小说之间的不同，他们刻意地让第一人称淡出作品，而通常采用第三人称限制性叙事，但同时又保留"隐含作者"的位置，试图通过客观化的聚焦人物④来完成对主人公内心的叙述任务。下面以古井由吉的《杳子》为例来分析一下聚焦人物与内心的关系及其艺术特征。

---

① 小森阳一：《作为构造的叙事》，新曜社 1988 年版，第 261 页。
② 同上书，第 290 页。
③ 同上书，第 297 页。
④ 聚焦人物：即 Focal character 或 point – of – view character，指眼光充当叙述视角的人物。参阅申丹《叙述学与小说文体学研究》，北京大学出版社 2001 年版，第 186 页。

古井在《杳子》一文中选择了文本中的人物——"他"作为聚焦人物，利用"他"的眼光来完成对杳子的观察。首先，作者安排"他"成为杳子的恋人，这样就便于从近距离、多角度地描写杳子在各种状态下的样子。"他"那追踪器似的目光连杳子都有所察觉。第六章中，杳子就对"他"说："你在观察我吧。你爱怎么着就怎么着。不过，你观察我的时候，自然我也就会观察你。"① 其次，作者故意省略了"他"作为人物在文本中应有的身体和个性。全文总共八章，作者直到第七章才用了一个"S"来替代"他"作为对男主人公的称呼，也难怪有人批评古井在《杳子》里"根本就没有写'他'"②。但是作者本人却认为"这部小说就是因为没有写'他'才写成的"③，而且，他还坚持认为"男的一有了名字，就变成了另外一部小说了"④。最后，作者还利用各种小道具来完成"他"对杳子内心世界的观察。第六章中，作者将两人暂时分开，"他"独自一人又来到了山里。在此，作者启用了信这个古老的小道具，通过杳子的文字来继续对杳子的日常生活和心理活动进行叙述。同样，在第七章中出现的电话，不仅是维系着两人情感的一个小道具，同时也是打开杳子心灵的窗口。在电话里，"他"的眼光已经无法继续对杳子表情和姿态进行观察，只有通过声音来推测杳子的心情。但是，电话中多数是杳

---

① 古井由吉：《杳子》，《古井由吉作品》第 2 卷，河出书房新社 1982 年版，第 25 页。

② 阿部昭、古井由吉和李恢成的座谈会记录：《追求新文学》，《群像》1971 年 10 月号，第 295 页。

③ 同上书，第 296 页。

④ 古井由吉和古屋健三的谈话记录：《讲述〈杳子〉、〈妻隐〉》，《三田文学》1971 年 8 月号，第 14 页。

子在讲述自己最近的生活和病情的变化，如此一来，反而给读者带来了第一人称叙事的临场感。

尽管文本的叙事眼光在几处有短暂的转移，但是，"他"作为聚焦人物的重要性却毋庸赘言。作者利用"他"作为杏子恋人的特殊身份，从视觉、听觉、触觉等感知范畴接收并反射杏子的表情、神态、姿势、声音、身体等作为"他者"可以感知到的一切，同时，作者也省略了"他"作为独立个人的特征，使"他"成了一个面目模糊、完全"没有性格"的人。如果说前者为叙述杏子的故事提供了一个最佳的叙述视角的话，那么后者就保证了这个视角的纯粹性和客观性，排除了"隐含作者"进行心理分析时经常带有的"意识形态眼光"①。两者结合，为准确把握杏子的内心世界创造了必要条件。

秋山骏用"内部之人"来概括"内向的一代"的小说中的人物特征。所谓"内部之人"并非"内部人员"的意思，而是指那些拘泥于自我透明的现时性，且对除此之外的东西怀有生疏感和特异性的人。显然，要表现这些"内部之人"的内心的真实与透明，就只能将作者的声音消解在他者叙述的文本中。尽管作家们都是在写自我、写自我的内心，但是，叙事传统的约定俗成和自我表达的盲区总是在最后关头迫使作家放弃"我"的话语权力，不得不用"他"的视线作为文本中的叙述眼光。秋山骏对这个问题做出了如下的归类和解释：

---

① 英国文体学家福勒提出的叙述眼光的三种含义：一是心理眼光，属于视觉范畴；一是意识形态眼光，指由文本中的语言表达出来的价值或信仰体系；一是时间和空间眼光。参阅申丹《叙述学与小说文体学研究》，北京大学出版社2001年版，第190页。

一般说来，想把存在于自己"内心"的东西描写出来的时候，在一尘不染的白纸上画上"他"这个词，就像是某个喜欢数学的中学生发明了一个任意方程式。这是一种情形。另一种情形大概是"人"的内心总是有一种要求，想把自己客观化。用"他"这个词来实现这个想法也是解决问题的方法之一。第三种情形可能是"人"的"内心"五花八门，要是用"我"的话，大概写不了其他的部分，比如十个左右的我、反我、非我等内容。所以，要想把这些东西全都写出来，就会觉得用"他"可能会比较好一些。①

同时，秋山骏还认为，在古井由吉的小说中，第一或第三种的倾向性比较强。实际上，在其他"内向的一代"的小说中，也具有相同的倾向。而且，即使是在具有较强私小说性质的作品中，作者也会故意拉开自己和作品之间的距离。小川国夫的《阿波罗岛》等作品就题材而言，带有明显的半自传体的特征，但是，作者本人认为那是在"以自己的体验为基础，在自己的外部创作的作品"②。也就是说，不论是基于何种情形，"内向的一代"都在有意识地从"自己的外部"来描写人物的内心，这一点就足以证明他们在叙述角度上与私小说的不同。

---

① 秋山骏和古井由吉的对谈记录：《七十年代文学的可能性》，《国文学》1972 年 6 月临时增刊，第 13 页。
② 小川国夫：《漂泊世界》，《小川国夫作品集》别卷，河出书房新社 1975年版，第 247 页。

## 二　即物性描写与意识流手法的结合

日本近代小说自《浮云》起就一直在尝试用各种不同的手法来表现人物的内心，不过作家们要么采用自白形式，"把私小说作为自我怜悯的工具，把现在的不幸归咎于幼年期的厄运"①，如三岛由纪夫所厌恶的太宰治；要么就采用心理分析，如夏目漱石等，从凌驾者的角度将人物心理像洋葱一样层层剥开，一边还为后来的读者留些许的气味去猜测核心部分的真实模样。高妙的作者普遍倾心于后者，它使文本呈现出重层结构，在去掉了故事的表层之后，还有心理的内层，有时甚至可以剥到作者的终极思想，而且每一个层面都附带有一套或几套理论以供解释说明之用，这显然比前者的单层结构更容易吸引现代读者，尤其是小说研究者那样的特殊读者。

但是，自从乔伊斯的《尤利西斯》问世之后，这种乐趣就变成了苦趣，阅读小说上升为解读文本的高度。《尤利西斯》只是记录了1904年7月16日下午都柏林的一个缩影，但是，就连分析心理学专家都承认自己受到了这本长达735页的作品的愚弄，因为"这本书没有任何要取悦于人的企图，总是使读者感受到一种令人激怒的自卑感"②。不过这并不妨碍各国作家对乔伊斯的模仿，显而易见的是，最容易模仿的就是其中的意识流手法。一般的作家还是不敢或不能愚弄读者，他们只会在自己的小说中尝试着引进一些时尚的、最好是异国情

①　叶渭渠等主编：《三岛由纪夫研究》，开明出版社1996年版，第3页。
②　荣格：《心理学与文学》，冯川、苏克译，生活·读书·新知三联书店1987年版，第148页。

调的、又略微艰涩的手法，以满足那些浅尝辄止的读者的好奇心。

意识流手法在日本"战后"小说中的使用已经屡见不鲜，它已经成为表现人物内心时的一种常规手法，不过"内向的一代"的作家们别出心裁，他们在运用意识流的时候，将其和即物性描写结合起来，创造出一种特殊的审美效果。

其中，后藤明生的《夹击》是一部运用了较多意识流手法的小说。一个男人站在"御茶之水"桥的中央，等待一个叫山川的人。突然，他想起 20 年前穿过的一件旧陆军外套不见了，于是就开始四处寻找。夜幕降临时，一无所获的他还是站在桥上，等着那个不会到来的人。《夹击》的情节就是如此简单，可后藤却用独特的饶舌体将其敷演成了一部长篇小说。此文一经发表立刻吸引了评论界的目光，尤其是它的独特文体更是令评论家感到迷惑不解。《夹击》从开篇便展示了后藤小说文体的特色和魅力：

> 某天。我突然想起了一只鸟。不过那是一只早起的鸟。The early bird catches a worm。早起的鸟儿有虫吃。早起三分利。我站在"御茶之水"桥上。黄昏。大概不到六点。①

无序、零乱、跳跃的意象通过简洁有力的短句排列开来，让读者在推测它们之间是否存在必然联系的同时，又感受到一种无厘头式的搞笑。评论家丸谷才一对《夹击》的开头赞不

---

① 后藤明生：《夹击》，讲谈社 1988 年版，第 7 页。

绝口，说"如此富有变化、表现多样且生动的文章在今天的日本真是稀罕之物"①。

但是，《夹击》并不是一般意义上的意识流小说，让人在叙述的迷宫里如坠五里雾中，被意识流弄得找不着北。《夹击》有非常明确的线索，小说中的"我"便是连接这些意象的关键。"某天黄昏"，"我"站在"御茶之水桥"上等"我"的朋友山川。20年前，"我"穿着咔叽色的旧陆军步兵用外套从筑前的农村来到东京参加高考。"早起三分利"是当时考试中一道日译英的题目，"我"没有答上来。于是，"我"的联想就如同脱了线的风筝，一会儿飘到永井荷风的《墨东绮谭》，一会儿落到果戈理的《外套》上。尽管这些自由联想飘飘悠悠，文本读起来也是前言不搭后语，但很显然，作者的目的并不是为了讲述自己的文学经历，也不是为了将内心捉摸不定的或情绪、或思想、或回忆的片段时时刻刻地记录下来，然后作一番心理学上的分析。《夹击》的文体与后藤的方法意识紧密地联系在一起，也就是说，为了表现"我"在现实中所处的"夹击"状态，作者用不断的"闪回"和"自由联想"的手法把"我"的过去和现在并列于同一个空间之中。

《夹击》既不像追忆往事和幼年体验的私小说，也不像在记忆深处挖掘心理情结的心理分析小说，从表面上看，它好像是在不停地追问"我"的过去，而实际上却是在质疑"我"的现在。有人曾将它和"战后"文学中类似的长篇小说——如丸谷才一的《竹枕》和福永武彦的《死之岛》作比较，得出的结论是：丸谷、福永二人的作品受到20世纪欧洲心理主

---

① 丸谷才一：《文艺时评》，《朝日新闻》1973年11月26日。

义小说方法的影响，而后藤明生的《夹击》却和西洋作家的方法无缘。因为《竹枕》和《死之岛》中可以看到作者对过去的记忆进行了深层心理上的发掘，这在《夹击》中是没有的。显然，后藤明生是在有意识地避开深层心理叙述所特有的富有暗示性的描写。他借《夹击》中的主人公之口说道："我并没有想使用一切手段把所有的东西都回忆起来。也没有什么宗教强迫我把忘记的东西都回想起来作个表白或是忏悔。"①可见，后藤完全是有意识地在方法上绕开"私小说"和"心理分析小说"的常规表现手法。

对于作者想要表达的主题而言，《夹击》的方法无疑是非常成功的。尽管这部小说是后藤在自己的亲身经历和体验的基础之上创作而成的，但是，这并不影响作者的想象力和创造力在文本范围内的长袖善舞。尤其是作者的方法意识已经使小说的主题超越了对个人悲喜的内省，进而上升到对群体存在状态的关注。一般评论都认为后藤称之为"夹击"的状态便是20世纪70年代日本人普遍存在的状态。比如，大桥健三郎认为："在这部作品中，后藤明生可以说是把这个叫做赤木次男的'我'遗弃在一种悬空的状态中，然而，正是这种悬空，才可以说是极具象征性地反映了当今人类的普遍状态。"②也就是说，"我"所处的"夹击"状态虽然是后藤个人的特殊经历造成的，但是，却象征着"当今人类的普遍状态"。这样的评论虽然有些夸大，但也从一定程度上反映了《夹击》的影响力。不过也有评论家认为《夹击》只是反映了"内向的一代"的

---

① 后藤明生：《夹击》，讲谈社1988年版，第20页。
② 大桥健三郎：《解说》，后藤明生《夹击》，讲谈社1988年版。

作家们共有的特殊经历和体验。若林真在《桥上的奥勃洛莫夫》一文中说："我并不喜欢'世代论'或时代状况论，但是，我却不得不承认后藤明生这个作家把确认他那一代人的特殊命运和他在这一代作家中的特殊位置当成了文学的唯一主题，《夹击》也不例外。"① 简而言之，也许《夹击》并不一定反映了"当今人类的普遍状态"，但它至少对"内向的一代"的特殊命运做出了文学上的描述。

《夹击》的成功当然和它的题材以及主题的意义密不可分，但意识流手法和即物性描写的完美结合也为此奠定了基础。不仅是后藤明生，几乎所有的"内向的一代"的作家都在有意或无意地使用这种独特的组合方式。即物性描写的逼真效果使意识流手法所揭示的人物的内心比普通的分析法显得更为客观且真实，尤其是在描写人物幻觉的时候，几乎能够达到以假乱真的地步。毕竟人的内心是一个无法用肉眼观察到的世界，感情、感觉、情绪、思想、梦境、幻觉、观念等等所有和内心相关的东西，只能借助语言的中介才能得到解释、阅读、理解和交流。而且，人并非每时每刻都在进行有逻辑的、连贯的理性思维，大多数情况下都是一些印象的片段，这些被记忆唤醒的残片看上去似乎杂乱无章、互不相连，但又像是彼此之间存在着某种神秘的联系。心理分析小说往往采用象征等手法赋予这些记忆的残片以某种现实意义，并通过意义的逻辑性将记忆的残片拼缀在一起。即使像亨利·詹姆斯那样伟大的心理小说家，他也"必须找到心理活动过程的某种同义对应物，

第四章　内心写实化与文体反「制度」化

---

① 若林真：《桥上的奥勃洛莫夫》，《文学界》1974 年 1 月号，第 248 页。

来使一种心理状态具体化"①。但即物性描写却摆脱了象征手法的束缚，它按照内心的真实状态进行描写，既不夸张也不缩小，既不将其排列也不将其组合。这样一来，人物的内心反而更为真实地呈现在读者面前，因为它和读者所经历的内心体验出现了惊人的相似。截取现实生活中某人某时某刻的某段内心活动，很有可能和《夹击》主人公如下的意识流体验不谋而合。

  我坐在白色的马蹄形的西洋式坐便器上，哗啦哗啦地翻动着报纸。好像没什么大事。当然，一整版都是几位"有力人物"的面孔。然后是一名在关岛的丛林里潜伏了28年的日本老兵。看来他的人气还是不减。都已经在名古屋开了个裁缝店了。当然，外套也是会做的。真是令人吃惊，这次好像要结婚了。真是个可怕的人物。上次回来的时候说是想要根据丛林生活体验写本手记，为下次大战做准备。不知道初稿写出来没有？要写出来的话，那就能超过《鲁滨逊漂流记》而成为全世界最畅销的小说。但好像手记没写，倒先去结婚了。真有点可惜。结婚大概对手记会产生负面影响吧。要么，出版社的目的就是反对？或许他们是想让他把手记写成奇迹之人的性体验。

  对了，九点出门，先去哪儿呢？报纸角落里的《寻人启事》跃入眼帘。报社？我开始想象登在这一栏里的关于外套的启事。可是，上面就贴我的照片吗？这不就没

---

① 弗吉尼亚·伍尔夫：《心理小说家》，瞿世镜编《意识流小说理论》，四川文艺出版社1989年版，第179页。

意义了吗？穿着旧陆军步兵外套的我。要这么着的话还有点意思。……我从马蹄形的坐便器上抬起了屁股，推开了厕所的门。①

后藤就这样原封不动地把"我"在厕所里的一段意识流用即物性描写的手法表现出来，乍看之下仿佛荒诞不经甚至无聊至极，但实际上却把大多数人如厕时的心理状态描摹得活灵活现。

这种手法姑且称其为"意识流的写实主义"，它要求作家使用语言进行描写的时候必须尽量遵照人物内心的原貌。实际上，"内向的一代"的作家们也确实非常重视语言和描写对象之间的关系。小川国夫说他在学习写作之初，没怎么接触过小说的结构等内容，只是一个劲儿在考虑文章的细节部分，比如形容词该怎么用，句顺该怎么排。小川觉得自己对文体存在着一种偏执的想法。他想把自己看到的场景、听到的声音从自己身上取出来之后让它们作为文章而独立存在。否则他就觉得无法确认自己的描写有没有即物性，是不是传达给了别人。所以，他觉得自己的写作就像是在制造内心印象的物证②。同样的情况也出现在古井由吉的早期作品中，《雪下的螃蟹》《星期四》《杳子》等作品中大量的即物性描写正好出现在他所谓的"作家与小说的蜜月期"。在这个"蜜月期"，他"按照看到的样子来写，按照留在记忆中的样子来写"，同时，"描写

---

① 后藤明生：《夹击》，讲谈社 1988 年版，第 30—32 页。
② 参阅小川国夫《文体论》，《国文学》1977 年 11 月号，第 7 页。

所唤起的内心印象又要求用新的描写来填满细节部分"①。

综上所述,"内向的一代"在作品中都自觉或不自觉地运用了即物性描写的手法来表现人物的内心,当这一手法与意识流结合使用的时候,就产生出一种特殊的美学效果,使得人物的内心显得更为逼真和生动。

---

① 古井由吉:《从翻译到创作》,《古井由吉作品》第7卷,河出书房新社1983年版,第30页。

# 结　论

　　在笔者所知的有关"内向的一代"的诸多先行研究中，有两个问题是学者们关注较多且分歧较大的。其一，"内向的一代"是否真的放弃了"介入"的姿态，只关注内心世界而"脱离"了外界现实？其二，"内向的一代"的小说和传统意义上的私小说之间是什么关系？二者是一脉相承，还是"貌合神离"？这两个问题也正是本书所探讨的主要课题，通过对相关内容的考察与论证，笔者得出的结论是："内向的一代"在创作意识上并没有放弃"介入"的姿态，他们"脱离"的只是"观念"而非"现实"；他们的小说和传统私小说之间的共同之处只在于题材的日常性，其他方面则存在着很大的差异。

　　本书安排了四章来阐述和论证上述观点。第一章主要描述该流派形成的过程及其作为一个文学流派的总体特征，同时，还从社会历史学的角度，对该派作家所处的时代文化语境以及共同的人生感悟进行了考察。首先，从小说流派史的角度来看，"内向的一代"在形成之初便具备了与众不同的流派特征。它不仅拥有为数众多的新人作家，而且还培养了一批观点新颖、具有独到的评论视角的文学评论家。这一特点在其他"战后"文学流派盛行时比较少见。其次，"内向的一代"的作家们在成名之前，都有过十余年的社会工作或旅居海外的经验，虽然在文坛初试莺啼时已过而立之年，但其丰富的工作与生活经验是其他作者在书斋中无法获得的小说素材。正是这十余年的职员生活，为"内向的一代"的作家们提供了一个观察社会、思索现实的机会，同时，也为他们开拓以工厂、企业、办公室等为代表的工作场所中人的异化问题等新的小说领域提供了现实材料。最后，他们创办的《文体》杂志名副其实地以"何为文体？"为主题，邀请文学界人士各抒己见，畅所欲言，为讨论文学的本质性问题提供了一个交流的平台。

第二章主要是以阐明作家的人生经历及其创作风格之间的关系为明线，以该派作家的创作风格和传统私小说之间的比较为暗线，两线交织进行，既厘清了作家和作品之间的关系，也把各个作家的文学思想和创作理念进行了细致的梳理，为进一步展开综合性的讨论和分析奠定了基础。

第三章是本书最重要的论证部分，主要以文本分析为基础，综合该派作家的创作特点，从小说的主题和类型这两个角度对本书所探讨的两个问题进行了深入的分析和阐释。

首先，利用心理学研究成果对"自我"这个概念进行细分，将其分为伊底（Id）、自我（ego）和自性（self），并在具体的文本分析中加入对"自我"在不同层面的意义的梳理和归纳。

然后，以家庭小说为例，比较近代私小说和"内向的一代"的作品之间的不同，并由此发现"内向的一代"的作品已经不再像近代私小说作品那样以父子矛盾为推动小说情节发展的主要动力，有的作家把父权的消失和新的父子关系作为小说创作的主题。而且,"内向的一代"的很多作品都将重点放在了夫妻关系上。这些作品所描写的夫妻既不是近似于血亲的亲情关系,也不是以爱情为基础的恋人关系,而是建立在婚姻制度之上的契约关系。在他们的作品中,婚姻被解释为两个自由人自愿签署的契约,与此同时,个人自由所需付出的代价也显现出来,即个人存在的绝对孤独。可以说,"内向的一代"率先以小说的形式预示了现代核心家庭的潜在危机,同时,还揭示了现代社会中个人在自由与存在的重负之间的矛盾。

接着,再以"社会小说"为例,比较了"内向的一代"和"挫折的一代"之间的不同,指出这两派作家同样关注社会现实。只是后者采取了"介入"的态度,而前者看到后者在"观念"上的失败之后,改从"内心"的角度"介入"。可以说,"内向的一代"在意识上脱离的是"观念",而非社会。另外,在社会小说这个类型中,"内向的一代"不仅开拓了"企业小说"、"工厂小说"和"小区小说"等新的文本空间,而且,还从社会心理学、集体无意识的角度重新审视青年知识分子在学生运动中所反映出来的"狂热"情绪的根源。

最后,"内向的一代"的作家们试图通过日常及其边缘、变形与幻觉等方法为通向内心真实的自我而创造新的文本空间。对于"内向的一代"的作家而言,寻求内心真实的自我是文学的终极目标。社会现实令他们对所谓的知识分子的语言系统产生了怀疑,他们彻底抛开了用观念建立起来的认知体系。反过来采用普通平实的语言描写普通平实的日常生活以及日常生活人物内心的反射。于是,在他们的小说中经常出现两个极端,有时是细致入微、长篇累牍的细节描写,有时则是变幻无常、神秘诡异的幻觉和变形场面。日常与非日常的结合不仅体现了"内向的一代"在运用超现实主义手法上的圆熟,而且，也为更好地表现人物内心的无意识领域提供了一个新舞台。但是，不论是在日常生活，还是在非日常的幻想世界，"内向的一代"的小说中的人物总是陷入自我无法确认的不安情绪中，而且，在自我与他者的关系中经常是处于弱势地位，更多的时候总是被孤独缠绕，最后，自然而然地滋生出一种莫名的虚无感。这无疑跟日本人现代自我的不确定性之间有很大的关系。

第四章主要是从"自白"这个小说创作手法入手，比较了私小说作家和"内向的一代"的作家在该手法使用上的不同特点。同时，通过考察"自白"这一方式及其对象"内心"之间的关系，指出"内向的一代"的作家们为了摆脱私小说中自白形式的影响，在文体革新方面所作的很多有意义的探索。比如，有的作家试图在小说中恢复使用私小说所摒弃的思辨、抒情、幻想和修辞等方法；有的作家则采用了即物性描写和意识流手法相结合的新技巧来更加形象地表现人物的内心世界。这些新手法的运用不仅突破了在表现技巧上的常规，还创造出了一种特殊的审美效果。

综上所述，笔者认为，在文学创作领域，"内向的一代"的作家们勇于开拓文学新空间，敏锐地观察社会生活中的新事物、新气象，并用小说的形式将其表现出来；在文体革新领域，"内向的一代"大胆质疑私小说传统中的弊病，执著地追求文学的本质，努力尝试新的表现手法，这既是对日本文学传统的一种审慎的反思，又是对后来者的一种积极的鼓励。笔者相信，只有在不断地推陈出新中，文学才能有新发展和新成就，而"内向的一代"也正是因为体现了流派在文学史中继往开来的巨大力量，当之无愧地成为 20 世纪 70 年代日本文坛最重要的小说流派。

# 日文参考文献

1. 古屋健三：《“内向的一代”研究》，庆应义塾大学出版会 1998 年版。

2. 松原新一、矶田光一、秋山骏编著：《战后日本文学史·年表》，讲谈社 1979 年版。

3. 川西政明：《昭和文学史》，讲谈社 2001 年版。

4. 吉行淳之介等：《何谓文体》，平凡社 1978 年版。

5. 柄谷行人：《畏惧之人》，讲谈社 2000 年版。

6. 柄谷行人：《现代日本文学的起源》，讲谈社 2001 年版。

7. 奥野健男：《小说中的人们》，集英社 1981 年版。

8. 中村真一郎：《中村真一郎评论集》第 1 卷《文学的方法》，岩波书店 1984 年版。

9. 中村真一郎：《百年小说》，新潮社 1978 年版。

10. 川村凑：《质问战后文学》，岩波书店 1995 年版。

11. 江藤淳：《自由与禁忌》，河出书房新社 1984 年版。

12. 江藤淳：《夏目漱石》，新潮社 1979 年版。

13. 伊藤整：《小说的方法》，新潮社 1976 年版。

日文参考文献

14. 小森阳一：《作为结构的叙事》，新曜社 1988 年版。

15. 铃木登美：《被叙述的自我》，岩波书店 2000 年版。

16. 今井清一编：《Document 昭和史》第 5 卷《战败前后》，平凡社 1975 年版。

17. 相良龙介编：《Document 昭和史》第 6 卷《占领时期》，平凡社 1975 年版。

18. 山田宗睦编：《Document 昭和史》第 7 卷《安保与高度增长》，平凡社 1975 年版。

19. 伊东光晴编：《Document 昭和史》第 8 卷《受质疑的战后》，平凡社 1975 年版。

20. 中村政则等编：《战后日本》第 4 卷《战后民主主义》，岩波书店 1995 年版。

21. 前田爱等编：《战后日本精神史》，岩波书店 2001 年版。

22. 《筑摩现代文学大系》第 91 卷《森茉莉、津村节子、大庭美奈子集》，筑摩书房 1978 年版。

23. 《筑摩现代文学大系》第 95 卷《丸山健二、青冈卓行、阿部昭、金石范集》，筑摩书房 1977 年版。

24. 《筑摩现代文学大系》第 96 卷《古井由吉、李恢成、黑井千次、后藤明生集》，筑摩书房 1984 年版。

25. 古井由吉：《古井由吉作品》第 2 卷、第 7 卷，河出书房新社 1982 年版。

26. 《现代的文学》第 37 卷《黑井千次、清水邦夫、小川国夫、后藤明生》，讲谈社 1973 年版。

27. 《现代的文学》第 35 卷《古山高丽雄、青冈卓行、阿部昭、坂上弘》，讲谈社 1973 年版。

28. 《筑摩现代文学大系》第 90 卷《岛尾敏夫、小岛信夫、安冈章太郎、吉行淳之介集》，筑摩书房 1972 年版。

29. 《昭和文学全集》第 23 卷《吉田健一、福永武彦、丸谷才一、三浦哲郎、古井由吉》，小学馆 1987 年版。

30. 小川国夫：《小川国夫作品集》别卷，河出书房新社 1975 年版。

31. 《鉴赏日本现代文学》第 28 卷《安冈章太郎、吉行淳之介》，角川书店 1983 年版。

32. 阿部昭：《阿部昭短篇全集》上、下，讲谈社 1978 年版。

33. 大庭美奈子：《大庭美奈子全集》第 1、3、10 卷，讲谈社 1991 年版。

34. 大庭美奈子：《鱼之泪》，（日本）中央公论社 1971 年版。

35. 后藤明生：《夹击》，讲谈社 1998 年版。

# 中文参考文献

1. 王岳川、胡经之主编:《文艺学美学方法论》,北京大学出版社 2001 年版。

2. 丹纳:《艺术哲学》,傅雷译,人民文学出版社 1981 年版。

3. 鲁迅:《鲁迅全集》,中国致公出版社 2001 年版。

4. 叶渭渠、唐月梅:《日本文学史》近代卷,经济日报出版社 2000 年版。

5. 叶渭渠、唐月梅:《日本文学史》现代卷,经济日报出版社 2000 年版。

6. 严家炎:《中国现代小说流派史》,人民文学出版社 1995 年版。

7. 高慧勤、栾文华主编:《东方现代文学史》,海峡文艺出版社 1994 年版。

8. 荣格:《心理学与文学》,冯川、苏克译,生活·读书·新知三联书店 1987 年版。

9. 荣格:《未被发现的自我》,张敦福、赵蕾译,国际文化出版公司 2001 年版。

10. 荣格：《分析心理学的理论与实践》，成穷、王作虹译，生活·读书·新知三联书店 1997 年版。

11. 荣格：《探索心灵奥秘的现代人》，黄奇铭译，社会科学文献出版社 1987 年版。

12. 弗洛伊德：《性欲三论》，赵蕾、宋景堂译，国际文化出版公司 2001 年版。

13. 弗洛伊德：《论文学与艺术》，常宏等译，国际文化出版公司 2001 年版。

14. 南博：《日本的自我——社会心理学家论日本人》，刘延州译，文汇出版社 1989 年版。

15. 南博：《日本人的心理》，刘延州译，文汇出版社 1991 年版。

16. 张萍：《日本的婚姻与家庭》，中国妇女出版社 1984 年版。

17. 恩格斯：《家庭、私有制和国家的起源》，人民出版社 1972 年版。

18. 《日本民法典》，王书江译，中国法制出版社 2000 年版。

19. 福泽谕吉：《福翁百话》，唐沄等译，上海三联出版社 1993 年版。

20. 柄谷行人：《日本现代文学的起源》，赵京华译，生活·读书·新知三联书店 2003 年版。

21. 米兰·昆德拉：《小说的艺术》，孟湄译，生活·读书·新知三联书店 1992 年版。

22. 约翰·W. 道尔：《拥抱战败——第二次世界大战后的

227

中文参考文献

日本》，胡博译，生活·读书·新知三联书店 2008 年版。

23. 吴光辉：《传统与超越——日本知识分子的精神轨迹》，中央编译出版社 2003 年版。

24. 翟世镜选编：《意识流小说理论》，四川文艺出版社 1989 年版。

25. 申丹：《叙述学与小说文体学研究》，北京大学出版社 2001 年版。

26. 叶渭渠等主编：《三岛由纪夫研究》，开明出版社 1996 年版。

27. 平献明：《当代日本文学史纲》，辽宁教育出版社 1993 年版。

# 后　记

　　本书是在我于 2003 年完成的博士论文的基础上修改而成的。于我而言，从进入博士课程到确定论文题目的过程，就是一个逐渐缩小包围圈的过程。最初以为博士论文必乃博大精深之作，故拟《日本近代小说的方法》为题，颇有"贪心不足蛇吞象"的架式。之后发现此路不通，因其中的任何一个小标题都足以作一篇大论文。幸亏我的导师于荣胜老师指点迷津，我才幡然醒悟，开始从小处入手，试图"小题大做"。先将范围圈于日本"战后"文学，从 1950 年代到 1970 年代逐一浏览，最后发现了"战后"第六批新人作家群——被称作"最后的纯文学"作家的"内向的一代"。这批作家对我有一个极大的诱惑，就是他们的未知性。当时，且不论国内学界的研究资料犹如凤毛麟角，就连日本国内也鲜有此派的研究专著。好奇心加上征服欲使我毫不犹豫地选择了"内向的一代"作为研究对象。

　　然而从选题到写作的过程，却是一个披沙拣金的过程。也许兴趣真是最好的老师，明知可供参考的研究资料和评论文章少而分散，我还是以"一个都不能少"为原则，只要是能找到的和"内向的一代"相关的材料一律复印保存。从国立图书馆到神田的图书城，从国文学研究资料馆到明治大道上的小书店，我在四处查找资料的同时，也深刻体会到了大海捞针的辛苦。当"内向的一代"的面貌逐渐变得清晰的时候，许多疑问也就自然地浮现出来，此时，筛选文本和相关的评论成为当务之急。问题可谓千头万绪，而我却无力将其一一解答。在权衡轻重之后，我决定将该流派的"介入"或"脱离"的问题以及其与私小说之间的异同问题作为论文的中心论题。

可以想见，在这样一片新开发地上耕耘难免会产生不成熟的观点、错误的理解、不完整的论述、各方面的疏漏甚至是主观上的臆测。所以我早就意识到，此论文付梓出版之时，便是我面临更多的质疑和挑战的开始。不过我相信，来自各方的质疑与挑战不仅会使我对"内向的一代"的思考更加全面和深入，同时也会在国内日本文学研究界形成一个新的语境——一个将"内向的一代"的文学视作连接战后文学与当代文学的转折点的新的研究视角。

在此，我要特别感谢北京大学日语系的潘金生和于荣胜两位导师，从我的博士论文选题到写作，期间的每一个过程都得到了他们的悉心指导和热情帮助，每一个疑问都得到了他们的耐心解答和有益探讨。在本书即将出版之时，于老师拨冗撰写序文，并重新审读全书，提供了很多宝贵的资料和意见。同时，我还要感谢同属北大日语系的李强老师，他是我学士论文的指导教师，也是把我带入学术研究领域的领路人。当我向他咨询专著出版事宜时，他几乎是"知无不言，言无不尽"。可以说，没有这几位师长无微不至的教导和真心实意的爱护，我恐怕很难坚持完成论文的写作，更不用说将其印刷出版了。

同时，我还要感谢留学期间给予我帮助的日本庆应义塾大学文学部的松村友视老师以及他的学习小组。感谢庆应大学图书馆、国文学研究资料馆、东京都都立图书馆以及东京都世田谷区下马图书馆的管理员们，他们细心周到的服务为我搜集资料提供了巨大的帮助。

当然，本书得以出版还需感谢国内日本文学研究界的巨匠叶渭渠先生，他不仅在百忙之中为本书的出版撰写了推荐信和序文，还以其自身为学术无私奉献的崇高精神给予我在这条孤独的荆棘路上继续前行的勇气。同时，还要感谢中国社会科学院外文所的许金龙老师，他严谨的治学态度、雷厉风行的办事风格、亦师亦友的谦和姿态、对于我这个晚辈后生的鼓励与提携，均令我铭记终生。

另外，我还要向北京大学出版社的诸葛蔚东老师、中国社会科学出版社的胡靖老师和本书的责任编辑门小薇老师表示衷心的感谢，你们的信任和鼓励是此书得以顺利出版的重要保障。

最后，我要感谢我的母亲方亚娟女士："若不是您匆忙料理完父亲的后事，迅速抵京前来照顾产后体弱的我并代我料理家事，若不是您在我的生活和事业都处于低潮时默默地用行动支持我，若不是您夜夜替我照看小儿，我的人生便是另一番景象。如果能够，我想以此书作为薄礼，祈愿能够'报得三春晖'。因为我比任何人都了解，没有您，就没有我，也就没有这本小书的诞生。"

2010 年 1 月 11 日

于京西风荷曲苑

|231
后
记